VOYAGES ET AVENTURES

DU CAPITAINE

MARIUS COUGOURDAN

LE COCHER AVAIT A LA BOUTONNIÈRE UN BOUQUET DE LIS GROS COMME LA TÈTE.

BIBLIOTHÈQUE DE LA JEUNESSE

VOYAGES ET AVENTURES

DU CAPITAINE

MARIUS COUGOURDAN

PAR

EUGÈNE MOUTON
(MÉRINOS)

ILLUSTRATIONS D'APRÈS ÉD. ZIER

LIBRAIRIE HACHETTE

79, BOULEVARD SAINT-GERMAIN, PARIS

Lazare-Marius Cougourdan fut baptisé à Marseille.

NOTICE

SUR LA VIE ET LES ŒUVRES DE COUGOURDAN

Lazare-Marius Cougourdan naquit à Marseille, le 13 avril 1771, dans une maison de la rue Pavé-d'Amour, qui existe encore et qui porte le numéro 6. On ne s'explique pas par quelle incurie sa ville natale, d'ordinaire plus soucieuse de ses gloires, n'a pas encore songé à faire poser une plaque commémorative sur la façade de cette maison, car, de tous les marins illustres que Marseille a lancés sur les mers, Cougourdan fut à coup sûr le plus prodigieux.

Quoi qu'il en soit de cette regrettable omission, les registres de la paroisse où il est né ont préservé de l'oubli la date de son entrée dans ce monde, où il devait faire tant de bruit. Nous croyons être agréable à nos lecteurs et particulièrement à nos compatriotes de Marseille en mettant sous leurs yeux le texte authentique de l'acte de baptême de notre héros :

EXTRAICT DES REGISTRES
DE LA PAROISSE DE LA MAJOR

*Le treize avril de l'an mil sept cent septante-un, j'ay baptisé Lazare-Marius, fils naturel et légitime de Louis-Lazare Cougourdan, patron de pêche en ce port, et de Miette-Magdeleine Astruc, son épouse. Le parrain a esté Barthélemy Audibert, maistre portefaix, et la marraine Marie-Anne Pierrugues, marchande. En foy de quoy j'ay signé avec les témoins ci-*après. *Ainsi signé sur le registre : Louis-Lazare Cougourdan, Barthélemy Audibert, Marie-Anne Pierrugues, Algand, Truc, et Astoin vicaire.*

Les récits qu'on va lire rendent, ce me semble, inutiles les détails que je pourrais donner sur l'enfance de notre héros. Ce qui intéresse dans un homme, c'est ce qu'il a fait depuis le moment où il est entré en ligne dans la bataille de la vie jusqu'à l'heure où la mort a eu raison de lui. Somme toute, ce jeu du courage et de la volonté contre les forces et les lois de la nature est encore ce qu'il y a de plus curieux dans le spectacle de l'univers. Sans doute nous n'y comprenons pas grand' chose de plus qu'à tout le reste, mais nous y voyons nos semblables y déployer des qualités supérieures, y souffrir des douleurs imméritées, y faire beaucoup de mal, et finalement mourir après s'être donné toutes les peines du monde pour éviter cette inévitable conclusion de toute biographie.

C'est ce que les anciens exprimaient avec leur élégance habituelle, en disant qu'il n'y a pas de plus beau spectacle que celui d'un homme de cœur luttant contre la fortune. La tragédie, le drame, l'élégie ne sont pas autre chose que l'histoire éternelle de l'innocence accablée par les coups du sort, et du crime faisant souffrir mille maux à la vertu.

C'est encore pour rendre hommage et donner satisfaction à ce besoin du cœur humain qu'ont été élevés, en Grèce, à Rome et partout, ces édifices où l'on fait en grande pompe s'entr'égorger les animaux et les hommes. La guerre, avec le luxe et l'allé-

Le portrait du capitaine, d'après un dessin de l'auteur.

gresse qui en égayent toujours les premiers actes, est aussi l'expression de cet amour pour le carnage, qui est une des grandes jouissances de l'espèce humaine.

La vie du capitaine Marius Cougourdan se recommande donc tout d'abord aux amateurs des belles-lettres par toutes les conditions propres à inspirer la pitié et la terreur, et sous ce rapport elle pourrait être placée au rang des tragédies les plus autorisées, car on y meurt beaucoup et l'on y rit souvent, ce qui est la règle du genre : mais ce n'est pas tout, et le philosophe (ou l'artiste, ce qui revient au même) y trouvera d'attachants sujets de méditation sur les problèmes les plus ardus de la conscience. Je dis les plus ardus : car non seulement il sera embarrassé pour juger la morale de Cougourdan, mais il le sera pour se juger lui-même, lorsque, à la fin d'une de ces frasques effroyables où les principes les plus sacrés de la civilisation auront été foulés aux pieds, le lecteur sentira son cœur battre d'enthousiasme et de sympathie pour le coupable.

Cependant ne vous laissez pas arrêter à ce scrupule, et surtout, je vous en conjure, lisez le livre jusqu'au bout : lorsque vous aurez achevé de connaître l'étrange et original per-

sonnage qui s'est peint lui-même dans les récits que j'ai recueillis de sa bouche, vous serez tout étonné de découvrir sous cet amas d'énormités fantastiques une sagesse à faire peur ; à travers les colères et les ruses de ce vieux loup de mer vous démêlerez trois véritables vertus cardinales : la santé, le courage et la gaieté, sans lesquelles toutes les autres vertus sont à peu près impraticables, s'il est vrai qu'un homme malade, poltron et triste soit incapable de toute action généreuse.

Il n'est pas douteux qu'au point de vue du Code pénal et du droit des gens notre brave capitaine n'ait commis de gros péchés. Son penchant pour les nègres et pour les cargaisons mal défendues fut une faiblesse qui, dans telle circonstance donnée, aurait pu lui attirer plus que le blâme des autorités constituées telles qu'elles fonctionnent dans les Etats jouissant du bienfait de la civilisation. Mais tout cela se passait dans cette zone indécise entre la terre et le néant, qui s'appelle la mer, où tout s'efface et se noie dans le vague ; où, balancé jour et nuit sur la mort, la gorge serrée sans relâche par la main de fer de la nécessité, l'homme cesse de s'appartenir à lui-même pour s'en aller corps et âme au gré du vent qui le pousse ou du flot qui l'entraîne.... Ajoutez à cela que les marins comme Cougourdan ont vécu à une époque tourmentée où l'on ne savait jamais si la guerre allait finir ou recommencer, où pas un principe du droit des gens n'était reconnu d'une manière certaine et unanime, et l'on ne s'étonnera pas que ce matelot n'ait jamais pu comprendre nettement la différence entre le droit de course et le crime de piraterie, pas plus que la raison d'humanité qui avait fait abolir la traite.

« Quand je prends un navire à l'abordage, disait-il, et que je tue tout ce qui résiste, est-ce que le navire n'est pas à moi, puisque je l'ai pris à mes risques et périls, que diable ? Maintenant, parce que j'aurai un papier du gouvernement ou que mon pavillon sera de telle ou telle couleur, ça sera-t-il ça qui fera que je l'aurai pris ? Eh bien, alors, à quoi sert une lettre de marque ? Est-ce que ça ressuscite ceux que je leur ai tués ? Et les matelots que j'ai perdus, et les avaries que j'attrape, vous ne les comptez pas ? »

Pour ce qui est de l'esclavage, il voyait là un droit inhérent à la couleur même de la peau du nègre, de sorte qu'il ne pouvait absolument détacher l'un de l'autre ces deux termes.

« Mais puisque le bon Dieu les a faits nègres, concluait-il à la fin de toute discussion là-dessus, un nègre, à quoi ça sert ? Il faut bien qu'on en vende aux colons, autrement comment feraient-ils ? Tenez, c'est comme si vous me disiez que je n'ai pas le droit d'embarquer mes matelots à bord de mon navire, et que je dois les laisser à terre à courir les cabarets au lieu de faire mon service ! »

Il était excellent pour ses matelots et se faisait adorer d'eux quoiqu'il leur brûlât un peu la cervelle quand il le jugeait nécessaire au bien du service : mais ils ne s'en plaignaient pas, parce qu'ils étaient prévenus des cas dans lesquels ils pouvaient encourir cette mesure disciplinaire. Au reste Cougourdan ne fit par là que mettre en pratique à l'avance un droit que le législateur a jugé indispensable d'inscrire dans notre loi maritime actuelle, où il figure à l'article 365 du Code de justice militaire pour l'armée de mer, du 4 juin 1868.

Cougourdan a navigué depuis l'an 1785, qu'il s'embarqua comme mousse, ayant alors quatorze ans et quatre mois, jusqu'en 1835, qu'il quitta son métier à la suite d'un voyage où il avait vu mourir sous ses yeux, les uns après les autres, tous les hommes de son équipage : on lira l'histoire de cette épouvantable catastrophe. Cougourdan, on peut le dire, en est mort. Il fit encore un voyage aux échelles du Levant, mais ce fut le dernier, et il prit la résolution de se retirer à la campagne avec son navire, comme nous le verrons à la fin.

Dans cette période de cinquante ans il n'a pas passé en tout trois ans à terre, de sorte qu'on peut tenir qu'il a flotté pendant quarante-sept ans entre le ciel et la mer, ce qui doit lui faire pardonner bien des fautes.

Un autre motif d'indulgence à invoquer en sa faveur, c'est sa piété envers Notre-Dame de la Garde. Cette piété, qu'on veuille bien le remarquer, était absolument aveugle, et c'est par là qu'elle peut donner une idée de ce que, sous les nombreuses avaries dont la fortune de mer l'avait criblée, valait au fond l'âme du capitaine. Là, comme dans une sainte-barbe à l'abri des tempêtes de la vie et des griffes de Satan, Marius avait un sanctuaire où, toute radieuse de puissance et de beauté, resplendissait l'image de cette créature céleste qui remplaçait pour lui la mère, la sœur, l'épouse, dont il n'avait jamais connu la douce affection. Dans le danger comme dans la prospérité, il croyait la voir étendre ses bras sur lui et lui sourire du haut des cieux ; lorsqu'il avait commis quelque péché d'une énormité particulière, il tremblait et lui demandait pardon, de sorte qu'on peut dire en vérité que devant celle qu'il appelait « la bonne Mère » il est resté petit enfant jusqu'à son dernier jour.

Pauvre Cougourdan ! Croyez-moi, il valait mieux que sa conduite.

Et, au demeurant, si l'on rassemble dans un seul tableau l'histoire de ses travaux et de ses exploits, savez-vous que ce n'est pas le premier venu, et que le sillage qu'il a tracé sur le globe ferait envie à plus d'un conquérant ? Vous pouvez en juger par ces quelques chiffres, relevés d'après les détails qu'il m'a donnés de temps à autre au cours de ses récits :

Il a navigué pendant cinquante années ;

Il a formé plus de vingt capitaines au long cours et plus de deux cents matelots, tous de premier ordre ;

Il a fait 400 000 lieues environ sur toutes les mers du globe ;

Il a transporté pour plus de 40 millions de marchandises au compte de divers ;

Il a importé aux colonies plus de 10 000 nègres ;

Il a pris, tant aux Anglais qu'aux autres ennemis de la France, 3 frégates, 5 corvettes, 8 bricks, 13 goélettes, 17 canonnières, 4 chaloupes et 20 navires marchands. Et tout cela, bien entendu, au péril de sa vie.

En estimant le tout au bas mot, ses prises représentent : 3 680 morts ou prisonniers ; 557 canons ; 15 millions environ de valeur de prises.

Il n'est pas probable qu'Alexandre, par exemple, poussant ses conquêtes dans des pays où personne ne se défendait, ait fait périr autant de monde dans sa marche sur l'Inde ; Mahomet, faisant campagne dans les déserts de l'Arabie, n'a certainement pas détruit pour autant de millions de marchandises, et ni l'un ni l'autre n'a pris soit un canon, soit un navire.

Cougourdan, lui, a fait aux ennemis de son pays un mal immense ; il a paralysé leur commerce en répandant la terreur sur les mers ; il leur a tué beaucoup d'hommes : on peut donc sans exagération affirmer que son action comme belligérant a équivalu à

L'ami de Cougourdan, dessin de G. Clairin.

celle d'une brigade bien pourvue d'artillerie.

Au point de vue de la production, les 55 millions de marchandises qu'il a versées sur les marchés français sous forme de fret ou de prises, les 10 000 nègres qu'il a transbordés d'Afrique aux colonies sous forme d'esclaves, constituent un fait économique des plus considérables : et si l'on pouvait suivre la répartition qui s'est faite de toutes ces valeurs, on serait épouvanté du nombre de familles qui se sont enrichies indirectement de la peine qu'il a prise et du sang qu'il a répandu. D'ailleurs les flots de la mer ont lavé ce sang : ils se sont refermés depuis de longues années sur les navires et sur les cadavres qu'ils avaient engloutis, et la trace même en a disparu pour jamais....

Voilà, équitablement mis en lumière, ce que représente une figure comme celle de Cougourdan. On y pourra juger quels hommes c'étaient que nos vieux capitaines marins marseillais quand les circonstances leur permettaient de déployer les qualités d'intelligence et d'énergie qui font la gloire et l'orgueil de la race phocéenne.

Je sais bien qu'on m'opposera ici l'objection banale qu'on jette au nez de tous les héros imaginaires : c'est que Marius Cougourdan n'a jamais existé.

Cette objection, je ne ferai pas à mes lecteurs l'injure de la discuter.

Je me contenterai de faire remarquer que, l'existence étant dans tous les cas fugitive et passagère pour les héros aussi bien que pour le commun des hommes, le héros mort et celui qui n'a jamais vécu sont logés à la même enseigne, mais que l'un et l'autre vivent également dans l'imagination et dans le souvenir des hommes.

Il est vrai qu'ils y figurent à un titre différent pendant un temps plus ou moins long : mais il est non moins vrai qu'au bout de ce temps les souvenirs s'effacent, le fil des traditions s'emmêle, les savants embrouillent la question : peu à peu le personnage historique devient légendaire, de légendaire allégorique, d'allégorique mythique, et il finit par être confisqué au profit de quelque orientaliste qui s'en fait des rentes. Et de même on voit en sens contraire un personnage mythique remonter les mêmes degrés et devenir finalement historique.

La distinction entre les personnages réels et les personnages mythiques est donc une simple subtilité scolastique bonne tout au plus à assouvir l'intellect grossier d'un matérialiste. La religion et l'histoire de l'immense majorité du genre humain sont peuplées d'un personnel entièrement imaginaire, et le nom du plus obscur des dieux de l'Inde est plus connu et plus influent que celui de tel conquérant qui a ravagé la terre. Ces dieux, tout faux qu'ils sont, mènent le monde et ne meurent point.

Don Quichotte aussi n'a jamais existé, ni l'Invalide à la Tête de Bois, ni don Juan, ni Faust : et en attendant, si grand est le besoin, pour l'âme humaine, d'attester le vrai en dépit du réel, qu'elle consacre des monuments et des chefs-d'œuvre à la mémoire de ces êtres faits du plus pur de son idéal. L'immortalité s'attache aux lieux où les romanciers et les poètes ont fait vivre leurs héros : nous savons cela, nous autres de Marseille qui envoyons nos étrangers visiter, au château d'If, le cachot de Monte-Cristo.

Donc, tout bien considéré, je ne vois aucune raison pour que vous ne lisiez pas les histoires de Marius Cougourdan avec autant de confiance et d'intérêt que j'en ai eu moi-même à les raconter. Ne se passent-elles pas dans cette région intermédiaire entre le rêve et la réalité, qui est la seule où nous puissions, nous autres spiritualistes, respirer en pleine certitude ?

Nous ne connaissons que les simulacres des choses : il n'en est pas une seule qui ne traîne avec soi son mystère, la suivant comme son ombre, et que nous ne percerons jamais. Sans l'art et l'idéal, tous ces êtres vivants dont l'éclat et le relief nous crèvent les yeux ne seraient pour nous qu'un peuple de statues qui étoufferaient l'âme humaine entre leurs bras de pierre.

Quant à mon héros, comment ne pas l'aimer quand, au travers des merveilleuses aventures où il déploie, pour vous plaire, tant de courage et de gaieté, nous le voyons réunir, comme vous et moi, cet assemblage des qualités les plus heureuses et des défauts les plus regrettables, sans lequel, soit dit entre nous, il n'y a pas d'homme parfait ?

L'on vit déboucher du tournant de la montée un cortège étrange.

VOYAGES ET AVENTURES
DU CAPITAINE
MARIUS COUGOURDAN

Qui n'a pas connu le capitaine Marius Cougourdan, commandant le trois-mâts la *Bonne Mère*, du port de Marseille, ne peut pas avoir une idée, même approximative, de ce que le soleil avec tous ses feux, la mer avec toutes ses tempêtes, peuvent faire d'un homme, lorsque cet homme est né rue Pavé d'Amour, la dernière à votre droite quand vous descendez la Cannebière pour aller au port.

Je vous le déclare avec franchise, moi qui suis né dans la rue Sainte, moi qui ai respiré avec les poumons d'un fils pieux cette vertigineuse atmosphère de la cité phocéenne, mélange prodigieux de soleil, de goudron, de gaieté, de mistral, de soude artificielle, d'esprit, et de tant d'autres émanations dont je vous fais grâce; moi qui ai vu dans cette ville des hommes comme il n'y en a nulle part, jamais aucun mortel, même de ceux qu'on m'a appris à admirer dans les annales de l'histoire, même de ceux dont j'ai le regret d'ignorer l'existence, ne m'a inspiré un étonnement aussi profond et, je m'honore de le dire, une admiration aussi franche et

aussi sincère que le capitaine Marius Cougourdan, commandant le trois-mâts la *Bonne Mère*, du port de Marseille!

Il faut convenir du reste que les circonstances dans lesquelles je le vis pour la première fois étaient bien faites pour me surprendre et pour m'impressionner.

C'était le 15 août 1825, fête de l'Assomption. Nous avions passé la matinée aux Catalans, et nous eûmes l'idée de monter à Notre-Dame de la Garde, comme doit le faire de temps en temps tout bon Marseillais lorsqu'il veut retremper son admiration pour sa ville natale en allant la contempler de là-haut dans son opulente et radieuse splendeur.

Il y avait assez de monde sur la route et nous montions sans trop y prendre garde, lorsque nous commençâmes d'entendre derrière nous un brouhaha qui nous fit retourner, et nous vîmes déboucher du tournant de la montée un cortège tel qu'on n'en vit et que probablement on n'en verra jamais en pareil lieu.

C'était une calèche découverte traînée par six mules blanches et qui montait majestueusement cette espèce d'escalier rocailleux qu'on appelle le chemin de Notre-Dame de la Garde, et qu'un piéton ne peut gravir sans tirer une langue de plusieurs centimètres. Les mules étaient ornées de lis blancs accrochés partout où l'on avait pu leur en mettre. Le cocher, homme à figure basanée et peu recommandable, était affublé d'une de ces livrées insensées qu'on ne trouve plus que sur les théâtres de province. Il avait à la boutonnière un bouquet de lis gros comme la tête, et derrière la voiture, assis sur le second siège, deux laquais indescriptibles, revêtus de la même livrée et ornés pareillement d'un bouquet de lis, tenaient gravement deux cierges allumés longs de six pieds et gros comme le bras. Les lanternes de la voiture étaient remplacées par deux cierges de même dimension, allumés.

Ni les efforts des mules ni l'habileté du cocher, lequel paraissait d'ailleurs ne pas s'occuper de son attelage, attendu que de la main droite il portait un cierge en guise de fouet, n'étaient pour rien dans la marche de ce fantastique équipage. Six hommes, qu'à leur costume on reconnaissait pour des matelots, conduisaient chacun une des mules par la bride; quatorze autres matelots, à l'aide de barres passées sous la voiture, la soulevaient ou plutôt la portaient à bras en se relayant tour à tour.

Mais ce qui surpassait tout le reste, c'était le personnage assis dans la voiture et s'y tenant avec autant d'aisance et de gravité que s'il eût été en promenade au Cours.

C'était un homme d'une cinquantaine d'années, assez replet, mais dégagé dans ses formes, et dont la carrure terrible annonçait une grande vigueur. Sa figure ronde, ses pommettes saillantes, son teint rouge et luisant comme le cuivre des casseroles, ses cheveux frisés et grisonnants, son collier de barbe roussâtre, ses yeux gris clair brillant sous une formidable paire de sourcils en broussaille, donnaient à son visage un air de résolution et de dureté qui faisait un étrange contraste avec l'expression d'une bouche pleine de grâce s'entr'ouvrant dans un fin sourire et laissant voir une rangée de dents blanches à faire envie à une jolie femme.

Il était vêtu d'un habit de drap bleu barbeau à boutons d'or, d'un gilet de satin jaune broché d'un semis de roses, et d'un pantalon de nankin. Quant à la cravate, elle avait toutes les nuances de l'arc-en-ciel, depuis le jaune et le rose les plus tendres jusqu'au rouge et au vert les plus

violents; à la chemise étincelait comme une escarboucle un diamant de la grosseur d'une noisette. La coiffure dépassait tout cela en étrangeté : elle consistait en un énorme chapeau tromblon de castor gris dont la forme avait au moins deux pieds de haut. De ses larges mains gantées de blanc le personnage soutenait un cierge, celui-là gros comme la cuisse, et dont l'énorme mèche brûlait en lançant des torrents de fumée.

Une foule compacte accompagnait ce cortège invraisemblable.

Pour moi j'étais resté cloué à ma place, me demandant si je n'étais pas le jouet d'un rêve, et je me retournai d'un air si ahuri vers une femme qui était à côté de moi, qu'elle comprit mon angoisse et me dit en me regardant avec une sorte de pitié :

« Vous ne savez donc pas ce que c'est que ça?

— Ma foi non, car de ma vie je n'ai rien vu de si extraordinaire!

— Eh bien, ça, c'est le capitaine Marius Cougourdan qui va faire à la bonne Mère le vœu qu'il a juré d'accomplir avec ses matelots dans le danger. »

Et voilà comment je vis pour la première fois le capitaine Marius Cougourdan, commandant le trois-mâts la *Bonne Mère*, du port de Marseille.

A partir de cet instant je n'eus plus qu'un désir, faire connaissance le plus tôt possible avec cet homme prodigieux. Un de mes amis, lié avec le capitaine, m'offrit de me mettre en relation avec lui.

« Tu vas voir, me dit-il, l'homme le plus curieux qui se puisse rencontrer. Marius Cougourdan est un des derniers spécimens de cette forte race de capitaines provençaux qui ont couru toutes les mers du globe en y faisant tous les métiers, sans se soucier beaucoup plus du droit des gens en temps de paix que du droit des neutres en temps de guerre. Marin consommé, brave comme un lion, fin comme un renard, peu scrupuleux sur l'emploi des moyens, c'est une nature à la fois primitive et raffinée, dont les contrastes te choqueront d'abord, mais finiront par t'attirer et te plaire. Cougourdan fait un peu de tout : dans ses longs voyages, qui durent des années, il joint à son négoce ordinaire tous les genres de transactions, tels que la contrebande toujours, et le commerce du *bois d'ébène*[1] souvent. On dit même qu'il a fait, à ses moments perdus, quelque peu de pira-

1. C'est ainsi que les négriers désignaient la traite des noirs.

terie, mais c'était contre des bâtiments anglais ou espagnols seulement.... D'ailleurs d'une probité antique, jamais Cougourdan n'a manqué à sa parole; jamais, quand il commandait pour le compte d'autrui, il n'a voulu ni supposer une avarie ni même perdre un bâtiment, quelque élevée que fût la prime d'assurance.

« Mais ce qu'il a de vraiment admirable, c'est sa douce piété. Il aime Notre-Dame de la Garde comme une mère, comme une sœur, comme une fille.

« C'est ainsi qu'un jour, au moment où, surpris par un croiseur, il faisait jeter à la mer une cargaison de nègres, un de ses matelots, qu'un nègre avait mordu en se débattant, ayant proféré un épouvantable blasphème contre Notre-Dame de la Garde, Cougourdan s'approcha, arma tranquillement son pistolet, fit mettre le matelot à genoux et lui dit :

Le capitaine gesticulait et criait.

« — Tu as manqué à notre mère à tous : va lui faire tes excuses tout de suite ! »

« Et il lui brûla la cervelle. »

« Au demeurant, un brave homme, qu'on ne peut s'empêcher d'aimer, et qui te racontera des histoires comme de ta vie tu n'en as entendu. »

Le lendemain matin nous allâmes trouver Marius Cougourdan. Il était à son bord, où nous fûmes reçus par un équipage dans lequel je reconnus tous les figurants du pèlerinage de la veille.

La *Bonne Mère* était un admirable navire, soigné comme une petite-maîtresse, mais d'une hardiesse et d'une désinvolture de formes qui donnaient fort à penser.

Comme je faisais mes compliments au capitaine sur la beauté de son navire :

« Oh! me dit-il, un armateur ne peut pas en avoir un comme cela. Il est à moi, vous savez? »

Je lui serrai la main de si bonne grâce, qu'à partir de ce moment nous devînmes une paire d'amis.

Depuis, notre liaison s'est continuée, et c'est dans le cours de nos longues causeries que j'ai recueilli les histoires qu'on va lire, et qui auront bien plus de sel maintenant que le lecteur a fait connaissance avec mon héros. Le capitaine me les racontait ordinairement debout, moi assis et fumant un cigare. Il commençait d'un ton. très calme, les mains dans ses poches, mais peu à peu il se balançait à droite et à gauche, de plus en plus fort, jusqu'à ce que, le récit s'animant, il se mit à gesticuler et à crier : alors il était dans tout son éclat.

La première histoire qu'il m'ait contée est celle qui se rapportait à son pèlerinage de la veille. La voici telle qu'il me l'a dite. Je lui laisse la parole :

I

Le Gorille.

Monsieur, vous avez dû être bien étonné de me rencontrer là-haut en voiture? Ma calèche est la première qui soit montée à Notre-Dame de la Garde, et même j'ai eu toutes les peines du monde à obtenir que le commissaire de police me laissât accomplir mon vœu, parce que, disait-il, ce n'est pas l'usage d'aller là-haut en calèche. Mais il m'a vu si désolé, je lui ai représenté d'une matière si touchante la rage où il allait me mettre s'il continuait à me contrarier, qu'il s'est rendu à mes désirs avec le plus aimable empressement. Et il a bien fait, ajouta Cougourdan en lançant dans le vague un regard étrange, car jamais la bonne Mère ne manque de punir d'une manière exemplaire ceux qui contrarient ses amis.

« Monsieur, j'ai fait cent mille lieues sur mer, quinze fois le tour du monde, cinq naufrages, quatre maladies mortelles, sans avoir plus peur que si vous vouliez me faire peur, hé! Ça ne m'a pas empêché de faire un vœu chaque fois que j'étais en danger, et, quand vous retournerez à Notre-Dame de la Garde, demandez la chapelle du capitaine Marius Cougourdan, et vous m'en direz des nouvelles : il y en a pour plus de dix mille francs de cœurs, de tableaux, de couronnes, de petits navires, et de bijoux d'or et d'argent magnifiquement enrichis de pierres précieuses. Eh bien, monsieur, mon vœu d'hier me coûte plus d'argent que tous les autres ensemble, parce que le danger qui me l'a fait faire est le plus terrible que j'aie couru, et je vous avoue que s'il avait duré seulement quinze jours, peut-être nos neveux auraient-ils pu lire avec étonnement dans l'histoire que le capitaine

Marius Cougourdan, commandant le trois-mâts la *Bonne Mère*, du port de Marseille, avait eu peur une fois en sa vie ! »

Ici le capitaine, évidemment satisfait de son exorde, se caressa le menton d'un geste gracieux, et, arrondissant les bras, la main fermée et les deux pouces levés, à la marseillaise, il me fit voir que l'histoire allait commencer et qu'elle serait intéressante.

« Le 27 mai 1825 demeurera éternellement célèbre dans les annales de l'histoire du Gabon par le souvenir de mon combat contre un animal d'autant plus redoutable que nul Européen n'en avait jamais rencontré avant moi. Dans cette lutte effroyable, j'ai vu la mort sous la forme la plus déplaisante, celle d'un gros singe tellement sale et tellement mal peigné, que l'idée seule d'avoir failli périr de la main de cette espèce de bossu sauvage me remplit d'indignation et d'horreur. »

Ici le capitaine s'arrêta comme oppressé ; il jeta autour de lui un regard effaré, devint tout pâle, mais ne tarda pas à se remettre :

« Voyez-vous, mon cher ami, je ne suis pas maître de mon indignation lorsque je songe à cette vilaine bête et que je me dis : quand je pense, Marius, qu'un homme comme toi a été obligé de se mesurer avec un animal aussi ridicule que féroce, et qu'une mounine a failli t'étrangler !

Je suppose, mon cher ami, que vous n'avez pas de préjugé contre les nègres, n'est-ce pas ? Moi je n'en ai jamais eu non plus, et j'en faisais le commerce, à mes risques et périls, bien entendu. C'est un bon commerce. Et puis on rend service aux colonies. J'ai toujours aimé les colonies, moi.

J'étais venu au Gabon pour prendre livraison de deux cents nègres que le roi du pays m'avait promis à mon voyage précédent. J'avais terminé mes affaires et je n'attendais plus qu'un bon vent pour me mettre en route.

Tous les jours je quittais le bord vers quatre heures du matin ; je chassais jusqu'à sept heures, je revenais coucher à bord où je dormais jusqu'à cinq heures, et le soir venu je redescendais à terre, où je me promenais jusqu'à minuit sans perdre de vue le navire.

Ce jour-là j'étais descendu du bord depuis une heure à peu près : il était donc cinq heures, à mon estime, lorsque je me trouvai, à un quart de lieue environ du bord de la mer, à l'entrée d'un grand bois très touffu. Il faisait une chaleur effroyable ;

le soleil me tombait sur la tête, comme si on m'avait versé dessus une cruche de plomb fondu. J'aperçus à la lisière du bois une espèce d'ouverture comme une voûte : je m'approchai, et je vis qu'il y avait là le lit d'un ruisseau qui coulait à travers.

Vous ne savez pas ce que c'est que de voir de l'eau fraîche et de l'ombre quand on a 65 degrés de thermomètre sur le dos ! Je me dirigeai immédiatement vers le lit du ruisseau, et, après m'être assuré que mon coutelas jouait bien dans sa gaine, que ma hache était bien à sa place et que mes amorces étaient en bon état, je descendis dans le lit du ruisseau et je me mis à remonter le courant à travers les quartiers de roches et les troncs d'arbres qui l'encombraient. J'arrivai ainsi jusqu'à un endroit où les bords du ruisseau s'abaissaient, traversant une espèce de clairière où l'herbe n'était guère plus haute que celle de nos prairies. Je grimpai sur la rive, et je trouvai l'endroit si joli que je résolus d'y faire halte et de fumer une pipe. En déposant mes armes pour me mettre à l'aise, je crus m'apercevoir que les batteries de mes pistolets et de ma carabine avaient quelques gouttes d'eau : mais je me contentai de les essuyer, sûr que j'étais de n'avoir pas trébuché une seule fois dans l'eau, et que dès lors mes amorces ne pouvaient avoir été mouillées.

Je me mis à bourrer ma pipe ; je l'allumai : et, voyez comme il ne faut jamais se fier à rien en ce monde ! je peux dire qu'aucune des pipes que j'ai fumées dans ma vie ne valait celle-là. J'étais frais, j'étais bien portant ; ma cargaison était arrimée dans ma cale ; je n'avais pas une avarie, pas un nègre malade ; je me voyais de retour à Marseille, plus riche d'une centaine de mille francs au moins, honnêtement gagnés.

Aussi je ne pus pas m'empêcher de me taper familièrement sur le ventre, ainsi que j'ai l'habitude de le faire quand je suis seul dans mon intimité, et je me disais :

« Capitaine Marius Cougourdan, mon cher ami, il faut convenir que ton sort est bien digne d'envie !... »

Je n'avais pas achevé ces paroles remarquables que j'entendis, au delà du ruisseau et au bord opposé de la clairière, un bruit de branches cassées. Je regardai, et j'aperçus, à quelques pas dans l'intérieur du bois, un nègre magnifique qui paraissait occupé à faire un fagot. A sa taille et à la vigueur dont il y allait, je l'estimai tout de suite 2 400 francs, et je me sentis pris du désir enfantin de m'en emparer.

Vous riez? Vous ne pouvez pas vous imaginer comme je suis enfant!

Je ne sais pas si vous savez comment je me procure des nègres dans les pays où il n'y a pas de roi pour me les vendre? Vous connaissez bien le *lasso* des Gauchos? Eh bien, tous mes matelots sont dressés à s'en servir, et c'est moi qui le leur apprends : à vingt-cinq pas, je ne manque jamais mon nègre.

J'avais fort heureusement mon lasso recommandai mon âme à Dieu. En une seconde je pensai à tout ce qui allait arriver :

« Il va te sauter dessus, il va t'étrangler, t'étouffer, te déchirer en mille morceaux. Ce soir, ton équipage va t'attendre; demain, ils te chercheront partout, et à force de chercher ils finiront par trouver ton corps, dont le triste état leur apprendra l'horrible vérité! Ils n'auront plus d'autre ressource que d'appareiller, et d'aller à la

« Je descendis dans le lit du ruisseau. »

pendu derrière mon épaule gauche, mais la difficulté était d'attirer le nègre hors du fourré. Je me dis : « S'il te voit, il ne sortira pas, au contraire ».

Je me décidai donc à tourner par derrière et à le faire sortir devant moi. Je fis un grand tour, et j'arrivai presque sur lui sans qu'il m'entendît, tant il faisait de bruit en cassant ses branches. Je l'entrevoyais déjà à travers le feuillage, lorsqu'il fit un bond et sauta hors du bois. Je sautai presque en même temps que lui, mon lasso tout prêt à la main, et il n'avait pas fait trois pas que le lasso allait s'enrouler autour de ses jambes, et je le vis s'arrêter net et se retourner vers moi.

Miséricorde! qu'avais-je fait? Ce n'était pas un nègre, c'était un gorille! -

Immédiatement je sentis mon corps devenir comme un glaçon, et une sueur froide me coula de la tête aux pieds, au point que les gouttes me tombaient des sourcils sur les yeux et me troublaient la vue. A ce moment je me vis perdu et je

Havane ou à la Nouvelle-Orléans vendre la cargaison, dont ils se partageront le prix. Une si belle cargaison! tous nègres de choix! pas un malade! Tout ça perdu pour un singe! Et quand ils rentreront à Marseille et qu'on leur demandera où est le capitaine Marius Cougourdan, qu'est-ce qu'ils pourront faire, sinon de verser des larmes? »

Le singe était debout, immobile et me regardant avec des yeux épouvantables. Sa respiration faisait autant de bruit qu'un soufflet de forge; il entr'ouvrait sa vilaine gueule et me montrait quatre dents longues comme le doigt et pointues comme des baïonnettes.

Je ne sais si vous voyez d'ici ma position?

Le lasso était roulé d'un bout dans les jambes du singe, de l'autre autour de mon poignet droit, et la lanière était tendue entre nous deux. J'essayai d'abord d'en dégager ma main, mais je ne pouvais pas, elle était trop serrée. Je me dis :

« Pour que tu puisses la dégager, il

faut te rapprocher du singe, alors la lanière se détendra : mais si tu fais un pas, tu es perdu, il te saute dessus ! »

Alors une idée me vint : je tirai de la main gauche mon coutelas, espérant pouvoir m'en servir pour couper la lanière : mais à peine avais-je fait ce mouvement, que le diable de singe, saisissant les lanières qui lui serraient les jambes, les cassa comme un fil, et le bout tomba à terre. Je me crus délivré, et ma première idée fut de tirer à moi : mais il y en avait vingt-cinq pieds à tirer, et je jugeai que je ferais mieux de couper la lanière.

Idée malheureuse, car au moment où je levais le coutelas, le singe se baissa, saisit le bout qui était à ses pieds, et le secoua de telle façon qu'il m'aurait arraché le bras si je ne m'étais pas un peu rapproché de lui. Il se mit alors à reculer à petits pas du côté du bois, moi gardant ma distance et essayant toujours de couper la lanière, mais sans pouvoir.

Peu à peu il se rapprochait du bois, me menant en laisse comme un chien.

Et moi, pendant ce temps, je faisais de bien tristes réflexions, car je ne pouvais m'empêcher de me dire : « Tu es le nègre de ce singe ! »

Enfin il entra dans le fourré, et à peine avions-nous fait dix pas que je me trouvai arrêté net par un énorme tronc d'arbre. Le singe fit un tour, la courroie se trouva enroulée, il tira dessus et elle cassa. Je restai alors retenu au tronc d'arbre par le reste de la courroie ; le singe se mit à tourner autour de l'arbre. Moi je ne pouvais fuir, à cause de la courroie. Le singe se retournait vers moi et allait me sauter dessus, lorsqu'en ce moment suprême je m'écriai :

« Bonne Mère ! si vous me tirez de cette position, je vous ferai brûler un cierge qui sera gros comme le bras ! »

En disant ces mots je coupai la courroie avec mon coutelas et je me trouvai libre de mon bras droit. Je portai vivement la main à ma ceinture pour saisir mes pistolets.... Miséricorde ! je ne les avais pas, je les avais laissés sur l'herbe avec mon fusil ! J'avais bien ma hache, mais les bras du singe étaient plus longs que mon bras et la hache au bout ; quant au coutelas, il était encore plus court.

Le singe était de l'autre côté du tronc d'arbre ; je ne voyais pas son corps, mais il passait son horrible tête et ne me perdait pas de vue. Je me cachai du mieux que je pus et en regardant derrière moi je vis qu'il s'était caché aussi, car sa tête ne

paraissait plus. Mais je l'entendais claquer des dents.

Ah ! c'était une position horrible, de savoir ce singe adossé derrière l'arbre et de me dire : si tu fais un mouvement, il te saute dessus !

« Sainte bonne Mère, dis-je tout haut, si vous me tirez de celle-ci, je vous ferai brûler un cierge qui sera gros comme ma cuisse ! »

A ce moment je commençai à me remettre un peu et à me rendre compte de ma situation. « Il faut qu'à tout prix tu rattrapes ton fusil et tes pistolets, et que tu flanques tes balles dans la tête de ce vilain macaque. Mais comment faire ? Il faut d'abord que tu sortes du bois.... Et encore non ! si tu sors sur la clairière, il te saute dessus et tu es perdu ! »

Je m'aperçus alors d'une chose : c'est qu'il était beaucoup plus gros que moi et qu'il ne devait pas passer où je passerais. Il est bon de vous dire que cette forêt était composée d'arbres ayant des épines d'un pied de long, pointues comme des aiguilles au bout, très dures, mais guère plus grosses que le pouce. J'avais ma hache et mon coutelas, le singe n'avait que ses pattes. Je me dis : « Si tu peux te faire un passage juste pour toi, le singe ne pourra y passer qu'en l'élargissant et tu avanceras plus vite que lui. Tâche donc d'arriver, à travers le fourré, en tournant autour de la clairière, jusqu'à l'endroit où sont tes armes ; et si tu peux mettre la main dessus, le singe est flambé et tu es sauvé.

« Sainte bonne Mère ! m'écriai-je, si vous me faites arriver à bon port jusqu'à mes armes, non seulement je vous ferai brûler un cierge gros comme ma cuisse, mais j'irai vous le porter en compagnie de trois de mes matelots portant chacun un cierge gros comme le bras ! Que je touche seulement mon fusil, et je n'ai plus besoin de vous. »

Aussitôt, le coutelas d'une main, la hache de l'autre ; je me mis à abattre les épines et j'eus bientôt ouvert devant moi une niche étroite où mon corps put entrer. Mais à peine y étais-je que j'entends le singe derrière moi. Je fais volte-face, et au moment où il tendait une main pour m'empoigner, je lui donne un coup de hache qui lui abat le pouce.

Ah ! mon cher ami, à ce coup je crus que tout était fini ! Il se recula, regarda son pouce, d'où le sang coulait par jets vermeils, et, fermant les mains, il se mit à se frapper la poitrine de ses deux poings avec un bruit si terrible qu'on aurait dit

« LE SINGE SE RAPPROCHAIT DU BOIS, ME MENANT EN LAISSE COMME UN CHIEN. »

qu'il avait dans l'estomac trente tambours et soixante grosses caisses. Et puis il ouvrit sa gueule, et il poussa un cri si épouvantable que je me laissai aller contre un arbre sans savoir où j'en étais. Pourtant, dans mon angoisse, je songeai encore

« Le singe était de l'autre côté du tronc d'arbre. »

à ma protectrice, et je lui dis d'une voix entrecoupée :

« Sainte bonne Mère ! si vous me tirez de celle-ci, j'irai en voiture, avec mes trois matelots, jusque sur la plate-forme de la citadelle de Notre-Dame de la Garde, vous porter les quatre gros cierges que je vous ai promis ! »

À cet instant le singe, prenant son élan, fit un bond sur moi. Mais je l'avais vu venir, je m'étais effacé dans ma niche, et comme il s'était élancé les bras ouverts, il alla s'embrocher dans quinze ou vingt épines qui dépassaient les bords de l'ouverture, et il se recula tout interdit, regardant couler son sang et léchant ses blessures sans dire un mot.

Je reprenais courage. Ma position devenait meilleure. Je me remis à abattre les épines, et le singe était encore à regarder couler son sang, que j'étais déjà séparé de lui par un corridor de plus de trois pieds

de long, trop étroit pour qu'il pût pénétrer.

« Allons ! Marius, mon ami, courage, que je me disais ; encore quelques branches à abattre, et tu auras entre les mains une bonne carabine et une bonne paire de pistolets, et nous verrons ce que cet homme des bois pourra répondre à ton dialogue ! »

Et je coupais, je taillais, j'abattais ! J'étais presque content, monsieur, au point que je regrettais déjà d'avoir tant promis à la bonne Mère, peut-être sans nécessité....

Tout à coup, je me sentis retenu par la basque de ma veste. Je me crus accroché à quelque épine. Horreur ! c'était le singe qui avait allongé le bras et qui me tenait ! Heureusement il n'avait pu prendre que le tout petit bord.

« Bonne Mère ! m'écriai-je, délivrez-moi de cette patte, et je mets quatre chevaux à la voiture ! »

Ma veste était de toile. Je donne un coup d'épaule, l'étoffe craque, et le morceau lui reste à la main !

Cette fois j'étais sauvé, hein ? Ah ! vous croyez ça, vous ? Vous ne savez donc pas que le singe n'était qu'à deux pas de moi, et qu'il me suivait ? Il n'avait pas de coutelas, mais il s'était mis à quatre pattes, et il arrachait les branches si vite que je reconnus bientôt qu'il allait m'atteindre ! Enfin je redoublai d'efforts et je finis par abattre les dernières branches qui me séparaient de la clairière, vis-à-vis de l'endroit où mes pistolets et mon fusil étaient restés. La prairie était en contrebas du bois ; je pris mon élan et je tombai juste la main sur mes pistolets.

« Bonne Mère, dis-je tout haut, je vous remercie de m'avoir tiré de danger : maintenant que je tiens mes pistolets, je me charge du reste. »

Je n'avais pas achevé que j'entends un épouvantable fracas de branches, et le singe, bondissant par-dessus ma tête, va tomber à quatre pas en avant de moi, juste sur ma carabine !

Alors je le vis dans toute sa laideur et dans toute sa malpropreté. Monsieur, j'ai acheté une fois sur le Vieux-Port une peau d'ours avariée et d'occasion : je vous certifie que c'était plus propre que sa peau. Il était ébouriffé comme un baudet, sale comme un peigne, tout couvert de terre, de mousse, de feuilles, de crasse ; avec ça, toute sa vilaine tignasse pleine de sang, et il léchait tout ça comme si c'avait été du sucre d'orge. Sa figure, monsieur, il n'y a pas de vieille savate qui soit aussi noire, aussi éraillée, aussi ridée, aussi recroquevillée, que ce museau de Lucifer. C'était moitié noir et moitié bleu, et de temps en temps il levait la tête d'un air capable et prétentieux, en baissant ses paupières qui étaient roses comme de la chair à vif. Je l'aurais souffleté tant il avait l'air insolent!

« Ah! si j'avais là seulement huit ou dix de mes matelots, lui dis-je, quel triste

bine comme sur un bâton. Comme il ne fallait pas le manquer, je visai à la tête, et ma foi, pour être plus sûr de mon coup, je mis un genou en terre et je le tins un instant en joue avec un plaisir que vous pouvez comprendre.

Je presse la détente, le chien s'abat.... Raté!

Je prends le second pistolet, je l'arme, je presse la détente, le chien s'abat... Raté!

« Le singe se mit à genoux. »

quart d'heure tu passerais, vilain nègre manqué que tu es! Mais si tu pouvais te voir dans une glace, tu te trouverais si laid que tu n'oserais pas seulement montrer le bout de ton nez camus! Qu'est-ce que tu me veux, dis? Si tu étais un lion ou un boa, tu pourrais dire que tu veux me manger : mais tu ne manges que des racines ou des morceaux de bois, c'est bien assez bon pour toi! On ne mange pas comme ça du capitaine marseillais, lorsqu'on n'est qu'un méchant macaque! Quand tu m'auras étranglé, qu'est-ce que ça te rapportera? »

Comme je tenais mes pistolets, le sang-froid me revenait.

« Maintenant, mon bon, si tu veux bien me le permettre, je vais te faire voir comment le capitaine Marius Cougourdan sait se tirer d'affaire quand il a une bonne paire de pistolets à la main. »

Le singe était à dix pas de moi, assis sur son derrière, se grattant la fesse d'une main, l'autre main appuyée sur ma cara-

L'herbe était mouillée, mes pistolets ne valaient pas un sabre de bois!

Le singe heureusement ne bougeait pas. Seulement il s'était mis aussi un genou en terre, absolument comme moi, et il tournait, retournait, tourneras-tu? ma carabine; après quoi, la prenant sans doute pour quelque racine de bois de fer, il essaya d'en manger et il la mordit juste à l'endroit de la batterie.

Le coup part, naturellement. Vous croyez que le singe tomba à la renverse? Ah ben ouat! Ça lui fit juste le même effet que quand on casse une noisette avec les dents.

A ce moment, monsieur, je me dis :

« Mon pauvre Marius, je crois que cette fois tu peux faire ton sac. Si ça dure encore une minute, le singe te saute dessus et il t'étrangle; si tu t'approches de lui, il te saute dessus et il t'étrangle; si tu fais mine de te sauver, il te saute dessus et il t'étrangle. »

Ce qu'il y avait de plus déchirant dans

ma position, c'est que, tourné comme j'étais, je pouvais apercevoir, à travers un mince rideau d'arbres, le bord de la mer et, à quelques encablures du rivage, mon navire se balançant coquettement par une jolie petite brise du sud-est; je pouvais même voir un matelot en vigie au haut du grand mât : en un quart d'heure je les aurais rejoints! Une minute auparavant je me croyais sauvé, et maintenant je retombais à la merci de ce singe! Encore si ç'avait été un orang-outang! Mais un gorille! La situation était sans remède.

Je me mis à genoux et, les bras tendus, les yeux levés au ciel :

« Sainte bonne Mère, dis-je, si vous me débarrassez de la compagnie de ce vilain magot, je ferai mettre deux cierges à la voiture en place de lanternes! »

Le singe se mit à genoux et leva les yeux au ciel.

« Ah mon Dieu! est-ce que ce singe serait catholique, par hasard? » me dis-je.

En même temps je me sentis renaître à l'espérance, et j'entendis comme une voix intérieure qui me disait :

« *Capitaine Cougourdan, crois-moi, prends-le par son faible.*

— Prends-le par son faible,... prends-le par son faible.... Qué diable de faible voulez-vous qu'il ait, un particulier qui tuerait un rhinocéros d'une chiquenaude? Veux-tu de l'argent? Tiens, voleur, prends! »

« Le gorille m'imita. »

Mais sache bien que je te le ferai rendre, au moins, si je te rattrape!

« Tu n'en veux pas? Eh bien, et ça, en veux-tu? »

Et je lui jetai un collier de verroterie qui valait bien deux sous. Mais il prit l'ar-

gent et me le jeta; il prit le collier et me le jeta. Puis il se mit à me regarder un moment. Puis il s'avança d'un pas vers moi!

« Bonne Mère! dis-je alors, cinq chevaux, et les trois matelots en livrée de gala! »

Et je joignis les mains. Le singe s'arrêta et joignit les mains aussi.

« *Prends-le donc par son faible, je te dis* », répétait la voix :

Je reculai d'un pas. Le singe recula d'un pas.

« Té! je dis, mettons six chevaux et n'en parlons plus. »

En disant cela, je fis un pas sur ma gauche; le singe fit un pas sur sa droite et se trouva plus près de moi.

A ce moment je sentis ma dévotion redoubler pour la bonne Mère, et je lui dis : « Vous aimeriez peut-être mieux des mules? Eh bien, six mules! »

Le singe fit une grimace.

« Les aimez-vous mieux blanches? Eh bien, six mules blanches.... »

Le gorille commençait à claquer des dents!

« ... ornées de lis blancs, le cocher de même.... »

Le gorille hurlait!

« *Cougourdan! mon ami Cougourdan! suis mon conseil sans perdre de temps : prend-le par son faible!* » répétait la voix.

Je n'avais plus que quelques minutes à vivre : le gorille se rapprochait peu à peu de moi et il s'arrêta une dernière fois.

Encore deux pas et il me saisissait.

Sa respiration ronfla d'abord comme un vent d'orage, et tout aussitôt il se mit à se frapper la poitrine de ses poings en faisant un bruit encore plus effroyable que la première fois.

A cet instant suprême j'invoquai une dernière fois ma protectrice : « Le cocher et les laquais auront chacun un bouquet de lis blancs à la boutonnière! »

A ce coup j'y vis clair! Dans mon trouble je n'avais pas assez remarqué une chose : c'est que, depuis le commencement de cette triste scène, cette brute de mounine n'avait pas manqué une seule fois de faire de point en point tout ce que j'avais fait.

« Marius, je me dis, tu es encore plus bête que cette bête! Comment! tu en es encore, à ton âge, à te demander quel est le faible d'un singe!

« Hé! trooûn de l'air! j'y suis! »

Et savez-vous ce que je fis, monsieur?

Une chose bien simple, à laquelle j'aurais dû songer tout de suite : je mis les mains dans mes poches, et, sifflotant un petit air de Marseille, je m'en retournai tranquillement à mon canot, qui m'attendait sur la plage.

« Eh bien, et le singe?

— Le singe s'en alla de son côté comme je m'en allais du mien. Je l'avais pris par son faible.

— Quel est donc ce faible?

— Vous ne le savez pas?

— Non.

— C'est l'imitation. »

II

Le Matelot écossais.

Un matin le capitaine vint frapper à ma porte. J'en fus un peu étonné, car c'était dans la rue, suivant les habitudes marseillaises, que notre intimité s'était formée et se continuait.

« Qui vous amène de si bonne heure, capitaine? lui dis-je.

— Euh! je me languis, je m'ennuie : j'ai besoin de prendre l'air... et je suis venu vous chercher pour aller nous promener ensemble.... Nous irons hors la ville, si vous voulez? »

Et s'asseyant avec une espèce de découragement, il se passa la main sur le front et demeura immobile et silencieux, les yeux fixés à terre. Son air me frappa : je ne l'avais jamais vu ainsi.

« Qu'avez-vous donc, capitaine? vous paraissez contrarié : je dirais triste, si la tristesse et le capitaine Marius Cougourdan pouvaient vivre une heure ensemble. »

Il leva les yeux sur moi; son regard avait pris une expression de douleur et de regret presque suppliante, et cette physionomie, d'ordinaire si gaie et si dure en même temps, s'était transfigurée sous l'influence d'un sentiment mystérieux.

« Vous souffrez? » lui dis-je.

Comme s'il ne m'eût pas entendu, il appuya ses coudes sur ses genoux, se prit la tête dans les deux mains, et me dit d'une voix lente et sourde :

« C'est aujourd'hui le 25 mars, n'est-ce pas.

— Eh bien, est-ce que cette date vous rappelle quelque malheur, la perte de quelqu'un qui vous fut cher?

— Les parents et les amis que j'ai perdus, Dieu les a pris sans me demander la permission et sans m'avertir. On est en mer, on débarque, on revient tout content, et puis quelqu'un vous dit : « Celui-ci est mort, celle-là est morte.... » Que voulez-vous! ils sont morts depuis un mois, depuis un an; on pleure un moment, et puis on voit bien que ce n'est pas la peine de pleurer tout seul, parce que ça fait du chagrin à ceux qui sont consolés. Voyez-vous, le chagrin, c'est comme une noce : quand vous n'êtes pas arrivé à l'heure, autant retourner chez vous. D'ailleurs est-ce qu'il ne faut pas que tout le monde meure? Les uns meurent, les autres naissent, qu'est-ce que ça fait? C'est pas pour vous dire, mais — et ici le capitaine me saisit le poignet et mit sa figure contre la mienne — ce qui est affreux, c'est..., c'est d'être la cause de la mort d'un jeune homme! »

Je le regardai un moment en silence. Je comprenais qu'il y avait une relation douloureuse entre cette date et un événement de sa vie.

« J'avoue que je ne m'attendais pas à vous entendre parler ainsi : car enfin, si j'en juge d'après ce que vous m'avez raconté de votre existence, il y a dans l'autre monde plus d'un pauvre diable qui sans vous serait encore plein de vie à l'heure qu'il est. Mais voyons, cher capitaine, avouez que quelque chose vous pèse sur le cœur; si je ne me trompe même, la date où nous sommes aujourd'hui vous rappelle le souvenir qui vous oppresse. Je suis votre ami, vous le savez, confiez-vous à moi.

— Je n'ose pas, me dit-il : si vous alliez me mépriser ou me prendre en horreur? »

Je lui pris les mains :

« Ne le craignez pas, mon ami! lui dis-je, ne le craignez pas! Vous avez été jeté par le sort dans des conditions de vie tellement différentes de celles où vivent les autres hommes, qu'on ne saurait sans injustice juger vos actions d'après les règles de la vie vulgaire. Ou je vous connais bien mal, ou, je crois pouvoir vous le promettre d'avance, quelle que soit l'action dont vous allez me faire le récit, je n'en garderai pas moins pour vous mon estime et mon amitié. »

Il me regarda d'abord avec une espèce de stupéfaction, puis sur ce visage de bronze je vis se dessiner un sourire d'une douceur inexprimable; il me prit la main, deux grosses larmes remplirent ses yeux et il me dit :

« Eh bien, vous serez mon juge. Depuis

que je vous connais, j'ai voulu vingt fois vous en parler, parce que j'ai confiance en vous. Vous êtes un savant, vous : vous connaissez la philosophie, vous connaissez la loi et toute sorte de choses, et puis vous êtes un honnête homme. Moi je ne suis qu'un matelot; je ne sais que ce qu'on apprend sur la mer, et, ma foi, en mer on fait comme on peut. C'est égal, personne que vous ne saura jamais combien de nuits le capitaine Marius Cougourdan a passées sans sommeil.... Et pourtant....

Écoutez :

Le 25 mars 1802, vers cinq heures du soir, j'étais... pas trop près d'ici, puisque j'allais de la Nouvelle-Orléans à Pernambouc.

Il était cinq heures, donc. Je venais de me mettre à table avec mon second et un vétérinaire espagnol qui nous servait de chirurgien, lorsqu'un de mes canonniers descend quatre à quatre l'échelle et vient me dire de la part du lieutenant que la vigie signale navire au vent.

Je me lève de table, je monte sur le pont, et en effet je reconnais qu'à cinq milles de distance environ il y a un navire qui vient sur nous.

Nous avions toutes voiles dehors, il ventait frais, nous courions grand largue, le navire ne paraissait pas bien fort :

« Té! me dis-je, en l'état, ce qu'il y a de mieux à faire, c'est que tout le monde dîne le plus tôt possible pour se donner du cœur au ventre, et puis nous verrons. »

Je jetai un dernier regard par-ci par-là, dans la voilure, sur le pont, à l'avant, à l'arrière; je vis que tout allait bien, je fis distribuer une ration de vin à l'équipage, et je redescendis dans ma chambre achever mon dîner.

Quand j'eus fini, nous remontâmes tous sur le pont, et à mon grand étonnement je vis que le navire s'était rapproché sensiblement de nous, si bien qu'ayant pris ma longue-vue je pus reconnaître son pavillon et sa voilure, et que c'était une barge anglaise. Mais quelle barge, mon cher ami! ce n'était pas une barge, c'était une diablesse enragée! Concevez-vous ça, la *Bonne Mère* toutes voiles dehors et grand largue, marcher plus vite, une barge!

Je remis ma longue-vue au lieutenant.

« Ah çà! ils sont fous, à bord de cette barge, ils nous courent après, pécaïré! Ils nous prennent donc pour une caisse à chandelles? Enfin! que voulez-vous! s'ils viennent se jeter dans la gueule du loup, ce n'est pas notre faute. Ah! ils marchent mieux que la *Bonne Mère*! C'est la pre-

mière fois que je reçois pareil affront d'un navire inférieur au mien! Ils me payeront ça, les chiens d'Anglais, et cher! »

Et, baissant la tête d'un air sombre, le capitaine murmura lentement, comme s'il se fût parlé à lui-même :

« Tout est venu de là, pourtant! C'est bien sûr le Malin qui m'a tenté par l'orgueil. Ah! ç'a été cause que j'ai fait plus d'une folie, d'avoir appelé mon navire la *Bonne Mère*! Ceux qui essayaient d'y toucher,... c'est comme s'ils avaient levé la main sur la bonne Mère de Notre-Dame de la Garde, qui est tout en argent, comme vous savez!

Une demi-heure après, la barge n'était plus qu'à deux milles de nous. Mais, la brise ayant fraîchi, je ne tardai pas à prendre sur elle un fort avantage, de sorte que pour gagner encore un mille sur nous il lui fallut plus d'une heure.

Vous voyez, mon cher, que ce n'était pas moi qui la cherchais. Elle me courait après. Quand le sort y est, l'homme a beau se débattre, le vent de malheur l'emporte comme une plume.... Non, je ne les cherchais pas, bonne Mère, je vous l'assure! »

Il leva les yeux en écartant les bras, les mains ouvertes, comme lorsqu'on se justifie, et il reprit :

« A preuve, c'est qu'à ce moment, quoique je fusse fortement en rage de ce que cet Anglais eût osé marcher plus vite que moi, le voyant si petit et si faible, j'en eus pitié. On ne sait jamais ce qui peut arriver, puis, tout petit qu'il était, avec son canon de 36 il pouvait me fourrer un boulet à la flottaison et me couler.... Je fis donc mettre toutes les bonnettes dehors, et la *Bonne Mère* se mit à filer de telle sorte qu'en une heure la barge devait nous perdre de vue.

Quand elle voit ça, elle hisse son pavillon et me signale de mettre en panne.

Je réponds en arborant le pavillon hollandais, sous lequel j'avais l'habitude de naviguer, et je lui signale en même temps, par manière de politesse, que je ne la connais pas et que je la prie de me laisser tranquille.

Alors elle arbore sa flamme, hisse le pavillon royal d'Angleterre, et elle me tire un coup de canon à boulet!

« Mille millions de tonnerres! ah! tu me traites comme un petit garçon! Je m'en vais te faire voir, moi, si tu me fais peur! Pare à virer! Branle-bas de combat! Tout le monde sur le pont! Amène le pavillon hollandais! La flamme noire au grand mât et le pavillon rouge à l'arrière! Timonier! droit sur la barge! »

Et je fais lâcher quatre coups de canon à boulet.

Ah! monsieur, si vous aviez vu comme la *Bonne Mère* virait dans ces moments-là! Elle tourna sur elle-même, repliant ses voiles en un instant, absolument comme un oiseau qui replie ses ailes pour changer de route, et, à peine son tour fait, vous auriez vu toute la voilure gonflée comme si l'on n'y avait pas touché depuis vingt-quatre heures. Mais aussi quel équipage!

vivres, armes, munitions, rechanges et argent, nous embarquons les prisonniers dans leur canot avec des vivres pour huit jours, nous sabordons la barge, nous prenons le canot à la remorque pour leur donner le temps de s'arranger avant de mettre à la voile, et nous reprenons notre route, abandonnant la barge, qui s'enfonçait petit à petit.

— Mais, capitaine, objectai-je à Cougourdan, en laissant aller ces gens-là ne vous exposiez-vous point à être dénoncé

« Pare à virer! Branle-bas de combat! Tout le monde sur le pont!

c'est qu'ils étaient enragés de colère, puis de ce coup de boulet!

— Ah! dis-je au capitaine Cougourdan, nous allons avoir le récit d'un combat naval!

— Un récit? ah! ce ne sera pas long. Nous courions l'un sur l'autre toutes voiles dehors. Un quart d'heure ne s'était pas passé que nous l'abordions en travers, notre beaupré engagé dans ses haubans. Mes quarante hommes sautent dessus, et en cinq minutes on leur tue ou blesse quinze hommes. Ils se rendent.

Bon! je me dis, voilà une bonne affaire de faite. Ça leur apprendra. Quant à la barge, tu la coules : mais que vas-tu faire de tous ces prisonniers? Eh bien, faut les mettre sur leur canot, avec des vivres, ils s'en tireront comme ils pourront : à la guerre comme à la guerre!

En effet, nous choisissons tout ce que nous trouvons à notre convenance en

plus tard par eux comme pirate? Car vous m'avez dit que vous n'aviez pas de lettres de marque.

— Vous allez voir. Mais à ce moment-là, non, parce que j'avais soin de temps en temps de faire quelques petits changements à la peinture de mon navire, surtout quand j'avais eu quelque affaire un peu délicate, et la *Bonne Mère*, qui était partie de la Nouvelle-Orléans peinte en galipot, ne serait pas arrivée à Pernambouc sans quelques petits ornements de plus. J'avais surtout une sirène dorée à queue de morue que je m'étais fait céder à bon compte par un navire espagnol; je devais la mettre à ma poulaine le premier jour qu'il ferait un peu beau temps. Quant au pavillon, dont je changeais comme de chemise, naturellement, ce n'était pas ça qui pouvait m'inquiéter beaucoup, de sorte que je ne craignais pas qu'on pût donner le signalement de mon navire.

— Bon, mais les papiers de bord?
— Les papiers de bord? »

Il frotta son pouce contre l'index :

« Avec un peu de ceci, dans ce temps-là, on trouvait, à Pernambouc et ailleurs, des douaniers et des capitaines de port qui lisaient tout ce qu'on voulait sur les papiers d'un navire; en ce monde il ne s'agit que de s'entendre, pardi! Souvenez-vous de ça, mon cher ami. »

Il continua.

« Nous leur donnâmes la remorque pendant une demi-heure environ. Au bout de ce temps ils firent signe qu'ils étaient parés et que nous pouvions larguer l'amarre.

Accoudé sur le couronnement, je les regardais, et je vous avoue que j'avais le cœur un peu gros.

Il me vint une idée. J'appelai un homme de mon équipage, qui était déserteur de la marine anglaise et qui s'appelait Dick :

« Demande à leur commandant si, dans le cas où je leur donnerais la remorque jusque dans les eaux d'une île anglaise, il me jurerait sa parole d'honneur de ne point chercher à savoir qui nous sommes, et, quand bien même il le saurait, de ne point nous dénoncer comme pirates. »

Dick leur transmit ma demande, puis il me traduisit ainsi la réponse du commandant, — un enseigne de vingt ans tout au plus, mon cher ami! — la réponse d'un homme de cœur et d'honneur :

« Le commandant du canot remercie individuellement la personne qui lui fait faire cette communication, mais sa qualité d'officier de l'armée navale britannique le place, à son grand regret, dans l'impossibilité absolue de prendre aucune espèce d'engagement envers le capitaine d'un bâtiment que les règles du droit des gens l'obligent à considérer comme pirate. D'ailleurs, quand bien même il prendrait pour son compte un pareil engagement, il ne pourrait le faire au nom des hommes de son équipage. Il prie donc le capitaine de faire larguer l'amarre du canot et de l'abandonner à la fortune de mer et à la Providence. »

Je renvoyai Dick à son poste et je donnai l'ordre de larguer l'amarre qui tenait le canot anglais attaché à nous.

A ce moment, à l'avant de cette embarcation, un petit homme gros, court, à cheveux et à barbe rouges, habillé moitié matelot, moitié civil, peut-être le coq de la barge, se leva tout droit, me regarda d'un air de défi, et, me tendant le poing, me cria en bon français :

« Capitaine Marius Cougourdan, commandant le trois-mâts la *Bonne Mère*, du port de Marseille, au revoir et bien du plaisir, en attendant qu'on te pende à la grande vergue, toi et ton équipage! »

Il y avait là quatre ou cinq de mes matelots. Je les vis pâlir, serrer les dents. Ils poussèrent une espèce de hurlement sourd, et, saisissant l'amarre :

« Hôôôô hiss! Hôôôô hiss! Hôôôô hiss! » ils se mirent à tirer dessus.

Et avant que j'eusse pu me faire entendre d'eux, l'avant du canot anglais se souleva, l'arrière plongea, et l'embarcation commença de se remplir d'eau.

« Misérables! dis-je en courant sur eux, j'ai dit de larguer!

— Larguer? ils me répondent, ah! c'est différent! »

Et tous en même temps lâchent l'amarre, qui file comme un serpent et tombe à la mer.

Le canot s'enfonce, se couche, chavire, sombre. Les quinze hommes se débattent un instant, et la mer se renferme comme s'il n'y avait jamais eu de canot anglais dans le monde.

Je fais mettre mes deux canots à la mer, je fais jeter des bouées, des espars, des bailles, des cages à poules, je fais diminuer la voilure sans perdre de vue le lieu du sinistre. Rien. Pas un chat. Tous noyés.

— Capitaine! dis-je à Cougourdan sans pouvoir maîtriser un mouvement d'horreur, capitaine! n'y étiez-vous pour rien? N'avez-vous point, par un geste ou par un regard, donné à vos hommes un de ces ordres muets qui sont plus éloquents que la parole? »

Il se leva, sauta sur moi et, me saisissant les mains :

« Non! jamais! Je vous le jure sur mon honneur de marin, par Notre-Dame de la Garde! Oh! quant à cela, je n'ai rien à me reprocher. Les matelots, c'est autre chose. Ils n'ont jamais voulu en convenir, mais il me paraît sûr qu'ils l'ont fait exprès. S'il n'y en avait eu qu'un, quoique je n'aie pas eu de preuves depuis, je lui aurais brûlé la cervelle sur le moment : mais ils étaient quatre, on ne tue pas quatre hommes.... Que faire? je me dis, il n'y a plus de remède, ils nous tirent d'une mauvaise passe, puis.... Les autres étaient quinze; nous sommes quarante;... ma foi, c'est leur affaire, ils s'arrangeront avec le bon Dieu! Tu n'y es pour rien, tu en profites malgré toi. Que voulez-vous!

Vous dire que je ne me sentais pas mal à l'estomac, non : j'avais le cœur affadi, les jambes faibles ; j'aurais donné ma vie pour deux sous.

« C'est ta faute, Marius, je me disais. Si, par orgueil, tu n'avais pas été attaquer cette pauvre petite barge, diable t'emporte si elle aurait jamais pu t'atteindre avec tes bonnettes dehors : et tous ces braves gens n'auraient pas péri. »

Le jour baissait. Je donnai mes ordres pour la nuit et je descendis dans ma dura. Tout à coup, sortant de la mer, dans le sillage du navire et au-dessous du gouvernail, j'entends, oui, j'entends s'élever une voix ! Elle chantait, tout doucement, vous savez ? comme quelqu'un qui n'a pas de force :

De profundis clamavi ad te, Domine ;
Domine, exaudi vocem meam....
Si iniquitates observaveris, Domine,
   Domine, qui sustinebit ?

« L'avant du canot se souleva. »

chambre. Je voulus me coucher, mais le sommeil ne venait pas. Au bout d'une demi-heure il faisait nuit noire : car il faut que vous sachiez que sous l'équateur le crépuscule ne dure presque pas.

Je me relevai, et m'accoudant à ma fenêtre je regardai la mer.

La lune s'était levée ; elle était pâle comme une figure de mort, et sa lumière blanche éclairait si drôlement les lames, qu'à chaque instant il me semblait voir des hommes sortir de l'eau jusqu'à la ceinture, lever les bras et rouler dans le noir de la vague. J'avais beau me frotter les yeux, j'en voyais de droite et de gauche, et il me fallait toute ma raison pour me retenir de me jeter à l'eau et d'aller à leur secours. Je tremblais comme la feuille, mes dents claquaient, mes cheveux et ma barbe se tenaient droits, et une sueur froide me coulait sur toute la figure et sur tout le corps.

Je ne sais pas combien de temps cela

Je tombai sans force sur mon lit : je crus que je devenais fou.

Mais ça ne dura pas longtemps, allez ! Je bondis sur le pont, j'attrape un rouleau de corde, je crie :

« La yole à la mer avec six hommes ! Si elle n'y est pas dans deux minutes, gare ! »

Et je saute dans ma chambre, je me mets à cheval sur la fenêtre, et je file ma corde en criant :

« Attrape, matelot ! »

A l'instant je sens un poids qui tire. Je tiens bon, et le temps de vous le dire, mon cher ami, un homme grimpe le long de la corde, empoigne ma jambe, puis mon bras, puis le bord de la fenêtre, et va se planter debout au milieu de la chambre !

Il était habillé comme les matelots de la marine anglaise ; tout ruisselant d'eau, tout déchiré, la poitrine et les bras couverts de grandes blessures d'où le sang commençait à couler à mesure que sa peau séchait. Il était grand, grand ! sa tête touchait au plafond; tout jeune : vingt-huit à trente ans; la peau blanche comme du linge. Ses longs favoris et ses cheveux noirs étaient collés sur sa figure; il les secoua d'une main, et alors il fit une longue respiration qui souleva sa poitrine, et toutes ses blessures s'entr'ouvrirent comme des lèvres pleines de sang. Il poussa un gémissement, voulut s'appuyer sur la table, mais la main lui manqua et il tomba évanoui.

En ce moment, comme la lune donnait par la fenêtre, je vis passer l'ombre de la yole qu'on faisait descendre à la mer du haut des palans de l'arrière où elle était suspendue.

Dans des instants comme ceux-là, mon cher ami, vous ne savez pas combien on pense vite! Je me dis : si ton équipage le voit, son affaire est claire : à un moment, à un autre, pendant que tu dormiras ou que tu auras le dos tourné, il tombera par hasard à la mer, ça c'est sûr. Faut que tu le caches....

Je mis la tête à la fenêtre : la yole était au bas du gouvernail, les six hommes tenant leurs avirons en l'air.

« Capitaine, me dit le patron en levant la tête, la yole est parée. »

Je tirai ma montre, je la regardai d'un grand sang-froid, et je dis au patron :

« C'est bien. Je suis content. Vous n'avez mis que deux minutes. Amenez l'embarcation. Un verre de rhum pour tout l'équipage de la yole. »

Je cours à la fenêtre, je la ferme, je ferme la porte, je prends une bouteille de rhum, j'en verse dans mes mains, j'en fais sentir au matelot, je lui en fourre quelques gouttes sur les lèvres; puis, voyant que ça n'allait pas, je prends un bout de la corde et je lui en applique, sur la plante des pieds et dans le creux de la main, une douzaine de coups à réveiller un mort.

En effet, il sent ça, ça le réveille, il se soulève de côté sur une main, me regarde un moment de ses grands yeux bleus, puis se met à genoux, me remercie de la main sans souffler mot, fait un signe de croix et se tient debout, adossé à la porte de ma chambre.

Il était éclairé par la lune jusqu'à la hauteur de la poitrine. Toute cette partie de son corps, trempée d'eau de mer, brillait d'une lumière argentée qui m'éblouissait, et au-dessus, dans le noir, on voyait reluire ses regards, qui semblaient deux étincelles.

Je fis le signe de la croix en disant d'une voix forte :

« Au nom du Père, du Fils et du Saint-Esprit, Amen! je t'adjure de me dire si tu es une créature de Dieu ou si tu n'es qu'un fantôme! Parle, ou je te jette une bouteille d'eau bénite à la figure! »

Il fit deux pas en avant et me tendit la main, que je saisis. Elle était froide comme le marbre, mais ce n'était pas étonnant puisqu'il sortait de l'eau.

« Qui êtes-vous? » lui dis-je. Et lui montrant la mer, je fis le mouvement d'un canot qui chavire, en l'interrogeant du regard. Il me répondit :

« Yes.

— Vous ne parlez pas français?

— No.

— Le comprenez-vous?

— Yes.

— Vous étiez de l'équipage de la barge?

— Yes.

— Vous êtes Anglais?

— No. Scotch.

— Mais comment vous êtes-vous sauvé?

— Kédge poule.

— Vous voulez dire que vous avez saisi une cage à poules?

— Yes.

— Mais comment avez-vous pu atteindre le navire?

— Courant.

— Y a-t-il longtemps que vous êtes attaché au gouvernail?

— Long.

— Pourquoi n'avez-vous pas crié plus tôt?

— Moi crier.

— C'est sans doute le bruit du sillage qui m'aura empêché de vous entendre. Vous devez avoir faim!

— No.

— Je vais vous donner des vêtements de rechange. »

Il parut mesurer ma taille d'un air de dédain, haussa les épaules et me répondit :

« No.

— Ecoutez, lui dis-je, il faut que vous sachiez avec qui vous êtes. Votre vie est en danger. Je fais la course, je n'ai pas de lettres de marque : si l'on m'avait empoigné après ce qui a été fait de votre barge, moi et mon équipage on nous aurait pendus. Cependant, coûte que coûte, je n'avais pas l'intention de faire périr vos camarades : ça n'est arrivé que parce que l'un d'eux s'est levé du canot et m'a crié en bon français qu'il me reconnaissait moi et mon navire, et que je serais pendu quelque jour avec tous mes hommes. Malheureusement il y avait là quatre de mes matelots qui tenaient l'amarre du canot, et avant que j'aie pu les en empêcher, ils ont tiré

« UN HOMME GRIMPE LE LONG DE LA CORDE. »

sur l'amarre et ils ont fait chavirer l'embarcation. Sur mon honneur de matelot, je n'y suis pour rien, et vous avez vu que j'ai fait tout ce que je pouvais : si je n'avais pas jeté mes cages à poules et tout, vous ne seriez pas ici, et quand je vous ai entendu là-dessous, si j'avais voulu vous laisser aller rejoindre les autres, je n'avais qu'à faire la sourde oreille au lieu de vous jeter la corde comme j'ai fait. »

Il me regarda d'un air de doute, se prit un moment le front dans la main, puis il fit un geste noble et gracieux qui voulait dire : je vous crois, et il marqua que je pouvais continuer. Je lui dis :

« Nous en avons encore pour trois jours avant d'arriver à Pernambouc. Lorsque nous arriverons, je vous débarquerai. Comme il faut que votre présence à mon bord soit justifiée aux yeux des autorités de là-bas, je vais vous inscrire sur mon rôle d'équipage comme déserteur de la marine anglaise.... »

Il serra son bras sur son cœur, le poing fermé, et il fit de la tête : Non !

« Ah ! vous ne voulez pas passer pour un déserteur : eh bien, je vous mettrai comme étant de mon équipage. »

Il fit un geste d'horreur, ses yeux lancèrent des éclairs, et il me dit, en me faisant voir les deux rangées de ses dents blanches :

« No !

— Comme recueilli en mer, alors ?

Il réfléchit un instant, puis dit :

« Yes.

— D'ici là, vous vous cacherez.... »

Il me posa vivement la main sur le bras en me disant :

« No, never !

— Mais, malheureux, si vous ne vous cachez pas, comment voulez-vous que je réponde de vous ? Il y a là-haut quarante braves matelots, des scélérats fieffés, des gens de sac et de corde, capables de tout. Quand je me mettrais en quatre pour vous défendre, à quoi ça vous avancerait ? Comprenez donc que votre vie, c'est leur mort,... la mienne aussi, ajoutai-je en baissant la voix : et vous devriez bien y prendre garde ! »

Ici le capitaine s'arrêta un moment et se mit la main sur les yeux :

« Mon cher ami, me dit-il avec effort, il faut que je vous dise tout, quoique ce soit bien pénible à avouer.... En voyant devant moi ce jeune homme, plein de vie malgré ses blessures, me regarder d'un air de mépris, voyez-vous, à me faire rentrer sous terre, et me menacer des yeux comme

on n'aurait pas fait à un petit mousse de douze ans, je ne peux pas vous dire ce qui se passa en moi !

Moi devant qui personne, blanc ou nègre, n'avait jamais osé lever la paupière ; moi dont le nom seul jetait la terreur jusque sur leurs grandes imbéciles de frégates, à ces Anglais fanfarons, — hé ! trooûn de l'air ! je peux le dire ! et croyez bien que personne ne vous dira le contraire dans ces parages-là, — je courbais la tête comme un coupable devant son juge, comme je la courbe en ce moment devant vous....

Mais ce qu'il y avait de plus horrible, mon cher ami, c'est que j'avais peur !

Oui, le capitaine Marius Cougourdan avait peur ! peur de ce pauvre diable moitié mort, sans armes, et que, dans l'état d'épuisement où il était, j'aurais renversé d'une chiquenaude !

Il me sembla que la muraille du navire s'effaçait comme une brume : je voyais le pont d'une frégate anglaise ; un groupe d'officiers en grands habits rouges, des soldats de marine en uniforme rouge, un drapeau rouge à la poupe, une flamme rouge au perroquet ; je voyais s'avancer au pied du grand mât une troupe de matelots et, entre leurs rangs, des hommes nu-tête, en bras de chemise, les mains attachées derrière le dos, et ayant tous la corde au cou. Je les comptais : il y en avait quarante.

Puis, derrière eux, tenu par quatre hommes et se débattant comme un lion, un autre homme, c'était moi !

Et à ce moment le matelot écossais, droit comme un spectre, leva le bras et tendit le doigt comme pour me dire :

« Regarde !

— Comment ! me disais-je, comment ! pour sauver la vie à ce seul homme-là, je vais faire pendre quarante matelots qui m'ont confié leur vie, et moi avec ! Moi, encore, je peux faire cette bêtise-là si ça me convient : mais ai-je le droit de disposer de l'existence de mon équipage ? »

Définitivement, s'il s'est sauvé, c'est par miracle : les autres se sont noyés, ils n'ont rien dit. Parce que celui-ci a eu la chance d'attraper une cage à poules, c'est-il une raison pour que nous soyons pendus comme des chiens, et tout ça pour mon bien obligé de l'avoir sauvé quand il ne tenait qu'à moi de l'abandonner aux soins de la Providence, comme disait le commandant de la barge ?

Il est là.... Il n'y serait pas, que personne ne le saurait : décidément....

Et s'il n'y était pas....

On aurait dit que la corde était déjà autour de mon cou et me serrait petit à petit !

Les mains me brûlaient. La fenêtre était grande ouverte. Je me sentais me rapprocher du matelot comme si un courant m'emportait vers lui.

Il me regardait venir. Il ne bougeait pas, mais je voyais dans ses yeux qu'il devinait ce qui se passait dans mon cœur. Vous croyez qu'il avait peur, lui? Ah ben oui ! Il n'avait même plus cet air de mépris et d'arrogance qui venait de me rendre si furieux : ce qu'il y avait dans ses yeux, c'était une pitié, une pitié ! qu'il n'y a que le Père éternel qui puisse faire une pareille mine quand il voit une de ses créatures prête à faire quelque mauvais coup, et qu'il a ses raisons pour ne pas l'en empêcher.

Heureusement pour moi, cette vilaine pensée ne me dura qu'un moment : ce regard m'avait fait rentrer en moi-même.

Boûn Diou ! je me dis, pourvu que la bonne Mère ne se soit pas avisée de s'inquiéter de ce que fait à cette heure son serviteur le capitaine Marius Cougourdan, du port de Marseille ! Si par malheur elle a mis ça sur son livre de bord, tu es un homme frit et tu ne t'en tires pas à moins de trente ou quarante mille ans peut-être de purgatoire, et dans la soute à l'huile bouillante, encore ! Et ce qu'il y a de plus malheureux pour toi — ici le capitaine mit sa main sur sa bouche, leva les sourcils, avança la lèvre inférieure, — c'est que tu ne l'auras pas volé ! Faut arranger ça, qu'elle n'y voie que du feu. »

Je pris un air le plus aimable que je pus, et je dis au matelot, en lui montrant le doigt comme ça :

« Té ! je parie que vous vous imaginiez que je cherchais un joint pour vous flanquer à la mer? Avouez que vous le croyiez, dites? Vous ne voulez pas dire oui, mais vous ne dites pas non. Ah ! c'est bien injuste, car enfin, quand je vous ai jeté la corde, je ne me suis pas demandé si vous n'alliez pas la tirer pour me faire noyer par vengeance : ça s'est vu, ça ! J'ai fait mettre la yole à la mer : et si mes hommes s'étaient noyés? D'ailleurs, avant, je n'ai pas regardé à la dépense quand j'ai jeté pour plus plus de cent francs de barres, de planches, de bouées et de cages à poules pleines de volailles magnifiques, et dont vous en avez attrapé une, donc. Ce n'est pas que je vous le reproche, au moins, qu'au contraire je suis content de

vous avoir rendu ce service; et je dis plus : ce serait à refaire que je recommencerais ! »

Ça, mon cher ami, j'eus soin de le dire bien haut sans en avoir l'air, afin que la bonne Mère pût l'entendre.

« Non, continuai-je, ne croyez pas que je cherche à vous rejeter à l'eau après vous en avoir tiré : je suis incapable d'une pareille coquinerie. Vous êtes à mon bord, restez-y. Quand ça vous fera plaisir de débarquer, ça me fera plaisir aussi : mais puisque vous y êtes, restez-y, je vous dis. Vous ne voulez pas vous engager dans mon équipage, c'est bien; vous ne voulez pas vous cacher, c'est bien : mais... à vos risques et périls, bien entendu.

« Dans tous les cas, avant de paraître sur le pont, vous allez me jurer sur votre honneur de matelot de ne jamais dire un mot de ce qui s'est passé aujourd'hui. Vous le jurez?

— No !

— Comment, non ! Mais vous ne voyez donc pas, malheureux, qu'en disant non, c'est comme si vous juriez de nous dénoncer au premier port où nous aborderons? Voyez ma position : vous garder à mon bord après le refus que vous me faites, c'est comme si je prenais une corde et comme si je la passais au cou de chacun de mes hommes, et à mon cou par-dessus le marché. Réfléchissez donc, au nom de notre vie à tous, au nom de la vôtre, parbleu ! que sans moi vous vous noyiez comme les autres. Vous me devez bien ça, que diable ! Jurez ! croyez-moi : jurez, ou, ma foi, alors,... dame.... »

Je voulus lui saisir le bras : il fit un petit mouvement sec, et moi, moi qui casse d'un coup une corde grosse comme le doigt, il m'envoya rouler sur le plancher à quatre pas de distance.

Ah ! mon cher ami, l'orgueil ! Je me relevai enragé de colère :

« Je te tire de l'eau; je te sauve au péril de ma vie; je veux te cacher, tu ne veux pas; je te demande de ne pas nous perdre, tu refuses; et par-dessus le marché tu me fais honte, tu me fais peur, tu me jettes par terre ! Hé ! troûn de l'air ! il ne manque plus que me donner le fouet ! Et tu crois que je vais me laisser faire? Tu ne sais donc pas que je suis le capitaine Marius Cougourdan, moi, et que depuis que nous sommes en guerre avec vous, je vous ai pris six canonnières, quatre goélettes, deux corvettes et plus de vingt navires de commerce? Et tu veux me faire pendre ! Et tu crois que quand je serais assez bête pour ne pas me défendre, mes hommes seraient tous les quarante aussi bêtes que moi? Allons, allons! jure et ne tarde pas, vois-tu, parce que si, par malheur, lorsque mon équipage te verra paraître, je ne puis pas leur dire que tu as juré, tu pourrais bien voir, et plus vite que tu ne penses, que celui qui veut faire pendre son prochain à la grande vergue s'expose à être pendu aux barres de perroquet. »

A ce mot de pendu il fit un saut.

« Bon, me dis-je, ça lui fait peur aussi, à cet orgueilleux d'Ecossais ! »

« L'Écossais m'envoya rouler sur le plancher. »

Ceci me donna une espèce de satisfaction d'amour-propre, et m'ôta un poids.

« Il jurera », me dis-je en moi-même; puis, m'adressant à lui :

« Je vous laisse seul. Dans cinq minutes, je redescends, et j'espère que je vous trouverai disposé à faire le serment que je vous demande. »

Et je quittai la chambre, fermant la porte derrière moi.

Je montai sur la dunette. C'était le lieutenant qui faisait le quart; il s'approcha de moi pour causer :

« Bonne brise; rien de nouveau. Je....

— C'est bon, lui dis-je, faites votre service et laissez-moi ! »

La lune était voilée d'un gros nuage dont l'ombre couvrait le navire et s'étendait en un grand cercle autour de nous; la mer était phosphorescente comme rarement je l'ai vue. Vous ne pouvez pas vous imaginer l'effet que ça fait quand on est dans l'état où j'étais : chaque lueur, on dirait l'âme d'un noyé qui cherche à sauter hors de l'eau !

Je tirai ma montre, je laissai écouler cinq minutes, et je descendis l'escalier de la dunette.

Je descendais lentement. Je me demandais ce qui allait se passer. J'aurais donné beaucoup pour être plus vieux d'une minute !

Je mis la clef à la serrure, et je restai un bon moment sans oser ouvrir, tant le cœur me battait.

Enfin j'ouvre.

La chambre était vide! Évanoui, parti, disparu! Personne, rien!

Je cherchai. Chercher dans une chambre grande comme la main! Un pur enfantillage, pardi! Y avait pas à dire qu'il s'était sauvé, ou qu'on était entré dans la chambre pour le jeter à la mer : ma clef n'était pas sortie de ma poche. S'était-il jeté lui-même à la mer, comment le croire? Et d'ailleurs la fenêtre était aux trois quarts fermée.

Je cherchai partout si je ne trouverais pas, sur le plancher ou sur les meubles, des traces de sa présence : la bouteille de rhum était là, encore débouchée; mon paletot, déchiré au coude sur lequel j'étais tombé lorsqu'il m'avait renversé. Mais le plancher était sec, et il me semble qu'il aurait dû être mouillé par l'eau qui ruisselait de ses habits : il est vrai qu'il faisait une chaleur affreuse, et d'ailleurs je ne sais pas au juste combien cette scène avait duré. En examinant la fenêtre, je crus voir sur l'appui une goutte de sang : mais en passant le doigt dessus il me parut que c'était sec comme de la peinture, ce qui ne pouvait pas être si ce sang était tombé là des blessures du matelot au moment où il se serait jeté à l'eau, car il n'y avait pas huit minutes que j'étais sorti de la chambre. Au surplus, dès que le jour parut, j'y allai voir, mais le sabord était peint en rouge, et je ne vis qu'une espèce de trace brune et brillante que mon doigt avait étalée.

Que vous dirai-je, mon cher ami? Depuis cette nuit funeste, j'ai passé bien d'autres nuits à songer au matelot écossais, et je ne sais pas encore si l'homme que j'ai vu n'était qu'un fantôme ou si c'était vraiment un des naufragés de la barge. Mais, fantôme ou matelot vivant, son image est toujours devant mes yeux : tantôt je me dis que c'était l'âme d'un des Anglais noyés, qui venait pour me faire repentir de la mort de ses camarades ; tantôt, quand je me rappelle cette conversation effroyable et les menaces que j'ai fini par lui faire, je me demande si je ne l'ai pas comme assassiné, en le forçant presque à se jeter à l'eau....

Que dites-vous, hé? Croyez-vous que ce fût un spectre ou un homme en chair et en os? Et puis..., et puis.... »

Ici le capitaine baissa la voix et me regarda de côté d'un air de crainte :

« Et puis,... croyez-vous que j'aille pour ça en purgatoire ou en...? »

Et il fit un geste d'effroi.

« Capitaine, lui répondis-je après un moment de silence, je ne crois pas aux revenants, et je suis étonné qu'un homme de votre trempe puisse se laisser aller à une pareille faiblesse. Jamais créature vivante ne se relèvera lorsque la mort l'aura frappée, car à l'instant même où elle est tombée commence le partage de son corps et de sa vie entre toutes les créatures de l'univers. Ecartez donc cette idée que l'âme d'un des naufragés vous soit apparue pour vous donner des remords. »

Il poussa un formidable soupir de soulagement. Je continuai....

« Vous n'en aviez pas besoin, et dans vos terreurs de cette nuit-là comme dans les angoisses des nuits d'insomnie que vous avez passées depuis, vous avez assez montré que vous vous êtes repenti.

« L'homme que vous avez vu ou cru voir n'était donc pas un fantôme : mais l'avez-vous réellement vu, ou l'épouvantable scène que vous venez de me raconter n'est-elle qu'un rêve ou une vision, c'est ce que j'ai peine à démêler. Et d'abord êtes-vous bien sûr de n'avoir pas dormi?

— Pour ça, j'en suis bien sûr, car le lendemain le lieutenant m'a reparlé de la manière dont je l'avais reçu, et m'a demandé si j'avais quelque chose contre lui.

— Ainsi vous étiez bien éveillé.... Tout cela est sans doute fort extraordinaire : ce *De profundis* chanté par un homme qui se noie, ce sauvetage si rapide, l'aspect fantastique du matelot, ses réponses, sa force surhumaine, votre effroi, son obstination dans un refus qui le perdait, votre colère, vos menaces, ce suicide enfin si difficile à expliquer, tout cela ne me paraît guère conciliable avec les réalités ordinaires de la vie...

Après cela pourtant on pourrait admettre que ce malheureux, désespérant de se faire entendre et croyant son heure venue, ait psalmodié une dernière prière; qu'en ne voulant se laisser inscrire ni comme déserteur ni comme matelot à bord d'un pirate, il ait simplement obéi à un sentiment d'honneur; que le même sentiment l'ait dominé lorsqu'il a refusé de se tenir caché; qu'une indomptable fureur de vengeance l'ait animé lorsqu'il a refusé encore de jurer qu'il ne vous dénoncerait pas; qu'à la menace d'être pendu, enfin, et pendu par des pirates, il n'ait pu supporter l'idée de ce supplice déshonorant pour un militaire, et qu'il ait préféré se suicider. Il avait été blessé dans le combat, il avait vu périr tous ses compagnons sous ses yeux, il lui avait fallu se débattre longtemps contre la mort et s'épuiser à crier avant de se faire entendre; enfin il avait perdu beaucoup de sang : il n'en fallait pas tant pour qu'au moment où vous l'avez recueilli il se trouvât dans un état d'exaltation voisin du délire.... Qui sait même si le malheureux n'était pas devenu fou?

Quoi qu'il en soit, je comprends, capitaine, que depuis cette nuit fatale vous ayez plus d'une fois revu dans vos insomnies l'image du matelot écossais, et que ce souvenir vous pèse d'un grand poids. Ce n'est pas moi qui vous dirai de l'oublier, car, je dois vous l'avouer, le fait sur lequel vous me demandez mon jugement est beaucoup plus grave que je ne m'y serais attendu.

Je ne puis pas vous répondre tout de suite, j'ai besoin de me recueillir. Revenez demain; une nuit de réflexion m'aura permis de reprendre, pour les examiner froidement avec tout le calme de la raison, des faits et des circonstances dont les détails sinistres et l'aspect vraiment fantastique m'ont troublé le cœur. »

Le lendemain il revint, et voici ce que je crus pouvoir lui dire :

« Vous n'auriez pas dû attaquer la barge. Vous n'êtes pas coupable de la perte du canot, mais sans cela ce crime n'aurait pas été commis et ce que vous m'avez raconté ne serait pas arrivé.

« Ce que vous avez demandé au naufragé, c'était juste, nécessaire pour son salut, pour celui de votre équipage, pour votre salut à vous : en vous emportant jusqu'à la menace pour lui arracher une promesse qu'il vous fallait, vous avez obéi à un sentiment irrésistible, celui de la légitime défense.

« Vous n'avez pas commis de crime;

mais, par une conséquence de votre orgueil, quatorze hommes sans défense ont été lâchement assassinés, et le quinzième, après s'être raccroché un moment à la vie, n'a pas pu trouver le salut à votre bord, même sous votre protection, et la mort qu'il s'est volontairement donnée lui a paru moins cruelle que le sort qui l'attendait sur le pont de votre navire.

« Vous n'êtes pas coupable de tous ces crimes, mais vous en êtes responsable.

« Maintenant, que vous dirai-je ?... Vous vous êtes repenti, la miséricorde de Dieu est grande, mais lui seul peut vous absoudre.

— Mais vous, vous, me dit le pauvre capitaine d'un air suppliant, vous ! me tenez-vous encore pour un honnête homme ?

— Je vous pardonne, lui dis-je en lui serrant la main ; je vous pardonne, parce que..., parce que je ne peux pas m'empêcher de vous aimer malgré vos petits défauts. »

Sa figure s'illumina ; ses yeux se mouillèrent de larmes. Il tira de sa poche un immense foulard à ramages, se moucha avec un bruit de trombone, s'essuya les yeux, prit un cigare, l'alluma, m'en offrit un autre, et se levant me dit :

« Nous faisons un tour, dites ? »

Il fumait, fumait, paraissant ruminer quelque chose. Tout à coup il s'arrête, me tape doucement sur l'épaule, et, mettant la main sur sa bouche, il me dit d'un air confidentiel :

« Écoutez, mon cher ami, vous êtes un

« Était-ce un rêve ou une vision ? »

homme bien posé, estimé de tout le monde ; vous êtes connu comme le loup blanc dans tout Marseille et — il leva les yeux au ciel — vous devez l'être partout. Eh bien, faites-moi donc le plaisir, quand vous serez mort et que vous entrerez en paradis, ce qui ne peut pas vous manquer un jour ou l'autre, de dire que vous êtes l'ami du

capitaine Marius Cougourdan,... sans parler de l'affaire.... Vous me rendrez un grand service, et je vous en aurai une reconnaissance....

— Éternelle, n'est-ce pas ?

— Pardi ! puisque, grâce à vous, je serai devenu Séraphin, Archange, Domination,... Trône, peut-être. Hé, trooûn de l'air ! qui sait ? Le bon Dieu est si indulgent pour les capitaines marins ! »

III

Le Kraken.

C'était la fête de l'Assomption. Cougourdan, pour cette circonstance solennelle, avait emmanché son habit bleu barbeau, enfourché son pantalon de nankin et posé sur sa tête son monumental chapeau de castor gris. Dès le matin, suivi de son équipage en grande tenue, il était monté à Notre-Dame de la Garde, où il avait entendu la grand'messe. Je l'y avais accompagné, et, sauf un détail qu'il avait laissé ses souliers et ses bas à la porte pour ne les reprendre qu'en sortant, je fus vraiment édifié de sa contenance ; un moment même j'en fus effrayé, lorsqu'à l'acte de contrition je le vis se donner dans la poitrine quatre ou cinq coups de poing à assommer un bœuf, en même temps qu'il murmurait entre ses dents :

« Té ! couquin ! Té, canaille de Marius ! As-tu point de honte, dis un peu ? Hé ! que dis-tu de celui-là ? Allez ! bonne Mère, vous pouvez compter que pour cette fois je me suis repenti de toutes mes forces, et que.... »

Ici les hurlements du serpent et la voix des chantres ne me permirent pas d'en entendre davantage.

La messe finie, pendant qu'il reprenait ses bas et ses souliers :

« Est-ce un vœu ? lui dis-je.

— Non, c'est une pénitence que je me suis condamné de ne jamais entrer à la grand'messe de Notre-Dame de la Garde, le jour de l'Assomption, que pieds nus, et de me donner cinq coups de poing, les plus gros que je pourrais trouver, dans la poitrine, pour la rémission de mes péchés, toutes les fois que je serais à Marseille, bien entendu. Vous comprenez ?

— Eh bien, je vous rends cette justice que vous faites les choses en conscience : la bonne Mère sera contente.

— Vous croyez ? Et que pensez-vous qu'elle dira de ceci ! »

Et il tira de son portefeuille un billet de mille francs qu'il alla jeter dans le tronc. Puis me prenant par le bras :

« C'est sa fête, voyez-vous, ça lui fera plaisir. C'est la mienne aussi. J'envoie mon équipage se régaler aux Catalans; nous, nous allons déjeuner à la Réserve : nous mangerons des oursins, des clovisses et la bouillabaisse, hé?

— Vous oubliez le pilau.

— Ah oui! le pilau! Je crois bien!

bougie flamba entre les doigts de Cougourdan; trois fois la flamme s'éleva, aspirée par les poumons de bronze du capitaine, et trois fois ce visage souriant et redoutable s'illumina d'un reflet rouge.

« Allons! capitaine, je crois que c'est le moment de raconter l'histoire du poulpe?

— Oui. Aussi bien, ça me fera digérer, de parler de cet infâme coquillage, qui a tenu entre ses pattes le sort d'un navire de quatre cent cinquante tonneaux chargé

« Le malheureux poussait des cris affreux. »

— Avec des pattes de poulpe.

— Des pattes de poulpe! Vous me feriez plutôt manger la coquille d'un oursin avec ses piquants que de me faire asseoir seulement à une table où il y aurait un plat de pattes de poulpe! Vous ne savez donc pas ce qui m'est arrivé avec une de ces horribles bêtes?

— Hé non! puisque vous ne me l'avez pas dit.

— Je vous raconterai cela après déjeuner. Mais déjeunons d'abord : J'ai été tellement ému que cela me donne un appétit de mille millions de tonnerres de.... Pardon! bonne Mère, je parle par erreur : je veux dire : de tous les diables.

Nous allâmes présider en personne à la préparation du déjeuner, qui fut exquis comme tout ce qu'on mange à Marseille. On venait de verser la liqueur : c'était le moment. Pareille à la fusée qui annonce le commencement d'une fête, une allumette-

d'indigo, quarante hommes d'équipage, plus un mousse, et avec un capitaine comme Marius Cougourdan, moi, monsieur, qui vous salue en ce moment. Un chargement de cinq cent mille francs! ah! crr.... »

Et le digne capitaine, brandissant son poing fermé et le faisant vibrer en l'air, lâcha une bordée de jurons tellement épouvantables que la pudeur de ma plume se refuse à les reproduire.

« Ho! ho! capitaine, il paraît que le poulpe a eu de bien grands torts envers vous! L'histoire sera chaude, à ce que je puis voir.

— Mon cher ami, me dit Cougourdan en me saluant jusqu'à terre de son grand chapeau gris, salut que je m'empressai de lui rendre avec mon petit chapeau noir, je ne sais pas si j'ai jamais couru un danger plus effroyable, n'ayant jamais eu peur de ma vie, au moins des choses de ce monde.

Mais je peux vous dire que de toutes mes aventures de mer, et d'air, celle-là est la plus incroyable et la plus extraordinaire; aussi, pour aller au-devant de tout doute injurieux et insultant pour mon honneur de capitaine marin, je vous donne ma parole d'honneur la plus sacrée que tout ce que je vais vous dire est de la plus exacte vérité : et si je mens, je veux que la bonne Mère me fasse cinquante mille francs d'avaries à mon premier voyage, ainsi ! »

Je protestai, par un geste énergique, de ma confiance absolue dans le récit que j'allais entendre, et Cougourdan, après avoir lancé trois fortes bouffées de tabac et craché autant de fois, commença en ces termes :

« C'était en 1814. J'allais de Bahia à New-York, avec une cargaison d'indigo que je m'étais procurée en l'obtenant, à force d'insistance, d'un navire hollandais que nous avions rencontré en mer dans les parages de la Guyane, et que j'avais prié d'accepter en échange cinquante boucauts de sucre échauffé et cent balles de café Saint-Domingue, qui ne vaut rien, comme vous savez : je me félicitais de cette bonne affaire, d'autant plus que, par la protection de Notre-Dame de la Garde, j'avais pu, grâce à une mer d'huile, transborder toutes ces marchandises sans casser un grelin.

Le lendemain de cette heureuse opération, après une bonne nuit où j'avais rêvé que je débarquais à Paris, que la *Bonne Mère* naviguait sur les boulevards, que le peuple me couronnait de roses, et que l'empereur m'achetait mon navire un million pour en faire un lustre à l'église Notre-Dame de Paris, je m'éveillai que le soleil était déjà tout à fait levé. Il faisait une jolie petite brise, la mer moutonnait que ça faisait plaisir à voir. Nous étions le 15 août ; il y a de cela juste trente ans aujourd'hui.

Le premier que je rencontre, c'est mon maître voilier.

« Eh ben ! maître voilier, qu'y a-t-il de nouveau cette nuit ?

— Pas grand'chose, capitaine, nous ne marchons pas.

— Comment ! nous ne marchons pas ? Nous avons toutes nos grandes voiles dehors, une cargaison qui ne pèse rien, vent frais, grand largue, et nous ne marchons pas ? A-t-on jeté le loch cette nuit ?

— Oui, capitaine : quatre nœuds, quatre nœuds et demi.

— Quatre nœuds ? Avec la voile d'artimon et le grand foc pour toute voilure, et

vent debout, la *Bonne Mère* filerait encore cinq et six nœuds. Est-ce que nous aurions une voie d'eau, par hasard ?

— Capitaine, au point du jour le second a fait pomper : il n'y a pas un pouce d'eau dans la cale. »

Mon second, à ce moment, sortit de la grande écoutille.

« Eh bien ! second, que se passe-t-il ? Nous marchons comme des Hollandais !

— Ne m'en parlez pas, capitaine : je viens de visiter le navire de tous les côtés, je suis allé moi-même jusqu'au bout du beaupré, j'ai inspecté la coque du navire en me penchant en dehors des porte-haubans : je ne vois rien, rien absolument....

— Montons un peu sur la dunette », lui dis-je.

J'examinai le gréement d'un bout à l'autre; j'observai le compas; je pris ma longue-vue et j'explorai toute la surface de la mer : rien d'extraordinaire. Je laissai le second sur la dunette ; je pris hauteur, j'allai faire mon point, et je reconnus que nous nous trouvions à 6°27' au-dessous de la ligne : que par conséquent nous étions en plein dans le grand courant des Antilles. A sec de voiles et par le temps qu'il faisait, nous devions filer six nœuds au moins : nous n'en filions que quatre.

Je remontai sur le pont et je commandai de larguer les voiles de hune et de perroquet du grand mât et du mât d'artimon, et de hisser le clin-foc.

A peine cette manœuvre était-elle exécutée que la *Bonne Mère*, au lieu de se coucher sur bâbord comme elle aurait dû le faire, s'arrête toute droite, plonge de l'arrière, puis fait une cabriole, plonge de l'avant, se relève, et tout aussitôt le perroquet du grand mât se casse net et tombe sur le pont.

L'équipage poussa un cri d'épouvante.

« Second, dis-je, prenez ce pistolet et allez voir le morceau qui est tombé : on a scié le mât, ce n'est pas possible autrement. »

Le second revint :

« Le mât est cassé, et l'équipage n'y est pour rien, je vous assure, car ils ont tous une peur affreuse. Il y a le coq qui leur explique que c'est signe de malheur quand les mâts tombent d'eux-mêmes.

— Jetons le loch[1] », dis-je au second.

---

1. Flotteur qu'on jette à l'arrière, et qui est attaché à une corde enroulée sur une sorte de bobine. La corde se déroule; elle a des nœuds de distance en distance, et on juge de la marche du navire d'après le nombre des nœuds qui passent dans un temps donné.

Mon cher ami, quand j'y pense, les cheveux me dressent à la tête !

L'équipage s'était rapproché peu à peu de nous. Les pauvres gens avaient si peur que je les laissai monter sur la dunette; ils nous entouraient, regardant l'eau d'un air effaré.

Je jetai le loch : nous ne filions rien du tout, monsieur! Le navire était immobile comme s'il eût été à l'ancre.

Et puis tout d'un coup voilà le loch qui s'en va, s'en va, s'en va! Mais savez-vous comment? Il venait sur le navire! comme si nous avions reculé, monsieur!

Arrivé presque à toucher le gouvernail, le loch s'arrête, tourne à droite, à gauche, en avant, en arrière, et finalement s'enfonce dans la mer avec une rapidité telle qu'il se dévide jusqu'au bout. Je veux le retenir : je reçois une secousse, que j'étais entraîné à la mer sans mon second qui me rattrape. La corde casse et disparaît dans l'eau.

« Enfants! dis-je à mon équipage, il se passe quelque chose d'extraordinaire. Tout le monde à son poste. Qu'on laisse le mât de perroquet où il est, nous arrangerons cela plus tard. Second, faites carguer toutes les voiles à l'exception de la voile d'artimon et du grand foc, et qu'on sonde. »

On sonda. A l'avant, à cent brasses on ne touchait pas; à l'arrière, à bâbord, de même.

On sonde à tribord : la sonde touche à trois brasses!

« Ce n'est pas possible, dis-je, elle est accrochée au flanc du navire.

— Voyez, capitaine, elle est à deux brasses au moins au large de la muraille.

— Tire-la. »

Le sondeur s'y mit, puis un homme, puis deux : impossible.

« Mettez-vous dix, et tirez! »

Ils tirèrent, la corde cassa!

« Ah çà! dis-je au second, sommes-nous ensorcelés? »

Et chiffonnant de colère un morceau de papier qui se trouvait dans ma main, je le jetai par-dessus bord. Il fila comme un trait le long du navire : plus de doute, nous marchions. En me penchant, je pus même voir la mer briser en écume à l'avant : nous n'étions donc pas sur un rocher, et je savais bien qu'il ne pouvait y en avoir là où nous étions.

Le second revint auprès de moi.

« Capitaine, me dit-il, le navire donne

de la bande[1] à tribord, c'est clair, et cependant je viens de m'assurer encore qu'il n'y a pas d'eau dans la cale, que rien n'est dérangé dans la cargaison : c'est sûr qu'il y a quelque chose à tribord qui pèse sur le navire et qui retarde sa marche.

— Eh bien, faisons une chose : mettons deux hommes en dehors de chaque

« La corde casse. »

hauban, et qu'ils observent ce qui se passe le long du bord. Au reste je ne vois pas ce que ça pourrait être. A la rigueur, un requin qui eût avalé notre loch : mais la sonde?

Diable m'emporte si j'y comprends rien.

On dit bien qu'il y a des herbes de mer tellement immenses que quand elles sont détachées du fond elles s'étendent sous l'eau à plusieurs lieues de longueur : mais si une pareille herbe flottait près de la surface de l'eau, elle ferait un remous qu'on verrait.

— Il y a aussi, me dit le second, il y a aussi....

— Quoi? le Grand Serpent de mer, vous allez me dire? Moi je n'y crois pas.

— Moi non plus, mais il y a le....

— Le...? »

Le second baissa les yeux et me dit à mi-voix :

« Le kraken.... »

Monsieur, quoique je ne sache pas ce que c'est que la peur, ce mot me donna la chair de poule.

1. Penche.

« Taisez-vous! lui dis-je : je ne croyais pas qu'un marin comme vous pût dire des choses aussi funestes, et qui seraient capables de nous porter malheur. Comment pouvez-vous croire...? »

Cette phrase n'a jamais été achevée, mon cher ami.

Juste à ce moment, du côté de tribord, quatre cris épouvantables partirent à la fois. Deux des sondeurs sautèrent sur le pont et coururent se cacher sous la chaloupe : le troisième enjamba le plat-bord, descendit sur le pont, mais il avait la main fixée sur la lisse et il se débattait comme pour l'arracher de là, poussant des cris affreux.

Quant au quatrième, voici ce que je vis : une espèce de serpent gros comme mon corps, long de dix brasses, ayant deux rangées de grosses taches blanches larges à peu près comme des assiettes, sortit de l'eau, vint s'appliquer sur lui, sans lui entourer le corps. Le sondeur n'eut rien que le haut de la tête de touché, mais sa tête se colla, et la bête, qui se remuait comme une trompe d'éléphant, se tortilla pendant une minute en l'air, faisant voltiger le malheureux, qui agitait les bras et les jambes et poussait des crix affreux. Tout aussitôt ça plongea emportant le sondeur, et pendant trois ou quatre secondes nous ne vîmes que le bouillonnement de la mer. Alors ça ressortit, s'élança de nouveau, franchit le bordage et se colla sur le pont, tenant le pauvre matelot la face à terre, couché à plat ventre.

J'avoue que si je n'avais pas été sur ma dunette, commandant la *Bonne Mère*, et maître après Dieu de mon navire, j'aurais peut-être perdu la tête! Quant à l'équipage, autant n'en rien dire : les plus braves avaient eu la force de monter dans les haubans; les autres étaient renversés le long du bordage ou au pied des mâts, qu'on aurait dit des polichinelles tombés dans un coin.

« Marius, je me dis, nous allons voir si tu es un homme! Que vas-tu faire?

— Branle-bas de combat! je criai. Tout le monde à l'arrière! »

Que voulez-vous! mon cher ami, quand il est en danger, le marin ne connaît que deux choses : manœuvrer ou prendre les armes. Rappelez-vous ça. Tu ne peux te défendre par une manœuvre, défends-toi avec ta pique et ta hache d'abordage.

Le premier maître siffle. A ce signal personne ne bouge, mais tous les matelots me regardent.

« Ah! dis-je, c'est comme ça! Voyons un peu? »

Et je croisai les bras.

Monsieur! si vous les aviez vus se relever, courir, dégringoler des haubans, et arriver au galop vers l'arrière!

C'est qu'il faut que vous sachiez que c'est mauvais signe quand je croise les bras : ça veut dire que je vais casser la tête au premier qui me tombera sous la main. Et ce n'est pas pour rire, car je l'ai fait plus d'une fois, je vous prie!

Mais, arrivés près du mât d'artimon, ils s'arrêtent net : le serpent, tenant toujours le matelot collé à plat ventre, s'étendait en travers de la moitié du pont, et ils n'osaient pas. Je les avais à portée de la voix :

« Est-ce que vous auriez peur de passer là?

— Oui, capitaine, répondirent-ils d'une voix sourde.

— Eh bien, sautez par-dessus, ce sera moins dangereux. »

Ils prirent leur élan trois par trois et sautèrent. Ils vinrent se ranger en silence au pied de la dunette.

« Les piques, les haches et le sabre, à la compagnie d'abordage. Le Cloarec, Astoin, Cabillaud, Roger, Baillard, chacun un grappin. Les quatre charpentiers, chacun sa hache. Canonniers, faites des trous dans le pont, plantez-y les pierriers, chargez-les, pointez-les sur le serpent; au commandement de feu! vous tirerez au milieu de l'épaisseur du corps. Maintenant.... »

A ce moment le sondeur, qui avait la main fixée au bordage, poussa un cri terrible. Son poing glissa en dedans, ce qui le fit tomber à genoux. Et aussitôt, se déroulant comme un câble et coulant sur le pont, un second serpent, doublé sur lui-même, le gros bout plongeant dans la mer et le petit bout ramené sur le matelot, vint s'étendre à la hauteur de la grande écoutille.

« Troûn de l'air! je dis, c'est le Grand Serpent de mer du *Constitutionnel*!... Voilà la seconde queue qu'il embarque : s'il embarque la tête, nous sommes flambés! »

Il n'y avait pas de temps à perdre. Je dis à l'équipage :

« Ah çà, vous autres, le premier qui a peur, gare! Vous, avec vos grappins et chacun quatre hommes pour l'aider, vous allez vous mettre trois d'un côté, deux de l'autre, et au commandement de : Feu! vous accrocherez le serpent du mieux que vous pourrez. Les autres lui planteront leurs piques dans le corps le plus droit possible, de manière à tâcher de le clouer. Vous, les charpentiers, placez-vous au bout de la ligne, du côté le plus gros, et au même commandement abattez vos quatre coups de hache de toutes vos forces, en tapant tous au même endroit, sans vous presser, mes enfants, et tâchez de le couper en deux. »

L'équipage, qui me faisait face, fit demi-tour et s'arrêta :

« Eh bien, qu'attendez-vous? leur dis-je.

de tirer le matelot à lui pour tâcher de le décoller; je me mis près du premier sondeur, que je saisis à bras-le-corps, et je criai : Feu !

Les grappins, les piques, les haches, les pierriers, tout ça tapa d'un seul coup ! Je tombai à la renverse, roulant sur le pont avec le sondeur que je tenais toujours. Je me relevai et lui tendis la main, le croyant dégagé.

En même temps je regardai au second

« Les matelots prirent leur élan et sautèrent. »

— Capitaine, me dit un petit Breton que j'avais cru jusque-là un des plus braves de mes hommes, c'est qu'il y a deux serpents, et pendant que nous attaquerons l'un, l'autre peut nous tomber dessus.

— Toi, Breton, tu as la langue un peu longue, tu sais? Est-ce que c'est la peur qui te fait oublier le respect?

— Non, capitaine, je vous jure que ce que j'en disais était pour vous offrir d'aller tenir l'autre serpent, pendant qu'on tuerait celui-ci.

— Es-tu bête, Breton ! Tu ne vois pas que nous mettons les trois quarts de l'équipage pour venir à bout d'un serpent, et tu veux en tenir un à toi tout seul?

— Ah! excusez, capitaine; moi je n'ai jamais vu de bête comme ça : je ne croyais pas que ce fût si fort. »

Alors, pour donner du cœur à mon équipage, j'allai auprès des sondeurs que les serpents tenaient collés : je leur pris la main, et je leur dis de tenir bon. Je plaçai le Breton près du second, lui recommandant, aussitôt les coups de pierriers partis,

serpent, et je vis qu'il se resserrait sur lui-même et qu'il paraissait se replonger dans la mer. Le sondeur qu'il avait saisi n'était plus à genoux, mais droit, nous faisant face, son bras gauche entraîné pardessus le bordage, et son corps, qui pendait après, déjà enlevé, les pieds ne touchant plus. Et le diable de Breton, s'accrochant des pieds et d'une main à un bout de la vergue du perroquet (tombé sur le pont, comme vous savez), de l'autre main et des dents cherchait à retenir le matelot, qui se laissait aller comme un homme mort.

Quant au premier serpent, les charpentiers l'avaient coupé en deux. La partie sortant de la mer se retira vers le bordage, mais y resta accrochée, retombant encore d'une brasse sur le pont. Le bout coupé, qui avait plus de trois brasses, se tortilla, renversant comme des capucins de cartes les dix-sept hommes qui y tenaient leurs grappins et leurs piques, et sans lâcher le sondeur collé par la tête.

Je regardai de nouveau l'autre serpent.

Le pauvre matelot était déjà en travers du plat-bord et l'on ne voyait plus que son ventre et ses jambes : le Breton tenait toujours et tirait, mais il commençait aussi à être enlevé.

Je prenais mon porte-voix pour lui crier de lâcher, lorsqu'une secousse terrible faillit me renverser ; je n'eus que le temps de me rattraper à une manœuvre, et il se passa alors, mon cher ami, une chose qui ne s'est vue que cette fois-là et qui ne se verra plus, j'espère : le navire se coucha presque sur tribord, on entendit un bruit comme si trente-six hippopotames sortaient de l'eau, et le long du bord s'éleva un monstre épouvantable, tacheté de plaques noires, grises et jaunes d'un côté, tout blanc de l'autre, et deux fois gros comme la chaloupe d'un vaisseau de cent canons !

Il étendit une patte depuis le porte-haubans du grand mât jusqu'à la poulaine, une autre vers l'arrière, qu'elle alla contourner pour venir retomber par le petit bout sur la dunette ; une troisième, il la tortilla autour du hauban de misaine ; une quatrième, il la lança en travers du pont ; la cinquième et la sixième restaient sur la coque, sous l'eau. Il y en avait encore deux autres, l'une coupée, comme je vous l'ai dit, et l'autre à la même place qu'au commencement ; le sondeur pris par le poing était même ramené en dedans du bordage, ce qui montrait que la patte était poussée au lieu d'être tirée, comme tout à l'heure.

Un cri d'épouvante partit de toutes les bouches :

« Le kraken ! »

Il n'y avait plus à en douter : c'était le kraken, ce poulpe géant dont les matelots danois et norvégiens m'avaient si souvent parlé sans que j'y voulusse croire.

Vous avez vu des poulpes, mon cher ami, n'est-ce pas ? Moi aussi, mais vous ne pouvez pas vous imaginer ce que c'est qu'un poulpe de cette taille.

Ses yeux étaient larges comme des assiettes, et rien ne peut donner une idée de ce regard trouble et phosphorescent de trois pieds de tour ! Il se gonflait et se dégonflait comme un énorme ballon, et de temps en temps, nous montrant l'envers de sa tête, il faisait sortir par un grand trou de sa peau un bec de corne noire de plus d'une aune de longueur, qu'il ouvrait pour nous croquer tous.

« Mille ! dix mille ! cent mille ! deux ! trois ! quatre ! cinq cent mille millions de milliards de troûn de l'air de tonnerres... !

Veux-tu bien descendre, abominable mollusque ! Veux-tu quitter mon bord à l'instant même, mauvais poisson manqué ! Mais tu ne vois donc pas que tu vas nous faire chavirer, ordure de mer ! »

Je perdais la tête de rage ! je m'arrachais les cheveux de désespoir !

« Un navire comme la *Bonne Mère*, être attaqué par une vermine comme ça ! Tu nous prends pour ce que nous ne sommes pas, espèce d'araignée collante ! Tu ne sais donc pas distinguer une baleine d'un trois-mâts ? Tu crois peut-être que tu vas nous manger comme tu manges tes marsouins, hein ? Comptes-y ! En attendant, attrape ceci ! »

Et, visant l'horible bête à la tête, je lui tirai un coup de pistolet qui lui traversa de part en part les deux yeux et les lui creva.

Ce fut mon premier moment de satisfaction :

« Ha ! ha ! limace à huit pattes, te voilà belle fille, avec tes deux hublots[1] cassés ! Maintenant que tu n'y vois plus, tu ne vas plus faire que des bêtises ! A nous deux ! »

Miséricorde ! savez-vous ce qui arriva ! Il ramena peu à peu vers lui les deux pattes qui s'étendaient, le long du bordage, de l'avant à l'arrière ; le milieu de chaque patte se souleva, faisant un coude comme deux bras gigantesques ; il tira sur celle qui était en travers du pont ; son effroyable masse, au haut de laquelle on voyait reluire ses yeux encore tout flamboyants de phosphore, s'éleva au-dessus du bordage, et s'y tint quelques secondes en équilibre.

A ce moment, mon cher, si l'on n'avait pas été prévenu, on aurait juré la tête et les bras d'un géant qui aurait cherché à monter à l'abordage.

Il resta un moment ainsi, il diminua de grosseur en s'aplatissant, et puis, pflac ! tout chavira comme une charretée de boyaux, couvrant la moitié de la largeur du pont, depuis le grand mât jusqu'au mât de misaine. En même temps, renversant et cassant tout sur son passage, il retira vers lui toutes ses pattes et les pelotonna, une partie autour de son corps, une partie dans les débris de la vergue et du mât de perroquet cassé, fourrant ça au milieu des cordages emmêlés, que je ne sais pas comment il pouvait s'y reconnaître.

Dans ce moment, les deux matelots empoignés, il faut croire qu'il les oublia.

1. *Hublot*, lentille de verre encastrée dans l'épaisseur de la coque du navire, et qui donne du jour à l'intérieur.

« UN CRI D'ÉPOUVANTE PARTIT DE TOUTES LES BOUCHES : « LE KRAKEN! »

Je vis d'abord celui qui avait été pris par la tête se relever. C'était un petit Saintongeais, chauve comme un genou. Il chancelait qu'on aurait dit un homme soûl. Sa figure n'était pas violette mais bleue, et vous auriez dit qu'elle allait éclater; quant à la peau de sa tête, elle était aussi luisante qu'une cerise fraîche.

Je courus à lui. Il était dans un état épouvantable. Comme je suis un peu chirurgien — faut bien l'être quand on est exposé comme nous autres à recevoir de mauvais coups, quoique, vous savez! nous en donnons aussi, et de fameux! — je me dis : Voilà un homme qui est mort si tu ne lui dégages pas la tête!

« Assieds-toi, je lui dis. Je suis ton capitaine, entends-tu? Je vais te saigner, tiens bon! »

Et plaçant mon pouce près de la pointe de mon poignard, je lui fis derrière la tête, jusqu'à l'os, une bonne estafilade, d'où sortit une nappe de sang noir comme de l'encre, il releva la tête, me regarda de l'air qu'on regarderait le bon Dieu. Ça me fit plus plaisir que je ne saurais vous dire, allez!

« Reste là un moment, tu entends? Quand tu pourras te lever, va dans ma chambre, que je te donnerai un verre de genièvre. »

J'allai au second sondeur. Ce diable de Breton! il ne l'avait pas lâché. Seulement savez-vous par où il le tenait? Par le cou; et il l'embrassait comme s'il avait voulu le manger.

Ah! ces Bretons! fameuse race, mon cher ami : avec un équipage de Bretons, je me chargerais de faire le tour du monde dans une pirogue de nègres!

Le matelot n'avait pas grand'chose : rien de cassé, seulement le poignet gros comme le genou, à force que le suçoir l'avait aspiré.

« Toi, je lui dis, tu vas commencer par te fourrer le bras jusqu'à l'épaule dans une baille d'eau de mer bien fraîche, et puis tout à l'heure je t'enverrai un petit coup de genièvre. »

Monsieur, vous ne savez pas ce que c'est que la patte d'un poulpe? Imaginez-vous qu'à chaque patte il y a deux rangées de soixante ventouses chacune, ce qui fait cent vingt; et qu'il y a huit pattes, ce qui fait neuf cent soixante ventouses, vous pouvez dire mille, ne vous gênez pas. Au nôtre, les plus petites étaient comme des pièces de quarante sous, et les plus grandes comme une assiette à dessert. Croyez-vous que ça fait une jolie calotte sur la pointe de la tête, ou une bonne menotte sur le poignet? Et quand, au lieu d'une, c'est mille qu'il en a, ce kraken de malheur! On dit qu'on ne sait pas à quoi servent les mouches : je voudrais bien savoir, je vous prie, à quoi sert le kraken? Enfin n'importe : mes deux matelots étaient décollés, c'était toujours ça.

— Et le kraken? ne pus-je m'empêcher de dire à Cougourdan.

— Patience, me répondit-il, patience! chacun son tour, mon cher ami. A bord, nous autres marins nous ne savons pas tout faire à la fois comme les messieurs de terre. Attendez donc, s'il vous plaît, que diable! J'avais deux hommes en danger : la première chose était de leur porter secours, puisque je le pouvais.

— Mais si le kraken vous avait lancé une de ses pattes?

— Et si j'avais été un capon? Et s'il n'y avait pas eu de kraken, ce serait encore plus simple, n'est-ce pas? »

Et il haussa les épaules en me lançant un regard de dédain.

« Té, que diable! aussi pourquoi m'interrompez-vous? Vous n'avez jamais été à la mer, mais si vous y alliez, pardi, vous feriez comme les autres. »

Et mon épaule se désarticula presque sous l'écrasante affirmation que le capitaine m'appliqua de sa large main. Il continua son récit :

« Je retournai sur ma dunette. Pas un homme n'avait bougé de son poste. J'étais content de mes matelots.

Je regardai le kraken : il n'avait pas bougé non plus.

En définitive, me dis-je, la position est terrible, mais elle est meilleure. Ce sera un miracle si cette bête reste plus de trois heures hors de l'eau sans mourir. Une fois morte, il ne s'agira plus que de m'en débarrasser, et nous en viendrons à bout, quand il faudrait la jeter morceau par morceau.

Maintenant, faut-il la laisser mourir là tranquillement, ou faut-il encore essayer de la tuer? Voilà.

J'appelai le second, et après avoir tenu conseil nous décidâmes que, le kraken, à cause de sa force prodigieuse, pouvant vivre beaucoup plus de temps que nous ne pensions et, d'un instant à l'autre, se dérouler et s'élancer sur nous, il fallait absolument tenter de le tuer par tous les moyens en notre pouvoir.

Je ne sais si je vous ai dit que j'avais à bord quelques petits barils de poudre? J'avais aussi par là un demi-cent de grenades. Je pensai encore qu'une ou deux touries de vitriol ne feraient pas de mal, versées sur la tête du kraken : justement j'en avais. Nous avions de plus quatre pierriers, et je me souvins qu'il me restait encore deux caronades de fer en bon état sur des affûts légers. Enfin le second me fit songer à cinq tromblons qui, chargés jusqu'à la gueule, pouvaient tenir chacun une dizaine de livres de balles.

« Té ! je dis, flanquons-lui toujours ça

devions tirer les premiers : c'était le signal pour tout le monde.

Nous tirons.... Brrrrang ! Le gredin avait ses trois ou quatre cents balles dans le ventre, dans les pattes, dans les yeux, dans la tête. Tout ça était entré comme dans du beurre. Il ne remua pas !

« Té ! dis-je, serais-tu mort, mon ami ? En attendant, lâche les touries et descends les barils de poudre ! »

Les deux touries tombèrent en plein sur

« Tout cela fut chargé à mitraille. »

dans le corps, ça ne peut pas faire de mal. Tout le monde à l'arrière ! »

Ils vinrent comme ils purent, mais le fait est qu'au bout de cinq minutes tout l'équipage était en rang devant la dunette.

Je fis monter dans la hune du grand mât cinq hommes pour lancer les grenades; j'en mis au pied du mât pour hisser deux barils de poudre, leur donnant à chacun un tromblon pour tirer quand ils auraient fini. Les barils avaient une mèche allumée, et un autre homme, aussi placé dans la hune, devait les laisser descendre à un signal convenu; un autre devait lâcher les touries de vitriol, qui se casseraient sur le dos du kraken. Les caronades furent avancées, les pierriers installés sur le pont, tout cela fut chargé à mitraille, pointé sur la bête, et six hommes, une mèche allumée à la main, furent postés à chaque bouche à feu. Tout le reste de l'équipage devait tirer des coups de fusil et faire feu de ses deux pistolets. Le second et moi, nous

lui et se cassèrent en mille morceaux, et le vitriol se mit à ruisseler sur son corps et à lui faire des trous qui fumaient comme de l'eau bouillante. Le matelot qui descendait les barils de poudre avait eu l'adresse de les faire tomber sur l'arrière du kraken, de sorte que la bête elle-même nous servait de rempart contre l'explosion.

« La mèche est-elle au bout? lui criaije.

— Oui, capitaine, elle arrive ! »

A peine achevait-il que la poudre éclata, lançant en l'air des lambeaux du corps du monstre, dont nous fûmes couverts, et qui allèrent s'accrocher dans tout le gréement, si bien que la *Bonne Mère* avait plutôt l'air d'une boucherie que d'un navire.

Tous les hommes, restés à leur poste, faisaient mine de vouloir s'approcher :

« Pas de ça, leur dis-je : nous ne savons pas si la bête est morte ou vivante. Voyons un peu. »

Cette explosion ne lui avait enlevé que la moitié du corps au plus,

« Tout le monde sur les haubans ! » je criai.

Ce fut une inspiration du ciel, mon cher ami.

A peine étions-nous sortis du pont, que le kraken se rassembla sur lui-même, déroula ses pattes, se souleva dessus comme une araignée, puis, retombant à plat ventre, envoya deux pattes vers l'arrière, défonça la porte de la dunette, arracha une partie de la cloison et revint s'enrouler autour du pied du grand mât. En même temps il lança en l'air deux autres pattes, les agita un moment, puis les entortilla l'une contre l'autre et les laissa retomber ; deux autres pattes s'étendirent, l'une en avant, l'autre en arrière des haubans du mât de misaine, sortirent hors du bord, se rejoignirent et furent ramenées sur le pont, faisant sauter tous les haubans comme si ç'avait été des cordes à violon. La patte coupée et la huitième patte, il les serra autour de son ventre, mais tellement fort que le ventre creva, et toute son encre[1], dont il y avait bien un boucaut, fut lancée comme une lame et vint couvrir une dizaine d'hommes. Vous me croirez si vous voulez, mais les plus à plaindre n'étaient pas ceux qui en

La poudre éclata.

furent entièrement couverts : au moins ils pouvaient servir de nègres, à la rigueur ; mais si vous aviez vu ceux qui avaient la moitié de la figure noire, d'autres une main noire, une main blanche, c'était à faire pitié !

1. Le poulpe, comme tous les animaux de son espèce, a une poche remplie d'un liquide noir, qu'il lâche pour troubler l'eau quand il poursuit sa proie.

Et il faut que vous sachiez qu'il n'y a pas de savon ni de potasse capable d'enlever ça : ils restèrent comme ça plus de trois mois.

Nous restâmes sous les armes encore une heure. Enfin, la bête ne remuant plus et ne se gonflant plus, je finis par reconnaître qu'elle était bien morte.

Alors commença une opération qui n'était pas une petite affaire : c'était de nous débarrasser de cette tripaille. On sciait les pattes par morceaux, on enfonçait des grappins dans les cartilages du ventre, on tirait dessus, et avec les sabres ou les haches on découpait comme on pouvait. Le plus terrible fut les intestins. Nous finîmes par en venir à bout en passant des voiles et des cordes sous le paquet, que nous faisions glisser près d'une ouverture et tomber à la mer.

Nous gardâmes toutefois le bec, que je fis bien nettoyer, et que vous pourrez voir au musée d'histoire naturelle de Marseille, lorsqu'il y en aura un.

Quand ce fut fini, il était minuit moins un quart : cette petite fête avait duré dix-sept heures trois quarts. Je fis donner double ration à l'équipage, je leur envoyai quatre bouteilles de genièvre, et j'allai me coucher, après avoir inscrit sur mon livre de bord :

« *Le 15 août, à six heures trente-sept minutes du matin, étant par 6°27' au-dessus de la ligne, rencontré le kraken, qui nous a abordés et cassé le perroquet du grand mât par la secousse.*

« *A midi, le kraken a embarqué malgré notre résistance, a pris le matelot Canolle par la main, le matelot Baptiste par la tête, et les a fortement bousculés.*

« *A six heures trente-trois minutes, tué ledit kraken, qui, en se défendant, nous a défoncé la dunette, arraché la cloison, et fait sauter les haubans de tribord de notre mât de misaine.*

« *Depuis six heures trente-trois minutes jusqu'à minuit, jeté son corps à l'exception du bec, qui a été descendu et arrimé dans la cale.*

« *Donné double ration à l'équipage pour ses peines et soins.* »

IV

L'R

Nous étions allés manger la bouillabaisse et le pilau chez Parrocel, et Cougourdan était en belle humeur. Nous causions à bâtons rompus; il m'avait raconté sa vie. Tout en l'écoutant, je calculais que, de compte fait, il n'avait pas séjourné cinq ans en tout à Marseille, et jamais plus d'un mois de suite. Sa voix terrible, s'élevant et s'abaissant tour à tour avec ces intonations musicales particulères au langage du Midi, faisait résonner les diphtongues en vibrations dignes du bourdon de Saint-Victor.

« Capitaine, lui dis-je, je vous écoute malheur : vos philanthropes, voyez-vous, avant vingt ans d'ici ils seront cause que les navires de Marseille ne feront plus de commerce qu'avec le château d'If, et qu'on entendra dans les rues des gamins de six mois parler français !

— Cependant....

— Oui, oui,... le commerce va encore un peu, c'est vrai. Mais le français envahit tout, si bien qu'avant peu on ne distinguera plus un Marseillais d'un Parisien :.

« Je saute sur ma longue-vue. »

et je vous admire. Il faut que vous soyez bien foncièrement Marseillais pour avoir conservé, à travers vos nombreux voyages chez tant de peuples étrangers, ce pur accent de Marseille. Voyez-moi : je n'ai presque pas quitté la France, j'ai habité longtemps le Midi, et l'on ne se douterait pas, à m'entendre parler, que je suis né rue Sainte, au cœur de la métropole phocéenne.

— Mon cher ami, me dit-il, l'assang, voyez-vous, c'est la mer qui le donne, non pas l'air corrompu de vos Babylones modernes. Marseille n'est plus Marseille : ils nous l'ont gâtée au point qu'on ne s'y reconnaît plus. Maintenant la dernière des répétières [1] du marché parle français, et c'est à peine si je comprends le patois des portefaix qui viennent décharger mon navire. Tenez, mon cher ami, tout va mal depuis qu'on a aboli la traite. Je l'avais bien dit à mes armateurs le jour où ils m'apprirent la nouvelle de cette loi de

et un Marseillais sans accent, c'est un rossignol sans voix, trooûn de l'air !

— C'est vrai, l'accent donne beaucoup de piquant et de sel aux propos des enfants de la Cannebière, mais enfin croyez-vous qu'un Marseillais aura moins d'esprit parce qu'au lieu de cracher les r, par exemple, il les roulera comme les Languedociens ou les grasseyera comme les gens du nord de la France ?

— D'esprit, un Marseillais en aura toujours, mais je soutiens que ce sera un grand malheur le jour où la civilisation nous aura perfectionné la gorge. Et puisque vous parlez des r, je peux vous dire que je suis payé pour savoir ce qu'il m'en aurait coûté un certain jour si je n'avais pas eu le bonheur d'avoir l'accent de mon pays : à l'heure qu'il est, la Bonne Mère prendrait le frais depuis une vingtaine d'années, par trois cents brasses d'eau, et le capitaine Marius Cougourdan serait je ne sais où, assez loin d'ici, et peut-être nulle part.

1 Poissardes.

— Capitaine, je savais votre accent bien fort, mais je ne l'aurais pas cru de taille à sauver un trois-mâts et son capitaine.

— Avec quarante hommes d'équipage, mon cher ami, et une cargaison de trois cent mille francs ! Et c'est pourtant comme je vous le dis : dans cette circonstance mémorable de ma vie, si j'avais grasseyé les r ou si je les avais roulées seulement, j'étais flambé !

— Capitaine Marius Cougourdan, racontez-moi cette circonstance mémorable de votre vie.

— Je veux bien. »

Je m'assis, et Cougourdan, allumant un cigare et se mettant devant moi, debout et les jambes écartées, me raconta ce qui suit :

« C'était au mois de janvier 1810. Nous avions la guerre avec les Anglais, et leurs croisières faisaient dans la mer des Antilles une police de tous les diables. Malgré le danger d'être pris, je n'avais pas pu renoncer à naviguer dans ces parages, que j'ai toujours affectionnés particulièrement à cause des bonnes affaires que j'y faisais. J'avais cette fois une cargaison magnifique, et si je parvenais à entrer dans le port de la Pointe-à-Pitre, je gagnais mes trois cent mille francs, aussi sûr que je m'appelle Marius.

Jamais la *Bonne Mère* n'avait été gréée et montée comme dans ce temps-là : quand nous mettions toutes nos voiles dehors et que la brise était bonne, nous filions douze et quinze nœuds facilement, quelquefois plus. J'avais un équipage de quarante hommes, monsieur, que chaque dix en valait cent. Avec ça quelques piques et quelques haches d'abordage que je n'avais pu les empêcher d'emporter pour leur sûreté personnelle, quoique je n'eusse pas de lettres de marque, puis trois ou quatre petites caronades pour compléter mon lest, et que j'avais fait monter sur le pont avec leurs affûts pour les empêcher de se rouiller. Et puis, vous savez ? un peu de poudre pour le cas où nous aurions eu du désagrément avec les barges anglaises, qui n'étaient pas toujours polies avec les neutres.

Je naviguais sous pavillon hollandais, naturellement. J'avais même fait galipoter mon navire à Saint-Thomas, et quoique la *Bonne Mère* ne ressemblât pas beaucoup à leurs caisses à chandelles, avec un faux pavillon et de la prudence ça pouvait passer, pourvu que la brise fût fraîche ou que le croiseur n'eût pas trop de canons en batterie.

Vous comprenez que quand on a des affaires qui pressent, on n'a pas le temps de mettre en panne pour causer avec le premier bâtiment venu passant en pleine mer. Ma règle était donc de mettre toutes les bonnettes dehors aussitôt que j'apercevais un bâtiment, et comme je n'avais jamais rencontré jusqu'alors que des goélettes ou des corvettes, pourvu que je les visse venir je ne craignais rien.

J'avais nuit et jour une vigie sur le perroquet du grand mât, et je vous réponds que, de jour, le diable en personne n'aurait pu s'approcher de la *Bonne Mère* à plus de six ou sept lieues marines de distance. Mais c'était la nuit, mon cher ami, que je ne dormais que d'un œil, surtout quand il n'y avait pas de lune. J'avais beau monter trois ou quatre fois sur le pont, rien ne me disait qu'au petit jour je ne me trouverais pas nez à nez avec quelque croiseur anglais plus fort que moi.

Aussi j'avais pris le parti de mettre toutes mes voiles dehors tant que durerait la nuit, et de courir grand largue par tous les temps, au risque de tout casser, parce que sous cette allure la *Bonne Mère* se couchait comme un goéland qui rase les lames, et que sa voilure de coquine se voyait moins du large.

Il était cinq heures et demie du matin, à mon estime, et la nuit allait finir, lorsque la vigie cria :

« Navire à l'avant ! »

Je saute sur ma longue-vue, je regarde. Une flamme rouge !

« Troûn de l'air ! je crie, c'est un croiseur anglais ! »

En ce moment, mon cher ami, nous filions treize nœuds ; la mer était dure, le temps ne promettait rien de bon. La *Bonne Mère*, couchée sur bâbord, sautait sur les lames comme un poisson volant.

Le bâtiment anglais venait sur nous. A la distance où nous étions, il pouvait ne pas nous avoir encore vus, mais le jour allait se lever, l'horizon était couvert de nuages noirs comme de l'encre, et si par malheur le soleil tapait sur nos voiles, à Dieu va-t' !

Je me dis : « Marius, tu n'as qu'une seule chose à faire, c'est de virer de bord et de prendre chasse le plus vite que tu pourras. C'est un bâtiment de guerre, puisqu'il a une flamme.... »

Et pourtant, je me dis : « Peut-être que c'est quelque corsaire. Qui peut savoir s'il n'a pas d'argent à bord, d'argent volé à ma patrie ? Ce serait bien juste de le lui faire rendre. »

Et je repris ma longue-vue.

Ah! pécaïré! Pauvres nous! Mille millions de tonnerres!

« Amédée! que je dis au coq, qui était à côté de moi, et qui avait aussi bonne vue que moi, Amédée! prends la longue-vue, et dis-moi, je te prie, ce que c'est que ce bâtiment!

— Capitaine, ça, pardi! c'est tout bonnement une frégate anglaise, et même qu'elle porte pavillon de commodore! »

Qu'auriez-vous fait, vous?

L'attendre pour la combattre, je n'étais pas de force.

Ajouter quoi que ce soit à ma voilure, pas moyen, par la bonne raison que j'avais toutes mes voiles dehors.

Manœuvrer pour virer de bord? Autant aller à sa rencontre, je me dis, car par le temps qu'il fait, il te faut une demi-heure avant d'avoir repris ta route, et pendant cette demi-heure il te gagne, il voit ta manœuvre, il s'aperçoit que tu cherches à l'éviter, et il te prend chasse sur toi.

C'est alors que je pris une résolution que je ne pourrais pas croire, si je ne l'avais pas vu de mes yeux, ce que j'ai fait! Mais j'ose dire avec un légitime orgueil que s'il n'y a jamais eu de capitaine marin qui ait osé concevoir une pareille manœuvre, il n'y avait aussi qu'un navire au monde en état de l'exécuter, et ce navire, c'est le trois-mâts la *Bonne Mère*, du port de Marseille!

Je résolus de virer de bord sous toutes mes voiles, sans toucher un fil!

Je criai au timonier : Bâbord tout! Et le navire, changeant à l'instant de direction, commença de tourner. A ce moment le vent soufflait en foudre, la mer était totalement démontée, nous avions la lame en travers; la bourrasque était si effroyable, que quoique la *Bonne Mère* courût à ce moment vent arrière, elle ne se releva pas, et elle fit une embardée d'au moins cinq encablures, couchée dans le creux de la lame comme un petit nourrisson dans son petit berceau.

J'étais à l'avant, pour mieux voir au large aussitôt que nous nous élèverions au-dessus de cette montagne d'eau. Tout à coup, au moment où le navire, achevant de virer sur bâbord, commençait à reprendre la lame en travers, arrive une telle masse que, du creux où nous étions, je la voyais s'élever par-dessus les autres lames aussi haut que le fort de Notre-Dame de la Garde, que vous voyez d'ici! Elle s'élève, s'élève, s'approche, avale les trois ou quatre lames qui nous séparent, et alors,

s'enlevant comme un cheval qui va sauter, elle fait au-dessous d'elle une telle pente, que le navire s'y précipite.

Je vous réponds qu'à ce moment-là le bout du beaupré était au moins à vingt-cinq pieds plus bas que notre couronnement. Nous piquions droit dans le creux,

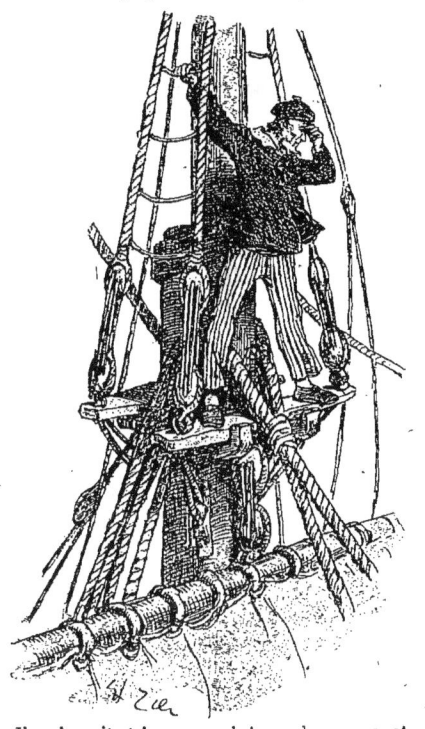

« J'avais nuit et jour une vigie sur le perroquet. »

et la lame devait déferler juste au moment où nous serions dessous.

J'avais dix ou douze secondes devant moi pour sauver le navire.

Je tirai mon poignard d'abordage (j'en ai toujours un sur moi quand je commande), et j'en donnai un bon coup dans l'amure du grand foc.

La voile se déchira d'un bout à l'autre comme une feuille de papier; l'avant du navire, soulagé tout d'un coup, se souleva un peu, et la secousse retarda d'environ deux secondes la chute au fond de l'abîme.

Il n'en fallait pas davantage : la lame avait déferlé quand nous tombâmes dessus, et la *Bonne Mère*, fendant fièrement toute cette écume brisée, passa au travers.

Nous étions sauvés, et nous avions viré de bord.

Je pus alors me rendre compte de la situation. Je vis que ce coup de temps n'était pas pour durer plus d'une heure. Le soleil commençait à dépasser l'horizon ; il ne restait de mon grand foc que quelques lambeaux ; la frégate ne paraissait pas nous avoir aperçus.

Cependant je ne pouvais pas aller long-temps comme ça, et je me disposais à pro-fiter de ce dernier moment pour changer nos amures, lorsqu'une saute de vent eut lieu, et je me trouvai grand largue, ayant le vent sur la frégate anglaise.

Je vous certifie que ce fut là un des plus beaux instants de ma vie, car je vous dirai franchement que j'avais des raisons toutes particulières pour ne pas vouloir absolument tomber entre les mains des Anglais. Il venait même d'arriver une chose.... »

Et ici le capitaine se passa la main sur le front, et tressaillit.

« Quoi donc, capitaine ?

— Oh ! dit-il, je vous raconterai peut-être cela quelque jour, pour que vous m'en disiez votre avis. Mais il est de fait que je ne me serais pas laissé prendre vivant, ni mon équipage non plus.

Hélas ! ma joie ne devait pas être de longue durée ! Le vent diminuait, et la *Bonne Mère*, privée de son grand foc, gouvernait péniblement et n'avançait plus si vite. Le soleil commençait à briller par éclaircies, et d'un moment à l'autre il pou-vait nous envoyer dessus une plaque de lumière, ce qui arriva bientôt ; et peu de temps après, continuant à observer la fré-gate, je vis qu'elle manœuvrait pour venir à nous.

Quoiqu'elle fût encore bien loin, je pou-vais très bien juger qu'elle cherchait à s'élever dans le vent et qu'elle courait des bordées pour tâcher de se mettre en bonne position.

Je ne la perdais pas de vue, et je m'a-percevais avec effroi qu'elle gagnait plus qu'elle n'aurait dû faire. Je fis jeter le loch, et l'affreuse vérité, mon cher ami, m'apparut tout entière : nous filions sept nœuds, pas plus !

A tout instant je prenais ma longue-vue : chaque fois la frégate me paraissait plus proche. J'étais au désespoir. Mon équi-page, rassemblé sur l'avant, les bras croi-sés, regardait la frégate sans dire un mot. Pauvres enfants !

Je fis un signe à mon second. Un instant après, mes quarante hommes étaient ran-gés devant la dunette :

« Eh ben ! vous voyez ce qui arrive : vous pouvez faire votre sac, nous sommes flambés. Que voulez-vous faire ? »

Un Breton, mauvaise tête, sortit des rangs et, me montrant le poing, s'écria :

« C'est votre faute, aussi ! Si vous n'aviez pas viré de bord comme ça, vous n'auriez pas été obligé de faire ce que vous avez fait, et nous aurions encore notre foc. »

J'armai mon pistolet. (J'ai toujours un pistolet sur moi quand je commande.)

« Mon ami, tu peux avoir raison, mais je n'aime pas qu'on me dise que j'ai tort. Mets-toi à genoux et recommande ton âme à Dieu. »

Le Breton s'agenouilla, fit une prière, je dis : Amen, et je lui brûlai la cervelle.

« Vous autres, dis-je, souvenez-vous que le capitaine est le père de ses mate-lots, et que même quand le navire coule bas, on ne doit jamais lui manquer de respect ! Que voulez-vous faire ?

— Aborder la frégate et la prendre ! répondit l'équipage d'une voix sourde.

— Elle ne se laissera pas accoster sans nous envoyer sa bordée. En supposant que nous arrivions, qu'espérez-vous faire contre un équipage de quatre cents hom-mes ? Ça ne vaut rien. Parlons d'autre chose.

« Vous savez que nous n'avons pas de lettres de marque. Notre affaire est claire : si nous laissons l'Anglais monter à bord, d'ici deux heures tout au plus nous pren-drons l'air au bout d'une corde.

« Je crois que ce qu'il y a de mieux est de nous faire sauter. Nous avons douze barils de poudre dans la sainte-barbe. »

Tous mes hommes me regardèrent, et ils baissèrent la tête en disant :

« Bon ! »

Je fis alors signe à un de mes canon-niers.

« Tu vas placer tous les barils de pou-dre les uns à côté des autres ; tu en ouvri-ras un et tu chargeras quatre pistolets, deux pour toi, deux pour moi. Tu te tien-dras là jusqu'à ce que je descende dans la sainte-barbe, et alors nous tirerons nos quatre coups dans le baril ouvert. »

Puis, m'adressant à l'équipage :

« Vous autres, faites bien attention. Aussitôt que le canot de l'Anglais aura accosté, rassemblez-vous près de l'échelle, et dès que l'officier et ses hommes seront sur le pont, tombez dessus et tenez-les ferme. Nous gouvernerons droit sur la frégate, et qu'elle ait ou qu'elle n'ait pas le temps de nous envoyer sa bordée, nous nous en rapprocherons le plus possible, pour tâcher de la défoncer en sautant près d'elle.

« Et maintenant, mes enfants, à la grâce de Dieu! Ceux qui veulent, jouez aux cartes ou dites les prières des agonisants. Moi je vais boire un coup et faire mon point. »

Je descendis dans ma chambre, je bus un petit verre de rhum avec un peu de sirop, et je fis mon point. Nous étions à trente milles de la Pointe-à-Pitre.

J'écrivis une lettre à mes armateurs pour leur expliquer les causes du malheur qui allait arriver et pour leur donner quelques renseignements importants sur les affaires; je mis la lettre dans une bouteille bien bouchée, ficelée et goudronnée, et, ayant allumé un cigare, je montai sur la dunette.

L'Anglais était sur nous, mon cher ami : encore une demi-heure, il était à portée de la voix.

Il hissa son grand vilain pavillon rouge : je répondis par le pavillon hollandais.

Il me signala de mettre en panne.

Ah! trooûn de l'air! à ce moment je perdais patience! Je pensais à ma cargaison, je pensais à leurs poulies et à leur grande vergue, je me représentais ma pauvre *Bonne Mère* en mille morceaux! Je vous assure qu'à ce moment-là je regrettais cruellement de n'avoir pas pris des lettres de marque.

Je fis mettre en panne, que voulez-vous!

La frégate approchait. Je pouvais déjà distinguer les gabiers postés dans les hunes, et même, quand le roulis découvrait son pont, j'y voyais une rangée de bonshommes rouges qui ne pouvaient être que des soldats de marine. Elle avait quarante canons!

Ah! mon cher! vous me croirez si vous voulez, ce n'était pas de sauter qui me faisait de la peine, c'était de ne pas pouvoir même essayer d'attaquer cet Anglais! Mille millions de tonnerres! être obligé de se faire sauter quand on a un navire comme la *Bonne Mère*, et une cargaison de trois cent mille francs! Et des Anglais, encore! Moi qui n'avais jamais été pris!

En attendant, dis-je à mon premier

maître, qui était près de moi, pour ne pas qu'ils se défient, hisse le pavillon anglais au grand mât.

Ce qui fut fait. Immédiatement l'Anglais

« Le Breton s'agenouilla. »

me rendit son salut en hissant le pavillon hollandais.

Tout ça, c'était de la bêtise, et le moment fatal approchait.

Enfin la frégate arriva à portée de pistolet.

Mon canonnier descendit dans la sainte-barbe, l'équipage se rapprocha de l'escalier, et moi je jetai ma bouteille à la mer, je donnai le restant de mon cigare à mon mousse, que je fis asseoir à mes pieds, je boutonnai mon paletot, j'enfonçai ma casquette sur mes yeux, et je pris mon grand porte-voix.

Il y eut là un petit moment, je vous prie, qui n'était pas gai. Tous mes matelots, se tenant la main très amicalement, immobiles, le cou tendu, pâles comme des morts, regardaient en silence venir la frégate. Mon petit mousse, accroupi à mes pieds et ne se doutant de rien, fumait tant qu'il pouvait son bout de cigare, et il crachait à chaque bouffée en renversant sa tête, pécaïré! que ses petits cheveux flottaient comme s'il avait été déjà mort. Et au pied de la dunette je voyais le pauvre Breton renversé sur le dos, les mains croisées comme s'il faisait sa prière, avec un grand trou au front, d'où le sang coulait encore.

Tout ça pour cette maudite frégate, que le diable emporte! Oh! les Anglais!

« Bonne mère! je dis, dans la position où je suis, il est peut-être puéril de vous demander de me tirer de là. Mais vous qui êtes si bonne, est-ce que vous ne pourriez pas faire quelque chose pour mon pauvre petit-mousse et pour ces quarante braves matelots? Quarante, c'est-à-dire trente-

« Ta... mère... a... eu... un... pouarr! »

neuf, car il y en a un qui ne compte plus : vous aurez moins de peine. Je ne vous dis rien : mais vous pouvez être bien sûre que si vous faites ce miracle, je vous donne une robe et des pendants d'oreilles de pierres fines dont il sera parlé dans tout Marseille! »

Monsieur! ces Anglais manœuvrent véritablement comme des diables!

La frégate venait sur nous droit comme la foudre. Je crus qu'ils voulaient nous couler bas. Elle arriva si près de nous que le bout de son beaupré toucha presque notre barre d'artimon.

Et au moment où je croyais qu'elle nous entrait dans le corps, elle fit comme un saut de côté, et elle vint se ranger près de nous, à demi-portée de la voix.

Ce fut si beau que je ne pus m'empêcher de tirer ma casquette!

« Bonne Mère, je dis, je vous remercie de ce que vous faites pour moi : vous me faites voir une belle manœuvre, et vous nous rapprochez assez de cette frégate pour que nous puissions, avec un bon coup

de barre, nous jeter dessus et nous faire sauter contre sa muraille. Je suis juste : je vois que vous faites pour le mieux. Vous êtes une bonne dame. Vous n'avez qu'à regarder, vous allez voir quelque chose de joli. »

L'officier de quart de la frégate monta sur son banc, prit son porte-voix et me cria :

« Qui êtes-vous? D'où venez-vous? Où allez-vous? »

Mon cher ami, à ce moment il me prit une telle rage, que je n'y tins plus. Et quoique ce soit tout à fait contraire aux usages de la mer et au respect que je devais à un officier de marine plus haut en grade que moi, j'empoignai mon porte-voix à deux mains et je criai à l'Anglais :

« Ta... mère... a... eu... un... pouarr[1]! »

L'officier prit un air étonné, et répéta ses questions.

« Ta... mère... a... eu... un... pouarr! » je lui criai encore plus furieux.

Alors il fit un nouveau geste d'étonnement, descendit de son banc et alla rendre compte à un grand homard d'Anglais, rouge comme un coq, maigre comme un clou, qui avait un nez de perroquet, un menton long comme ça, de grands favoris blancs qui lui pendaient, et des dents longues et jaunes que je voyais sortir quand il parlait. C'était le commodore. Je crois qu'il était un peu sourd, car il faisait une vilaine grimace et se penchait en mettant la main à son oreille chaque fois que l'autre lui parlait.

Ils échangèrent quelques paroles : l'officier de quart, d'après ce que je pouvais juger par ses gestes, lui disait :

« Je ne comprends pas ce que dit ce capitaine! »

Le commodore lui prit le porte-voix des mains et vint se placer sur le banc de quart.

Il examina un moment la Bonne Mère, fit un signe de tête qui voulait dire : beau navire! et, embouchant le porte-voix, il me cria :

« Quelle langue parlez-vous?

— Ta... mère... a... eu... un... pouarr! » criai-je pour la troisième fois, encore plus fort.

Il se pencha vers l'officier de quart, lui rendit le porte-voix, descendit du banc, et fit de la tête : Oui.

C'était le moment.

« Mousse, descends à la sainte-barbe et dis au canonnier qui est là de se tenir prêt. Timonier, quand tu me verras sauter en

1. Ta mère a eu un porc.

« J'EMPOIGNAIS MON PORTE-VOIX. »

bas de la dunette, bâbord tout, et en plein sur la frégate. »

L'officier de quart remonta sur le banc : « Vous n'avez besoin de rien? Pas de malades? Pas de morts?

— Ta... mère... a... eu....

— Vous pouvez aller. Bon voyage! » Nous étions sauvés.

Grâce à mon accent, il m'avait pris pour un Hollandais!

Vous voyez qu'à l'occasion le sort d'un navire peut dépendre de la manière dont son capitaine prononce les *r*. Aussi je dis : quand on navigue, rien n'est inutile. En mer, tout sert, même l'*assang*. »

V

Le supplice du ballon.

Un de mes amis, de retour de la Cochinchine, où la France n'avait pas encore mis le pied, dînait un jour avec moi : j'avais invité Cougourdan.

Comme c'est l'ordinaire, le nouvel arrivant tint le dé de la conversation. Il nous décrivit les mœurs des Siamois et il en arriva tout de suite aux supplices, qui sont, comme on sait, une des spécialités de ce peuple.

Quand quelque idée sinistre s'est emparée de la conversation, vous savez combien on a de peine à l'en chasser : on a beau faire, une espèce d'attraction mystérieuse la ramène toujours. Je m'escrimais de mon mieux pour donner une tournure plus gaie à nos propos de table, mais je ne réussissais qu'à animer davantage l'orateur.

En désespoir de cause j'eus recours au digne capitaine, qui, ne disant mot, fumait son cigare et paraissait écouter avec un profond intérêt.

« Hein! capitaine, que dites-vous de ces gentillesses? Voilà des histoires à rendre fous d'horreur ceux qui les entendent. Et lorsque je vois ce que des créatures humaines peuvent faire souffrir à leurs semblables, je suis obligé de reconnaître qu'il vaut mieux tomber, comme vous, entre les pattes d'un gorille ou d'un kraken qu'entre les mains d'un homme.

— Vous avez raison, me dit-il; et moi qui vous parle, je suis payé pour le savoir.

— Vous êtes tombé entre les mains des Siamois?

— Non, entre les mains d'un de mes ennemis. Mais tout blanc et tout chrétien qu'il fût, il m'a traité de telle façon que vos supplices siamois et cochinchinois ne sont que des chatouillements en comparaison de ce qu'il m'a fait souffrir. »

La surprise et l'intérêt que je portais à tout ce qui avait trait au capitaine, me firent oublier que je cherchais à détourner la conversation, et je ne pus m'empêcher de dire à Cougourdan :

« Racontez-nous donc.... »

Et il raconta :

« Mon cher ami, on ne peut pas s'imaginer ce que c'est que la vie du marin. Si ce n'était que la mer, encore! Mais vous faites une traversée; tout va bien, vous ne cassez pas un grelin, vous débarquez votre cargaison; pas une avarie. Vous rechargez, vous mettez votre connaissement dans votre poche; bon fret de retour, bon équipage : vous vous brossez le ventre et vous vous dites : Marius, tout te réussit, mon garçon!

Ah ben oui! Ça vient toujours du côté qu'on ne croit pas, et puis vlan! attrape, matelot! il vous tombe en plein sur la tête une tuile grosse comme une maison.

C'est ce qui m'arriva à Mobile le 13 novembre 1832, vers les huit heures du matin. Et ce qui m'arriva, vous allez voir si je pouvais m'y attendre.

Mon bâtiment étant à quai, je communiquais avec la terre par une simple planche, et quand je sortais du navire, j'étais presque toujours seul, car mon équipage, sauf deux hommes pour garder le bord, se promenait dans la ville ou aux environs.

Il ne faisait pas trop chaud, j'avais deux heures devant moi avant le déjeuner et je me dis :

« Si tu allais voir ton commissionnaire? »

En effet, j'allai voir mon commissionnaire.

Ce négociant, qui était Marseillais et que je connaissais beaucoup, demeurait hors de la ville, à peu près à une demi-lieue de distance. On y allait en remontant le bord de la rivière, par une belle route ombragée d'arbres et bordée de maisons de campagne et de jardins.

J'étais arrivé à peu près au tiers de la route sans avoir fait d'autre rencontre que celle d'une espèce de géant à cheveux rouges, vêtu comme un chasseur, et qui suivait, depuis la sortie de la ville, le même chemin que moi. Il m'avait dépassé une ou deux fois, puis était resté en arrière, et en ce moment il se rapprochait encore. Ça commençait à m'impatienter, d'autant que, comme vous savez, dans ce pays-là il faut toujours être sur le qui-vive. Je tournai la tête de son côté tout en marchant, et, sans avoir l'air de rien, je mis la main sur mon pistolet et je baissai la tête pour voir si mon poignard était bien à ma ceinture.

Je n'eus pas le temps de relever la tête, mon cher ami. Je tombai comme un bœuf, à moitié étranglé par un lasso que le misérable m'avait lancé à la tête sans que j'eusse pu voir d'où il le tirait. Je portai les mains à mon cou; pendant ce temps

genoux comme un enfant, c'était dit, il fallut qu'il y passât, parce que je ne dis jamais une chose sans la faire. A la cale sèche, quand on commença de le hisser, il poussait des hurlements si épouvantables que tout l'équipage tremblait et que même j'en vis deux ou trois qui firent mine de pleurnicher : mais je les regardai, et ça ne dura pas longtemps, je vous en réponds ! Et puis il me fit des menaces, mais des menaces telles que de ma vie je n'en avais entendu. Comme vous pensez bien, j'en haussai les

« Je tombai à moitié étranglé par un lasso. »

ce gueux-là, en quatre bonds, m'entraînait dans un jardin, la porte se refermait et je perdais connaissance.

Lorsque je revins à moi, j'étais assis sur une chaise, les bras et les jambes libres, au milieu d'un jardin tout rempli de fleurs. Devant moi était un groupe d'hommes à figures sinistres en avant desquels je reconnus un grand coquin de matelot américain qui, trois ans auparavant, dans une traversée, avait failli faire révolter mon équipage. Mais il ne l'avait pas porté en paradis, car je lui avais fait donner la cale mouillée, et puis, pour le remettre, la cale sèche tout de suite après.

Vous ne savez pas ce que c'est que la cale? Mouillée, on vous amarre le long d'une barre, on vous hisse par une poulie au bout de la grande vergue, et par trois fois on vous laisse tomber de cette hauteur en vous faisant passer par-dessous la quille; pour la cale sèche, on vous laisse tomber trois fois de suite sur le pont.

Il eut beau supplier, se jeter à mes

épaules, ce qui ne m'empêcha pas de le tenir à l'œil tout le temps de la traversée. Mais il fit son service sans encourir une seule punition.

A la fin de la campagne, lorsque nous débarquâmes au Havre, il vint très respectueusement, le chapeau à la main, régler son compte. Mais lorsqu'il eut donné son acquit et empoché son argent, il remit son chapeau sur sa tête, et, me prenant le poignet, il me dit :

« Maintenant que vous n'avez plus aucun pouvoir sur moi, capitaine, si j'ai un conseil à vous donner, c'est de prier votre bonne Mère de faire que vous ne me rencontriez pas hors de France! »

Et il sortit lentement en me lançant des regards de vipère.

Depuis ce temps-là je ne m'étais pas autrement inquiété de savoir ce qu'il était devenu, sinon que tous mes hommes avaient son signalement, avec ordre de s'informer de lui aussitôt que nous débarquions quelque part. De mon côté je me gardais, parce que je le savais capable de tout. Mais je ne pouvais me garder que de lui, naturellement. Et puis, vous savez, à la longue, on finit par oublier un peu : quoique j'eusse écrit en grosses lettres, sur la tranche de mon livre de bord, sur la première page de mon calepin, sur la couverture de toutes mes cartes marines :

GARE A L'AMÉRICAIN!

Aussi, en le voyant là, devant moi, entouré de ses estafiers, je ne fus étonné que d'une chose, c'était d'être encore en vie. Mais je compris que je n'en valais guère mieux.

« Capitaine Marius Cougourdan, me dit-il en souriant comme un Satan, vous souvenez-vous de moi?

— C'est bon, c'est bon, vous voulez m'assassiner, je vois ça : dépêchez-vous. Mais vous êtes un lâche, entendez-vous? Et je vous méprise. Et vous ne me faites pas peur. Allons, gredins, tirez donc! »

Et me levant tout debout, je voulus marcher vers eux.

Je sentis alors que quelque chose me tirait d'en haut par le dos. Je me retourne, je lève la tête, et je m'aperçois que je suis attaché, par une ceinture de cuir et une longue corde, à un énorme ballon retenu par quatre cordes amarrées à des arbres.

Mon cher ami, quand on a roulé sa bosse comme moi sur toutes les mers et sur toutes les côtes du globe, on ne craint pas la mort, croyez-le bien : j'en ai vu mourir tant, et de tant de manières! Je me suis dit si souvent : « Voilà comme tu finiras, peut-être demain, peut-être ce soir! » Mais j'avoue qu'à ce coup je me sentis **tout** désemparé. Ma première idée fut qu'ils allaient me pendre, et j'en eus **un** soubresaut d'horreur:

« Misérables! vous n'allez pas me pendre, au moins? Sachez bien qu'on ne pend que les voleurs ou les **traîtres** : et moi, tout ce que j'ai fait en ce monde, je l'ai fait à face ouverte et sans lâcheté! »

L'Américain fit un pas en avant et prit la parole :

« Capitaine Cougourdan, le châtiment que vous allez subir est de mon invention et ne ressemble en quoi que ce soit à aucun des supplices connus sur la terre. Depuis trois ans que j'ai souffert, par votre ordre et injustement, car j'étais innocent, et coup sur coup, les deux peines les plus atroces qu'on applique dans la marine, j'ai passé les jours et les nuits à chercher quel genre de torture je pourrais inventer pour vous faire arriver à la mort par des souffrances dont l'histoire de la férocité des hommes n'offre aucun exemple.

J'ai fini par trouver ceci. »

Et il montra le ballon.

« Vous n'avez pas besoin, lui dis-je, de vous donner tant de peine pour m'expliquer votre affaire, pardi! Vous m'en voulez, vous me tenez, je ne puis pas me défendre.... Ah! mille millions de milliasses de tonnerres de troûn de l'air! si je te tenais seulement cinq minutes sur le pont de la *Bonne Mère*, toi et tes estafiers, pécaïré! je t'en ferais voir de belles, misérable que tu es! Lâche! tigre! crocodile! Tu es maudit, entends-tu! Et tu rôtiras en enfer comme un chien, entends-tu! Et c'est moi qui tournerai la broche en t'arrosant de vinaigre pimenté, entends-tu !

— Condamné, me dit l'Américain d'un ton grave, je crois remplir un devoir de chrétien en vous exhortant à songer que dans quelques heures, un jour ou deux tout au plus, vous allez paraître devant le souverain juge, et que c'est mal vous préparer que de vous abandonner à la fureur et au blasphème. Pensez plutôt à vous repentir, et ne vous souvenez plus que d'une chose, c'est que nous sommes tous frères en Jésus-Christ.

— Monstre d'hypocrite! lui criai-je, tu insultes mon Dieu en mêlant son saint nom à l'assassinat que tu vas commettre!

— Ce n'est point un assassinat, me répondit-il vivement, mais l'exécution d'une sentence régulièrement prononcée selon la loi de Lynch. Les hommes que vous voyez là sont des citoyens américains mes amis, et c'est en vertu du verdict rendu par eux que vous allez être châtié. »

L'Américain baissa la tête comme pour rassembler ses idées.

« Comme je veux que vous épuisiez, s'il est possible, la mesure de ce qu'un homme peut souffrir, il faut que vous sachiez bien d'avance ce qui va vous arriver. Ne craignez pas de mourir vite : vous avez demandé tout à l'heure si nous n'allions pas vous pendre : allons donc! ce serait me venger comme un enfant.

J'aurais pu vous briser, vous faire périr sous le fouet, ou vous infliger un de ces supplices chinois dont le récit fait venir la chair de poule : mais cela ne me suffisait pas et j'ai trouvé mieux. Sans verser une seule goutte de votre sang ni toucher à un seul cheveu de votre tête, je vais vous faire traverser des épouvantements et des angoisses inouïs dans l'histoire de la douleur humaine.

— Je ne crains pas la douleur, lui dis-je, aucun homme vivant ne peut se vanter de m'avoir fait peur, et ce n'est pas toi qui auras cet honneur, gredin que tu es ! »

La vérité, mon cher ami, était que je me sentais le cœur troublé. Il paraissait si sûr de son affaire, et puis ce ballon avait quelque chose de si étrange et de si mystérieux, que malgré moi je changeai de couleur : il s'en aperçut, et je vis sur sa figure un sourire de satisfaction infernale.

vous emportant dans les airs. Il montera ainsi jusqu'à ce que, distendu par la diminution de la pression atmosphérique, il éclate et vous laisse tomber d'une hauteur de quinze ou vingt mille pieds.

« Vous sentirez d'abord vos pieds se détacher de la terre, puis frôler la pointe des herbes. Vos bras et vos jambes s'agiteront dans l'espace, et, sur l'abîme plus profond de seconde en seconde, votre corps se balancera. Vous vous sentirez

« Ces monstres se mirent à rire. »

« Allons, me dit-il d'un ton doucereux, je vois avec plaisir que vous commencez à vous intéresser à ce que je vous dis. Puissiez-vous en tirer profit pour vous occuper du salut de votre âme, pendant que vous avez encore la présence d'esprit nécessaire.

— Laisse mon âme tranquille, misérable, et, au lieu de tant bavarder, tue-moi tout de suite et que ça finisse !

— Oh ! oh ! brave capitaine, vous perdez patience déjà ? Ne vous inquiétez pas, et ne craignez pas de réchapper de celle-là : mais laissez-moi le temps de savourer ma vengeance et de vous donner tous les éclaircissements nécessaires pour vous faire savourer, vous aussi, l'épouvantable genre de mort que vous allez subir.

« Vous êtes attaché par une solide ceinture de cuir de bison au-dessous d'un ballon plein de gaz. Tout à l'heure, à mon commandement, les quatre cordes qui le retiennent vont se détacher, et il va s'élever

ainsi attiré et absorbé par l'espace et par le vide ; la terreur, le froid, l'asphyxie, l'angoisse, vous tiendront pendant de longues heures balancé entre ce que la vie et la mort peuvent avoir de plus également épouvantable.

« Et maintenant vous allez *partir*. Nous vous promènerons d'abord pendant quelques instants afin que vous puissiez faire vos adieux à la terre. Regardez bien ces arbres et ces fleurs, cette belle campagne et surtout ce gazon vert, où il fait si bon marcher : dans quelques instants vous quitterez tout cela et vous ne le reverrez plus jamais. »

Sur un signe qu'il fit, quatre hommes détachèrent les cordes qui tenaient le ballon captif, et tous, gardant leurs distances, se mirent lentement en marche. Une secousse subite me fit perdre l'équilibre, mais j'étais soutenu par la corde, qui était déjà tendue.

Alors commença une scène dont le seul

souvenir me donne la chair de poule. Dans les mouvements de déplacement qu'on lui imprimait, le ballon s'élevait ou s'abaissait toujours un peu, de sorte que la corde qui m'y suspendait était tantôt trop courte et tantôt trop longue : il en résultait que je recevais des secousses dans tous les sens, trébuchant, tournant sur moi-même, tiré en avant, en arrière, à gauche, à droite, perdant pied, pliant les jambes tour à tour, enfin sautillant misérablement comme une marionnette au bout d'un fil.

Quand ces monstres virent ça, ils se mirent à rire en se tenant les côtes ; à rire de si bon cœur, qu'un moment j'eus l'espoir que c'était tout bonnement une mauvaise farce, et qu'ils allaient me lâcher. Mais la figure de l'Américain ne me permit pas de m'y tromper longtemps : il se griffait le cœur comme pour se l'arracher de joie, ses narines s'ouvraient et se fermaient tout en sifflant, et il poussait des hurlements de bête féroce.

Quand il eut bien joui de ce spectacle, il cria d'une voix forte :

« Arrêtez ! »

Les quatre hommes s'arrêtèrent, et, prenant pied, je me retrouvai debout. Il appela d'abord un de ses estafiers, qui s'approcha portant une grosse bouteille, un énorme rosbif et un pain, dans un sac de filet. Deux hommes vinrent me saisir chacun par un bras, et pendant ce temps le troisième suspendit le sac à la ceinture qui m'entourait le corps.

« Comme je ne sais pas, me dit l'Américain, combien de temps vous mettrez pour mourir, je serais désolé que vous mourussiez de faim ou de soif : voici à boire et à manger pour trois jours. Au surplus n'espérez pas vous griser : il n'y a là dedans que de l'eau avec un peu de brandy pour vous donner de la force et pour prolonger votre vie.

Maintenant recommandez votre âme à Dieu ; vous allez rester là pendant une demi-heure pour vous préparer à votre supplice. »

Ce que fut cette demi-heure, mon cher ami, l'enfer seul pourrait vous en donner une idée. Je vous réponds que si j'ai pu dans ma vie commettre quelques gros péchés, je les ai expiés de reste par ce que je souffris pendant cette demi-heure !

Enfin il regarda à sa montre.

« Lâchez une corde », cria-t-il.

Et la première corde se détacha et tomba à terre.

« Encore une ! Encore une ! »

Et le ballon, retenu seulement par la dernière corde, commença de se balancer.

Les quatre hommes tenaient encore. Alors, comme pour jouir une dernière fois de mon agonie, l'Américain s'approcha lentement, à petits pas, ayant à côté de lui un de ses amis, comme il appelait ses escogriffes.

Il vint se mettre devant moi jusqu'à me toucher. Je lui aurais volontiers tordu le cou, mais je me dis :

« Qui sait ? il y a peut-être encore une lueur de pitié dans ce cœur-là : si je fais un geste, il n'a qu'un mot à dire », et il le dit....

Tout à coup, comme si un ressort l'avait poussé, il lève la tête, me lance un regard de triomphe, fait signe de lâcher la dernière corde, et me dit, en ricanant d'un rire que Belzébuth est seul capable de rire comme ça :

« Bon voyage, capitaine Cougourdan. Nous sommes quittes, maintenant !

— Pas encore, mon bon ! » lui criai-je.

Et, le saisissant par la main je l'enlevai avec moi.

Il se secoue, il essaie de m'ouvrir les doigts de force, mais il voit que c'est inutile, et au moment où le ballon commence à s'élever, il n'a que le temps d'empoigner la main de son ami qui était, comme je vous ai dit, à côté de lui.

Mais le ballon, lui, tirait toujours. Moi, attaché comme j'étais par la ceinture, naturellement le poids de ces deux hommes me fait basculer la tête en bas et les jambes en l'air. Quoique dans une position un peu gênante, comme vous pouvez le penser, j'étais admirablement placé pour me servir de mes deux mains, et je le saisis de ma seconde main. Il ne pouvait rien faire ; il était tiraillé entre son ami qui le retenait et moi qui ne le lâchais pas.

« Courage, Marius ! je me disais. Tant que tu tiens bon, le ballon ne part pas, et pendant ce temps il peut t'arriver du secours ! »

A ce moment j'entends un fracassement épouvantable vers la porte du jardin ; la grille de bois vole en éclats, et quinze de mes matelots, ayant à leur tête mon petit mousse Bénoni, arrivent en bondissant par-dessus les parterres.

Mais le ballon tirait toujours, si bien que l'ami, sentant la terre lui manquer, dit à l'Américain :

« Je te lâche ! »

Et il ouvre la main. Mais l'autre, qui n'entendait pas de cette oreille-là, vous comprenez, n'en serrait que plus fort.

« LE BALLON, SOULAGÉ DE CENT CINQUANTE LIVRES, PREND SON VOL. »

« Lâche, ou je te coupe la main », dit l'ami.

Il tire son bowie-knife et lui flanque sur les doigts un coup qui les lui coupe à moitié ; l'autre lâche, et le ballon, soulagé de cent cinquante livres, prend son vol.

Tout cela avait duré quelques secondes.

Quand mes matelots arrivèrent, le ballon était à peine à cinquante pieds de terre. Et comme ma corde en avait une trentaine au moins, et qu'au bout il y avait mon corps et celui de l'Américain, si on avait eu là seulement deux tabourets, en les mettant l'un sur l'autre on aurait pu nous ressaisir. Mais il était trop tard : je ne pus que leur crier :

« Adieu, mes enfants ! »

Et le ballon continua de monter.

Je vis mes matelots tournoyer un moment, fous de rage, à la place d'où le ballon venait de partir; puis, comme un troupeau de tigres, ils se précipitèrent sur les misérables qui étaient là le nez en l'air, ne songeant qu'à l'Américain.

Malgré l'épouvantable situation où je me trouvais, je pus voir que tout ce monde-là se sautait dessus et faisait comme une boule noire d'où éclatèrent une douzaine de coups de feu.

Mais j'avais pour le quart d'heure d'autres chats à fouetter. Je tenais l'Américain à deux mains. Le misérable se débattait comme un requin au bout d'un croc, il poussait des hurlements effroyables ; mais il avait beau faire, il n'y avait pas de puissance au monde qui aurait pu me faire lâcher : mes mains étaient rivées sur la sienne.

« Grâce ! grâce ! cria-t-il.

— Grâce? Ah ! par exemple, je te trouve bon là, de me demander grâce ! Je te lâcherai, mon bon, mais tout à l'heure, entends-tu? Et tu iras donner de mes nouvelles à tes amis.

— Sauve-moi, et je te sauve !

— Allons donc ! Tu perds la tête, j'imagine.

— Prends-moi par la main blessée, laisse-moi l'autre main libre : j'ai un pistolet, je tire dans le ballon, je le crève, et dans un quart d'heure nous touchons terre ! »

Il faut être à cinq cents pieds en l'air pour savoir ce qu'on éprouve en entendant ce mot de « terre ». A l'instant je lui saisis la main gauche, je lui lâche l'autre. Il prend son pistolet et tire.

Mais nous avions compté sans le balancement de la corde où nous étions suspendus, et la balle s'en va au diable sans toucher le ballon, qui montait toujours.

Il laisse aller son pistolet et se raccroche à mes mains. Il était temps : sa main blessée saignait, et le sang la faisait glisser petit à petit dans la mienne.

« Capitaine, me dit-il alors, au nom de votre salut éternel, ne m'abandonnez pas !

— Ne pas t'abandonner? Est-ce que tu crois que je vais te porter comme ça jusqu'à l'heure de ma mort? Dieu te punit d'une peine proportionnée au crime que tu as commis. Quand je te tiendrais jusqu'à demain, à quoi ça t'avancerait? Et puis, d'ailleurs, est-ce que je le pourrais? Ce que je souffre des bras, des épaules, du dos, des reins, ne peut pas se dire, et si mes mains n'étaient pas crispées comme des griffes de fer, il y a longtemps qu'elles se seraient ouvertes. Depuis dix minutes peut-être que je suis la tête en bas, le ventre sanglé par la ceinture qui me retient, je commence à avoir la cervelle et les yeux pleins de sang. Y a pas à dire, d'ici quelques minutes, vois-tu, il va te falloir faire le saut. Nous sommes autant dire deux morts, et la terre est si loin qu'il me semble voir d'ici la vie comme un rêve... Je ne me rappelle même plus de quelle couleur la *Bonne Mère* était peinte. Tu t'es bien mal conduit avec moi... Mais j'avais été trop sévère, c'est vrai,... injuste peut-être.... Tu t'es vengé, je me venge, nous allons mourir... Pauvre diable,... tu es pourtant chrétien comme moi,... matelot comme moi.... Tiens bon ! je sens que mes doigts se relâchent... Pourtant tu ne t'en iras pas comme ça en état de péché mortel, dis? Te repens-tu ?

— Non ! me dit-il en grinçant des dents.

— Repens-toi encore quelques secondes, et je ne puis plus tenir !

— Non ! il répéta.

— Bonne Mère ! criai-je de toutes mes forces, sauvez ce pécheur, c'est un matelot ! Faites qu'il se repente ! Moi je me repens de ce que je lui ai fait : nous voilà quittes. Je te pardonne, entends-tu, pauvre misérable !

— Cougourdan, dit-il en levant les yeux vers moi, je te pardonne aussi et je me repens. Que Dieu te protège ! »

Mes mains s'ouvrirent, il poussa un grand cri, et je le vis s'enfoncer en tournoyant dans le vide comme un ballot de marchandise qu'on jette à la mer.

Jusque-là je n'avais pas eu conscience de ma situation, et je crois même que je commençais à perdre peu à peu connaissance à cause du sang qui me remplissait le cerveau : mais je me sentis revenir à moi comme un homme dégrisé, et alors!

Oh! alors! Vous imaginez-vous ce que vous ressentiriez si vous tombiez de la terre dans le ciel? C'est ce que j'éprouvai, mon cher monsieur. Il me semblait qu'au lieu d'être enlevé en l'air, je m'en allais à la renverse dans le vide : j'aurais juré que la terre était au-dessus de moi; je la voyais diminuer, diminuer, et je tendais les mains, je tordais les bras et les jambes, comme si j'avais pu m'y accrocher.

Mais, à ce moment, il m'arriva quelque chose de plus épouvantable encore peut-être. Soit que le vent s'élevât, soit que la chute de l'Américain eût délesté le ballon, je commençai à sentir un mouvement de roulis de plus en plus marqué, de plus en plus violent, et bientôt, ce roulis augmentant, mon corps se mit à décrire des balancements de cinquante à soixante pieds. Chaque fois que j'arrivais en haut, il y avait une secousse à me rompre les reins et je me disais :

« La corde casse! »

Et, de fait, je ne sais pas comment elle résistait. Quand ça repartait pour s'élancer dans le vide, je fermais les yeux en me disant :

« C'est fini! »

Combien de temps cela dura, c'est ce que je ne saurais dire. Seulement à force d'aller et venir, il faut croire que la corde s'était tordue, car je ne tardai pas à m'apercevoir que je tournais sur moi-même tout en me balançant. Et ce qui était arrivé pour le roulis arriva pour ce second mouvement, je me mis à tourner comme une toupie, de plus en plus vite, jusqu'à ce qu'enfin je perdis connaissance. Ce fut pour mon bonheur, sans cela je devenais fou.

Vous croyez que j'étais mort? Hé! trooûn de l'air! je n'avais pas dit mon dernier mot! Une sensation de fraîcheur extraordinaire me tira de mon évanouissement, et en portant mes mains à ma figure, je les retirai pleines de sang : il m'en sortait par le nez, par la bouche et par les oreilles. Sans doute cette saignée m'avait dégagé la tête, car je repris toute ma connaissance. Il me sembla que le balancement avait diminué : j'étais parvenu au-dessus de la région des vents. La terre était effacée : je flottais au milieu d'une espèce de nuage égal de toutes parts, de sorte que j'aurais pu me croire sur mon navire, par une forte brume, en pleine mer. Ça me fit songer à la *Bonne Mère*, et je me dis, sans y penser :

« Té! pourvu que ce soûlard de maître calfat n'ait pas laissé les hommes de garde aller courir des bordées en ville! Que le navire est peut-être sans personne à bord à l'heure qu'il est! »

Mon cher ami, je n'eus pas plus tôt dit ça que, revenant à moi, je me sentis passer je ne sais quoi dans le corps, comme quand j'attaque un bâtiment anglais et que nous sautons à l'abordage.

« Trooûn du l'air! est-ce que je vais me laisser mourir au bout de ce grelin comme une morue au bout d'une ligne? Allons, Marius! est-ce qu'il n'y a pas moyen de te tirer encore de celle-là! »

D'abord je me dis : « Essaye de te retourner. Ensuite, puisque la ceinture a pu permettre que ton corps coulât jusqu'aux reins, qui te dit que tu ne la feras pas descendre plus bas? Et alors, si tu peux empoigner la corde, tu seras assis.

« Mais après?

« Après nous verrons. »

En effet, me courbant tant que je pus, je réussis à saisir de mes deux mains le bord de la ceinture, et avec ce point d'appui je tirai si bien que je me retournai de manière à voir le ballon au-dessus de moi. Alors j'allonge les jambes le plus en arrière et je ratatine mon corps le plus en avant que je peux, je bascule, j'empoigne la corde d'une main, et de l'autre je fais glisser ma ceinture, sur laquelle je m'assieds, une bonne corde entre les bras.

Mais j'avais un bon ballon au-dessus de la tête, mon cher ami, et c'était de trop.

Et pourtant, lorsque je comparais ma situation à ce qu'elle était tout à l'heure, je ne pouvais m'empêcher d'entendre une petite voix qui semblait venir de loin, loin, et qui me disait :

« Courage, Marius! tu te tireras de celle-là, peut-être.... »

Ce « peut-être »-là était ce qui ne m'allait pas. Malgré tout cependant je me disais :

« Te voilà assis au lieu d'être pendu. Tu n'as rien de cassé. Tu as toute ta tête. Tu as une corde entre les mains : un bon matelot peut faire bien des choses avec une corde.... Tu ne manques pas de vivres : c'est quelque chose, ça. A ta place je commencerais par me remettre un moment, et puis je boirais un coup et je casserais une croûte pour prendre du cœur au ventre et me donner de la force. »

C'est ce que je fis, mon cher ami, et, un quart d'heure après, ayant repris tout mon sang-froid et m'étant lesté d'un bon morceau de rosbif et de trois ou quatre gorgées de grog, je regardai le ballon et je me dis :

« Que vas-tu faire ? »

D'abord, me dis-je, quand tu resterais jusqu'à la fin de tes jours à te balancer au bout de cette corde, tu ne serais pas plus avancé en dix ans qu'en dix minutes. Si tu pouvais être là-haut au lieu d'être ici, tu n'aurais pas ce balancement effroyable, qui d'ailleurs, à un moment ou à un autre, ne peut manquer d'user la corde ou de déchirer la ceinture : il faut donc grimper là-haut.

J'ai le poignet assez bon, mon cher ami. Mais j'avais les bras et les épaules abîmés d'avoir tenu l'Américain. J'essayai pourtant de m'enlever le long de la corde, mais au bout de quatre mouvements je fus obligé de me laisser couler, bien heureux de ne pas lâcher tout

« Il faut te reposer un peu, je me dis. Et puis qu'est-ce qui t'empêche de remanger et de reboire ? »

Je me repose, je rebois, je remange : alors je me hisse de nouveau, je perds courage, je lâche tout, et je tombe à la renverse en disant :

« A Dieu va-t'! »

Si par malheur mes jambes avaient été tendues, je coulais dans la ceinture, c'était fini : heureusement je les serrais en crochet, et une secousse aux jarrets me fit sentir que je n'étais pas encore perdu.

Là, par exemple, mon cher ami, je ne me laissai pas moisir longtemps : à peine l'étourdissement passé, je serre ferme la jambe, je m'accroche à mes genoux d'une main, j'attrape la ceinture de l'autre, et me voilà de nouveau remis en position.

« Eh bien non ! mille millions de tonnerres ! non ! je me dis, il ne sera pas dit que le capitaine Marius Cougourdan aura péri faute de pouvoir grimper trente pieds de corde ! »

En réfléchissant à mon affaire, je disais : « Plus tu feras d'essais inutiles, plus tu useras tes forces. Si tu ne trouves pas le moyen de te reposer en route, tu es flambé. » Or j'avais beau compter et recompter, je trouvais toujours que, pour me soutenir d'une main, pour prendre la corde au-dessous de moi de l'autre main, et puis pour défaire la corde et la raccourcir au point d'attache de la ceinture, ça faisait trois mains.

J'eus alors un moment de véritable désespoir.

« Bonne Mère ! bonne Mère ! vous qui voyez mon embarras, laisserez-vous périr votre serviteur Marius faute d'une main ? Un petit miracle vous coûterait si peu de chose ! Je sais bien que c'est une règle qu'on ne doit pas faire de miracles sans nécessité : mais à la latitude où nous sommes, personne n'en saura rien, et moi je trouve bien nécessaire que vous me sauviez, pécaïré ! »

Vous me croirez si vous voulez, mon cher ami, mais aussitôt j'entendis clairement une voix comme une flûte qui me disait :

« Un miracle, soit. Fais-le toi-même, je te le permets.

— Ah ! par exemple, je me dis, en voilà une forte ! Je vais faire un miracle, moi misérable pécheur, simple capitaine au long cours ! »

J'en eus l'estomac plein de mal de cœur, et j'en avalai deux ou trois gorgées de salive de suite, tant j'eus peur.

« Trooûn de l'air ! je me dis en regardant avec une grande inquiétude autour de moi, est-ce que je serais déjà en paradis, par hasard ? C'est ça, le paradis ? Pas possible, on m'aurait demandé mes papiers en entrant.... »

Je me pinçai, et il me sembla que je ne sentais pas le pinçon aussi fort que j'aurais dû : cependant je l'avais senti, et je vis même que ça me faisait un bleu.

« Bah ! faisons toujours le miracle, nous verrons après. Mais comment ? »

Je tendis les deux bras comme des bâtons, les doigts écarquillés ; j'ouvris de grands yeux ; je fis un effort des reins ; je serrai les mâchoires ; je crispai mes orteils dans mes bottes : ça ne fit rien du tout. J'eus beau me tirer, me pelotonner, prendre toutes les positions, faire tous les gestes, vous pensez si ça me fit pousser un bras, dites ?

Furieux, je saisis la corde à deux mains, je me tapai la tête contre, en disant :

Mais vas-tu devenir un cornichon, maintenant, Marius ! Si tu n'es plus qu'un imbécile, alors, y a plus de ressource. Mille tonnerres ! ! ! »

Et dans un accès de rage je mordis la corde avec les trente-deux dents que voilà.

Ici le capitaine ouvrit une bouche effroyable, armée d'une certaine rangée de quenottes à broyer des cailloux, et entre les arcades de ce vaste palais je vis palpiter la langue rouge et vigoureuse qui avait raconté tant d'histoires et qui en avait encore tant à raconter. Puis, me prenant la main au moment où je ne m'y attendais pas, il me mordit un doigt à me faire crier.

« Oh là ! là ! lui dis-je, lâchez-moi ! »

Comprenez-vous, hé ! Le miracle était

parti comme un coup de pistolet, avec le juron : la troisième main était trouvée, c'était ma mâchoire.

Et à l'instant je me mis à l'œuvre. J'allais doucement : une, deux, un coup de dent, je lâche les deux mains, et je reste suspendu par les dents, mais la ceinture autour de mes cuisses.

Avec mes deux mains libres, je défais le nœud d'attache, je raccourcis la corde autant que je peux, je refais le nœud.

La corde a trois pieds de moins.

Je reprends ma position assis sur la ceinture ; je me repose.

Il me restait encore, à mon estime, vingt-sept pieds à grimper. Je réfléchis alors que, si à chaque fois je refaisais le nœud, il me faudrait autant de fois dénouer la corde pour le défaire, la dépasser ensuite de l'anneau, puis l'y repasser et refaire le nœud. Je vis que le plus simple était de passer une fois pour toutes la corde dans l'anneau et de l'arrêter par une boucle.

Neuf fois je me hissai ; neuf fois, à l'aide de mes dents, je recommençai la manœuvre que je viens de vous dire, et enfin je me trouvai suspendu à deux pieds au-dessous des cordes du filet, assez près pour les saisir. J'en empoigne une, je grimpe, et me voilà touchant le ballon.

Dans cette position, je me sentis presque rassuré, et je commençai vraiment à espérer que je me sauverais. Je ne sentais presque plus de balancement ; plus de secousses surtout, et cette machine solide qui me cachait une partie du ciel me semblait comme un toit sous lequel j'aurais été à l'abri.

Je grattai l'étoffe du ballon avec mes ongles. Je la trouvai bien plus solide que je n'aurais pu croire : il y avait dessus une espèce de vernis dur, et c'était tellement tendu qu'il était impossible de faire fléchir l'enveloppe.

« Maintenant, je me dis, il s'agit de faire descendre cette grosse boule.... Mais comment? »

Je me mis alors à me répéter plus de dix fois de suite, pour m'encourager, ce que m'avait dit l'Américain :

« *J'ai un pistolet. Je tire dans le ballon, je le crève, et dans un quart d'heure* NOUS TOUCHONS TERRE ! »

TERRE ! Je répétais ce mot comme un fou ! Oh ! revoir des arbres, des fleurs, des maisons, des hommes ! Sentir du sable crier sous mes pieds ! Ah ! mon Dieu ! mon pauvre navire ! ma chère *Bonne Mère* ! Etre là sur ton pont, par un beau temps,

« Enfin je me trouvai suspendu à deux pieds au-dessous du filet. »

au lever du soleil, mes matelots couchés de droite et de gauche, chantant des chansons, et moi étendu sur mon banc de quart avec un bon cigare et sifflotant un petit air de Marseille ! Ah ! toi, l'enflé ! que je devrais te déchirer avec mes dents, il faudra bien que d'une manière ou de l'autre je vienne à bout de te crever le ventre ! As pas peur !

Mais heureusement j'avais mieux, et, fouillant dans ma poche, j'en retirai mon couteau, un fort couteau-poignard qui aurait éventré un hippopotame.

Je l'ouvre, je saisis la corde et je lance un coup de couteau dans le ballon.

Miséricorde! Je tape dans un des nœuds du filet, la lame casse, tombe dans le vide, et le manche me reste à la main.

Je demeurai quelques instants comme pétrifié, puis, pris de désespoir, j'eus envie de tout lâcher pour en finir une fois!

« Bonne Mère! m'écriai-je alors dans mon angoisse, vous devez bien entendre ce que je vous dis, car si je ne suis pas dans le ciel, il ne s'en manque guère, et vous n'avez pas besoin de prendre votre longue-vue pour voir dans quelle position est votre serviteur Cougourdan. Vous m'avez tiré de bien d'autres, et je vous en remercie : mais à quoi ça m'aura servi si vous ne venez pas maintenant à mon secours? Songez que je n'ai jamais manqué de vous servir et de vous honorer en toute occasion du mieux que j'ai pu, et que je n'y ai rien épargné. Sans reproche, bien entendu, car ce serait à refaire que je recommencerais, et avec plaisir. Pensez un peu que mes pauvres matelots sont là à regarder en l'air pour voir si je ne redescends pas! Ça ne vous fend pas le cœur, dites, de songer que ces pauvres gens s'en retourneront sans France sans leur capitaine, et que peut-être la *Bonne Mère*, un si beau navire, où il ne se lève pas une paille sans votre bénédiction, va peut-être faire des avaries majeures ou même périr par fortune de mer? Et vous souffririez ça? Oh! que non pas, pécaïré! Ce gredin de Lucifer, votre ennemi et le mien, que le bon Dieu patafiole, en serait trop content! Une belle dame comme vous, qui est habituée à vivre depuis plus de dix-huit cents ans dans le luxe et la magnificence, n'est pas sans être glorieuse de se voir bien brave et bien ornée de joyaux et de pierreries de grande valeur, hé? Je dis, moi, que rien n'est trop beau pour vous, et la preuve, c'est que je veux vous faire présent d'un diadème d'or et de pierres précieuses de dix mille francs avec le collier et les pendants d'oreilles assortis de même, si vous me faites trouver le moyen de faire un bon trou à ce ballon. »

Mon cher ami, cette courte et fervente prière me rendit tout mon courage. Je me remis en position, et je cherchai, parmi tous les objets que j'avais sur moi, avec quoi je pourrais percer le ballon. Je pris une pièce de vingt sous et je la cassai avec mes dents : ce n'était pas assez pointu. J'eus beau chercher dans mes poches, rien. J'eus alors l'idée de briser la bouteille et de me servir du fond comme de couteau : mais je réfléchis que c'était me priver d'une boisson qui m'avait soutenu et dont j'aurais peut-être encore besoin.

Enfin, machinalement et ne sachant plus à quel saint me vouer, je fouillai encore mes poches, et dans un mouvement de désespoir je passai ma main autour de la ceinture de mon pantalon. Je sens une piqûre au doigt, je serre : la boucle de mon pantalon!

D'un coup j'arrache la patte, j'y fais un trou avec mes dents, et j'y passe mes doigts pour être sûr de ne pas la perdre. Je m'agrippe ferme à la corde d'une main, et de l'autre je pique.

La boucle était d'acier, à trois dents. Trois sifflements partent, un vent s'échappe comme d'un soufflet de forge, et le ballon commence à se vider.

Vous dire qu'il descendait, c'est ce que je ne voyais pas, car on aurait dit que je ne changeais pas de place. Mais au bout de quelques minutes je sentis positivement que le froid diminuait et que je respirais de plus en plus librement.

Une nouvelle inquiétude me prit. L'étoffe du ballon s'était fendue, et la fente s'allongeait.

« Si ça continue, disais-je, tout le ballon s'ouvre du haut en bas, et tu tombes comme une masse. »

Heureusement, les mailles du filet me donnaient un peu d'espoir : et, en effet, arrivée à la corde, la fente parut s'arrêter. Ça me remit un peu et j'en profitai pour regarder au-dessous de moi.

Je vous certifie, mon cher ami, que si je n'avais pas été dans une aussi cruelle position, ce que je vis alors m'aurait paru le plus beau spectacle qu'un homme puisse contempler.

Imaginez-vous qu'il n'y avait plus trace de brouillard, qu'un soleil magnifique brillait, et qu'au-dessous de moi, à deux ou trois cents pieds au plus, je voyais moutonner une véritable mer de nuages moitié noir, moitié rouge de feu, qu'on se serait cru au-dessus d'une immense fournaise de charbon de terre enflammé. Nous descendions dedans et nous allions y entrer.

En quelques minutes, en effet, nous y arrivions. Un brouillard blanc d'abord, puis gris, nous enveloppa et s'épaissit rapidement jusqu'à ce que je n'y vis presque plus clair. A ce moment je commençai d'entendre rouler un grondement sourd : il semblait venir au galop sur nous. La nuit augmente, je sens une bouffée de vent furieux, et patatras! voilà les éclairs qui partent et la foudre qui éclate avec un fracas épouvantable. Et alors une pétarade de tonnerre comme si tous les diables de l'enfer eussent été déchaînés. Avec ça des torrents de pluie et des grêlons de la grosseur d'un œuf de poule, qui m'auraient tué cent fois si je n'avais pas été à l'abri! Un éclair n'attendait pas l'autre, de sorte qu'on y voyait comme en plein jour. J'avais une peur de tous les diables, comme vous pensez bien; et cependant, quand je songe à ce que je vis alors, quand je me rappelle l'éblouissement que me donnaient ces gouttes d'eau et ces morceaux de glace illuminés par les lueurs des éclairs et tombant comme une pluie de perles et de diamants enflammés, je voudrais le revoir encore.

Mais pas en ballon.

Cela dura environ un quart d'heure. Peu à peu les éclairs diminuèrent, la pluie et la grêle aussi; le nuage s'éclaircissait de seconde en seconde.

Une bouffée de vent tiède vint secouer le ballon, qui tournoya sur lui-même; le brouillard devint tout blanc, puis plus clair, et peu à peu, comme à travers un voile de gaze bleue, j'aperçus sous mes pieds une immense étendue bariolée de vert et de jaune.

C'ÉTAIT LA TERRE! »

Ici le capitaine, comme suffoqué par l'émotion, s'arrêta, roulant de gros yeux, et les lèvres toutes tremblantes. Je lui pris les mains et deux larmes coulèrent sur mes joues.

« Merci! me dit-il, je sais bien que vous m'aimez, vous!

Et pourtant vous croyez que j'étais au bout de mes peines? Ah ben oui! Écoutez donc.

A la vue de la terre, je devins comme fou. Je criais, je pleurais, je disais des *Pater* et des *Ave*, je chantais des chansons de Marseille, je remuais les jambes comme si j'avais dansé.

Hélas! mon bon, ma joie ne fut pas de longue durée!

A ce moment, je sentis un vent brûlant et très fort, et j'en conclus que le ballon devait être emporté très vite. Regardant le soleil qui commençait à décliner, je reconnus que nous allions vers le nord-ouest. J'en étais là de mes observations lorsque le ballon fit de nouveau, mais deux fois de suite : placplac! placplac!

A ce placplac je levai la tête en l'air et je fus pris d'une assez vive inquiétude en m'apercevant que la fente s'était étendue à deux mailles du filet, de sorte qu'elle était déjà d'un bon pied et demi de longueur.

Je commençais déjà d'avoir peur que le ballon ne descendît trop vite.

Il n'y avait pas moyen de remédier à cela. Maintenant c'était au petit bonheur. J'avais fait tout ce qui était possible, le ballon descendait et je m'abandonnai à la Providence. Mais ça ne m'empêchait pas de m'inquiéter de ce qui allait m'arriver, et depuis ce moment-là je n'ai plus levé la tête. Ce que je vis était suffisant pour m'empêcher de songer à autre chose, je vous jure.

L'espace au-dessous de moi changea de couleur : une partie devint d'un bleu pâle tout uni; l'autre, d'un vert plus sombre tacheté de plaques jaune foncé ou brun clair. Je compris que la partie bleue était la mer, et l'autre partie, la terre. Je regardai tant que je pus pour tâcher de m'orienter. Peu à peu je vis se dessiner des lignes claires, grandes ou petites, qui étaient des fleuves; des points blancs qui étaient des villes; et puis, de différents côtés, d'autres points brillants comme de petits diamants, et je reconnus que ce devait être des vitres ou des couvertures de fer-blanc réfléchissant les rayons du soleil.

A ce moment le ballon fit de nouveau placplac, trois fois de suite. J'en eus un soubresaut de peur, mais je ne levai pas la tête, et je me contentai de dire en moi-même :

« Crève si tu veux, ma foi, je n'y peux rien! »

Mais j'espérais que nous serions arrivés à terre avant qu'il se déchirât du haut en bas. Au train dont nous allions, en effet, ça ne pouvait pas durer longtemps. Je sentais positivement que nous descendions de plus en plus vite, au point que l'air me soulevait les poils de mes favoris et mes cheveux. De seconde en seconde les teintes se marquaient de plus en plus.

Jusque-là, ce que je voyais m'avait fait l'effet d'une grande plaque bariolée étendue sous mes yeux, sans que je pusse dire si c'était près ou loin : mais, à partir de ce moment, ce ne fut plus de même.

Petit à petit, sur cette plaine tout unie, je vis se marquer des grosseurs, d'abord de distance en distance, puis de plus en plus nombreuses, et enfin toute l'étendue de la surface me sembla se plisser, se boursoufler comme une crème de lait bouillant, à la différence que la crème se crève et retombe de temps en temps, tandis que ça gonflait et grossissait toujours. Nous descendions si vite que les lambeaux de mes vêtements sifflaient en fouettant l'air; le vent était si violent que j'avais peine à respirer.

La terre alors m'apparut, avec ses plaines, ses collines, ses forêts, ses cours d'eau. Mais, au lieu de me donner l'immense joie que je sentais prête à déborder de mon cœur, cette vue ne me causa que de l'épouvante.

Et il y avait de quoi.

Mon cher ami, vous n'êtes pas sans avoir vu la fantasmagorie, n'est-ce pas?

« Je gagne le bord et je grimpe sur le rocher. »

Vous apercevez un petit point de rien du tout, et peu à peu ça devient distinct, ça forme un fantôme ou un diable, et puis ça grandit, grandit, s'approche, s'approche, et vous croyez que ça va vous avaler : eh bien, c'est l'effet que me faisait la terre. Quand j'avais été enlevé, il m'avait semblé que je tombais à la renverse dans le ciel, n'est-ce pas? Maintenant que je redescendais avec une rapidité si effrayante, j'aurais juré que c'était moi qui restais en place et que la terre s'élançait vers moi, mais comme d'un saut, et en grossissant, pour me dévorer, pour m'écraser!

Et en même temps que tout grossissait, mille objets nouveaux semblaient pousser de tous côtés comme des champignons ou s'ouvrir comme des parapluies.

« Té, une montagne! té, un arbre! té,

un rocher! une prairie, un bois, un marais! »

Nous descendions sur le marais. Ce marais s'élargissait, s'élargissait, s'élargissait; les arbres de ses bords poussaient et devenaient énormes.

Le ballon descend toujours. Je vois de grandes îles par-ci par-là, des herbes, des troncs d'arbres renversés dans l'eau.

Nous approchons : des troupes d'oiseaux voltigent sur le marais.

Un bruit vient de la terre; il enfle : ce sont des sifflements, des cris de bêtes.

Nous descendons toujours. Le vent fait un peu dévier le ballon, nous voilà juste au-dessus du marais.

Horreur! nous ne sommes plus qu'à cent pieds de l'eau!

Le ballon file toujours, mais la rive est loin! Nous ne sommes plus qu'à soixante pieds de l'eau!

Le vent redouble, nous fuyons plus vite, mais le gaz s'échappe, l'étoffe craque, le ballon s'abaisse; nous ne sommes pas à trente pieds de l'eau!

« Soufflez fort, bonne Mère! soufflez de toutes vos forces! Tenez bon! »

Encore trente pas, nous touchons la rive : vingt pieds de descente, je suis dans l'eau!

Une furieuse rafale entraîne le ballon, le soulève de quelques pieds. Une de plus, je suis sauvé!

La rafale est finie. Le ballon recommence à descendre.

Le vent se relève enfin, pousse le ballon jusqu'à deux pas du bord, au bas d'une espèce de banc de roche.

Je retire mon corps de la ceinture, et, me balançant avec mes mains, je saute dans l'eau, je gagne le bord, et je grimpe sur le rocher.

J'étais sauvé!

— Et alors? dis-je au capitaine.

— Alors? me répondit-il en se croisant les bras. Ah ben! par exemple, vous êtes bon là, vous! Vous en voulez encore! Vous trouvez que ce n'était assez joli comme ça pour une fois et qu'il n'était pas temps de me laisser retourner à mon bord! Vous ne trouvez pas que je l'avais bien gagné, que la bonne Mère me laisse retourner à mon bord?

— Sans doute, sans doute, mais enfin comment fîtes-vous pour revenir à Mobile?

— Té, pardi! est-ce qu'avec une langue on ne va pas à Rome? La preuve que je finis par retrouver mon chemin d'une manière ou d'une autre, c'est que me voilà. »

Puis, me prenant au collet et me regardant entre les deux yeux :

« Que dites-vous de celle-là, hé? Convenez que c'est un fameux proverbe, celui qui dit qu'on ne s'avise jamais de tout? Si je m'étais mieux tenu sur mes gardes, je n'aurais pas fait cette petite bordée aérienne; si l'Américain s'était méfié, il ne se serait pas laissé enlever par moi comme un lapin par un aigle; et s'il avait calculé ce qu'il y a de force et de courage dans le corps et dans le cœur d'un capitaine marseillais, il ne m'aurait pas laissé les mains libres, et il n'aurait pas oublié de m'arracher la boucle de mon pantalon !

— Eh bien, cher capitaine, moi je tire une autre morale de cette histoire. Ce qui me frappe dans tout ceci, c'est la force que le désespoir peut donner à un homme. Grâce à ce désespoir, vous vous en êtes tiré : mais vous l'avez échappé belle, et bien que vous ayez, en fin de compte, gagné la partie, la première manche que l'Américain avait sur vous pouvait compter. Par votre injustice atroce vous avez donné à cet homme, à ce pauvre diable, assez de rage et de volonté pour préparer pendant trois années une vengeance plus atroce encore. Mais vous avez eu le premier tort en dépassant au delà de toute limite votre droit de punir.

Souvenez-vous de ce précepte, qui est, suivant moi, un des plus utiles à méditer et des plus profitables à observer dans la bataille de la vie; c'est celui-ci :

IL NE FAUT JAMAIS POUSSER SON
ADVERSAIRE A L'EXTRÉMITÉ.

VI

La Chasse au Tigre.

MOLLEMENT étendu sur la cage à poules, le capitaine Marius Cougourdan rêve à ses aventures passées et songe aux aventures nouvelles qu'il va chercher de l'autre côté de l'horizon.

Il a fait signe à son second de venir s'asseoir à côté de lui : tout indique qu'il éprouve le besoin de lui raconter une histoire. Glissons-nous auprès d'eux, et puissions-nous écouter, avec autant de plaisir que de coutume, cette voix qui nous a fait verser plus d'une larme soit d'émotion, soit de gaieté, selon....

« Eh bien, second?
— Eh bien, capitaine?
— Hé! que dites-vous?
— Hé! hé! Je dis..., je dis... qu'il fait beau temps.... »

Le capitaine regarda un moment dans le vague, fit tomber d'un doigt distrait la cendre de son cigare, puis releva vivement la tête, et considérant son second avec cet air goguenard qui n'appartient qu'aux enfants de Marseille :

« Moi aussi, je le dis : mais quand nous le répéterions cent fois, ça ne ferait pas une conversation ! »

Et il lui tapa sur le ventre.

Vous trouvez cette entrée en matière bien peu en rapport avec le sujet, n'est-ce pas, ami lecteur? Et pourtant, c'est ainsi que s'engagent les conversations et que surviennent tous les récits. Les affaires qui se traitent entre les hommes commencent toujours par : « Bonjour, monsieur, comment vous portez-vous? » et il n'est pas de conclusion qui n'ait commencé par cet exorde.

Et quand on a commencé par : « Bonjour, madame », c'est bien autre chose.

Les philosophes connaissent cela : ce fil mystérieux qui promène tour à tour l'esprit des interlocuteurs de la fadaise à l'aperçu ingénieux, du bon sens à la sottise, sans que les propos cessent un moment de se déduire l'un de l'autre, ils appellent cela « l'association des idées », précieuse définition qui me dispensera de vous expliquer et de m'expliquer à moi-même comment la conversation commencée entre le digne capitaine et son second par ces mots insignifiants : « Eh bien, second? » finit par le récit d'une chasse au tigre, tel que je vais vous le rapporter.

« Voyez-vous, second, quoique vous ayez tué, du poste de la campagne de votre oncle, plus de moineaux que ce respectable vieillard n'avait de cheveux sur la tête, car il était chauve (ce n'est pas pour le lui reprocher, au moins!) comme la pomme de mon grand mât, je vous assure que chasser le moineau entre les quatre murs d'une campagne de Marseille, ou chasser le tigre royal au milieu d'une forêt de l'Inde, ce n'est pas du tout la même chose. Non pas que je veuille dire qu'il n'y a point de danger à la chasse au poste, car enfin le fusil peut éclater. Mais autre chose est d'être à l'abri du soleil, dans un poste qui a des murailles de trois pieds d'épaisseur avec des meurtrières grillées de gros barreaux de fer, comme celui de votre oncle, et d'entendre de là chanter la cigale, ou d'être en rase campagne, entendant les tigres rugir autour de vous, et n'ayant pour toute arme qu'un éléphant.

« Pour arme! un éléphant? Capitaine!... objecta le second.

— Pour défense, si vous voulez : mais il me semble qu'on ne peut pourtant pas dire qu'on a un éléphant pour défense?

— Pour abri....

— Comment, pour abri? Est-ce que vous croyez par hasard que j'étais sous l'éléphant? J'étais sur son dos. D'abri, je n'en avais pas d'autre qu'un parasol tenu par un Indien sur notre tête.

— Pour refuge....

— Pour refuge! Vous croyez donc que je me sauvais? Au diable, après tout! Pour ce que vous voudrez. Je ne connais pas la philosophie, moi ; ce qui est bien certain, c'est que l'éléphant était là et que j'étais monté dessus, et c'est l'essentiel, pardi! Alors, comme ça, je ne pourrais plus raconter mon histoire pour un méchant éléphant qui se met à la traverse? Allons donc!

— Hé oui! capitaine, allez toujours. Au surplus je ferai attention, et quand vous aurez fini votre histoire, je vous dirai quel mot doit être employé pour caractériser le rôle de l'éléphant dans la circonstance.

— Ca-rac-té-ri-ser le rôle de l'éléphant! Voilà des choses que je serais incapable de trouver, voyez-vous, second! Ah! si j'avais eu de l'éducation! Pensez donc, puisque je ne comprends même pas ce que ça veut dire, tant c'est beau! Caractérisez donc du mieux que vous pourrez, et ne parlons plus de ce maudit éléphant, sans quoi mon histoire ne commencera jamais.

Au mois de mai 1815, je me trouvais à Bombay, chargeant du poivre et de l'indigo pour Aden, où un négociant turc devait me donner en échange une cargaison de nègres de première qualité que je comptais aller vendre à l'île Bourbon.

Le particulier à qui j'avais affaire pour le moment, et qui s'appelait..., attendez donc... Quel coquin de nom! Quand vous vous tortilleriez sept fois de suite la langue autour du cou, vous ne seriez pas en état de le dire :

Beejiipooting.... Que le diable l'emporte!

Enfin, c'était ce qu'ils appellent là-bas un rajah.

Vous ne savez pas ce que c'est qu'un rajah? C'est un homme qui a cinq cents domestiques, cent chevaux, douze éléphants, un palais à la ville, quatre ou cinq châteaux à la campagne, deux ou trois chambres pleines d'or et de pierreries, et avec cela des forêts, des montagnes, des champs de riz et d'indigo, des paysans et des paysannes, qu'il lui faudrait plusieurs années rien que pour les compter. Quant au gibier tel que crocodiles, serpents, bêtes à mille pieds, rhinocéros, scorpions, ours, chacals, vautours et autres reptiles, il y en a tant, qu'ils sont obligés de se ranger pour vous laisser le chemin libre quand vous les rencontrez dans le bois, sans quoi vous ne passeriez jamais.

Il y a encore des tigres. Mais cette bête-là, c'est pas du gibier, au contraire.

— Comment, capitaine, au contraire?

— Je dis au contraire, parce que quand cet animal vous rencontre, c'est vous qui êtes le gibier, et si vous ne le tuez pas avant qu'il vous mange, vous êtes sûr qu'il vous mange avant que vous l'ayez tué!

Les paysans de là-bas, les *soudras*, comme on les appelle, s'arrangent parfaitement avec le tigre et vivent avec lui en bons voisins. Ils vont aux champs et aux bois aussi tranquillement que s'il n'y avait pas de tigre dans le monde. Le tigre vient, cueille un soudra comme nous cueillerions une fraise dans notre jardin, et emporte son petit bonhomme sans que les autres se détournent seulement pour regarder : au contraire, ils n'en sont que plus tranquilles et ils se disent entre eux :

« Nous pouvons maintenant travailler sans crainte, le tigre n'a plus faim. »

Il est vrai que le lendemain le tigre recommence, mais ils se contentent de redire la même chose : seulement ils ne sont pas autant à le dire, voilà tout.

Je vous avoue que quand j'entendais raconter ces histoires-là j'écumais de rage de voir la lâcheté de ces Indiens.

Un jour que j'en avais parlé avec plus de mépris encore que de coutume devant le rajah, ajoutant que c'était indigne, déshonorant, pour le peuple de l'Inde, et... que si un tigre, même royal, se permettait de venir voler seulement un rat dans les campagnes des environs de Marseille, toute la population se lèverait en masse pour l'exterminer, depuis les enfants à la mamelle jusqu'aux vieillards au bord de leur fosse, je vis la figure du rajah devenir rouge sous sa peau cuivrée, ses yeux jeter des éclairs de feu, tandis que ses dents blanches reluisaient entre ses lèvres et grinçaient à me donner le frisson.

« Capitaine, me dit-il d'un air très

pincé, vous ne rendez pas justice à nos Hindous : ils sont plus braves que vous ne pensez, et leur résignation, qui paraît stupide à vous autres Européens, tient à des causes profondes que vous ne pouvez guère comprendre, car il faudrait pour cela savoir quelle flamme de religion brûle derrière le masque impassible de ces hommes. Vous n'avez donc jamais vu leurs yeux?

— Ma foi! lui répondis-je, je vois les vôtres et cela me suffit.

— Hum! dit-il d'un air rêveur, croyez-ple, voilà qui est joli! Est-ce que vous me prenez pour un païen, dites donc, rajah? Sachez bien que j'ai la foi, et que j'ai toujours regardé la vie comme une traversée, comme une simple traversée, entendez-vous? qui nous mène tout droit à l'enfer ou au paradis, selon qu'il plaît à la bonne Mère, ma sainte et respectable patronne, à qui je n'ai jamais manqué de faire des cadeaux de toute beauté au retour de chacun de mes voyages,

— et qu'elle s'en souviendra, j'espère,

« Le tigre vient et emporte un soudra. »

vous qu'un siècle de servitude et de civilisation n'ait pas un peu éteint dans ceux de ma caste l'éclair de l'œil hindou?

— Oh! que non pas, diable! rajah, et si un des deux yeux que voilà me regardait par le trou d'une serrure, quand ce serait à Terre-Neuve ou à Valparaiso, je le reconnaîtrais pour un œil de l'Inde. »

Il devint jaune clair, et me prenant vivement la main :

« Merci! merci! me dit-il, vous ne pouvez pas vous imaginer quel plaisir vous me faites en me disant cela! »

Après un moment de silence, il reprit :

« Oui, ils sont braves, nos hommes; seulement... comment vous dire cela clairement en français?... seulement, la mort ne joue pas le même rôle, ne remplit pas la même place dans leur existence que chez vous autres Européens : la vie terrestre n'est pour eux qu'une épreuve passagère, et la mort, le premier pas dans la seule vie qui compte. Si vous croyiez cela....

— Si nous le croyions! Ah! par exem-quand elle me verra débarquer là-haut.

— Si les chrétiens croient, pourquoi vivent-ils comme s'ils ne croyaient pas? Ne voyez-vous pas, me dit-il en me serrant le bras, ne voyez-vous pas comme ils traitent mon pays?

— Ça, lui répondis-je, ce sont des affaires qui ne me regardent pas. Pour ma part, je sais que j'ai bien de la peine à mener ma barque sans faire de temps en temps quelque petit péché; je voudrais bien ne pas en faire, mais il s'en trouve toujours. Pour ce qui est des Anglais, ils font avec vous autres comme moi avec mes nègres, et tant pis pour qui se laisse faire : « Aide-toi, Dieu t'aidera », dit le proverbe, pardi! »

Le rajah me regarda entre les deux yeux :

« Vous parlez bien, capitaine, mieux que vous ne pouvez le croire. Mais permettez-moi de vous donner un bon conseil : ne dites pas de ces choses devant les Anglais ou leurs amis,... surtout dans ce pays,... surtout... en ce moment. »

Et il passa la main sur son front comme pour en chasser une mauvaise idée.

« Et maintenant, continua-t il, pour conclure sur la question, voulez-vous que je vous fasse voir une chasse au tigre, mais là, une chasse dont personne au monde, pas même le vice-roi des Indes anglaises,' ne pourrait vous donner le spectacle? Oui, moi seul je le puis! Mais, avant tout, je dois vous prévenir que tout le temps de la chasse on est en danger de mort, et qu'on n'a pas de moyen de se défendre.

— C'est bon, dis-je, je veux bien y aller tout de même, quand ce ne serait que pour faire honneur à votre politesse.

— Je dois encore vous prévenir d'autre chose : ce que vous allez voir sera si horrible et si effrayant que vous en pourriez perdre la raison!

— Pour ça, lui dis-je en faisant résonner ma tête à grands coups de poing, vous pouvez être tranquille : quand une tête a vu le Kraken et le Matelot Ecossais, ce n'est pas la mauvaise conduite d'un tigre qui pourrait la fêler seulement.

— Très bien, capitaine, dit le rajah, je n'ai jamais douté de votre bravoure; mais j'espère que dans trois jours vous ne douterez pas davantage de celle des Hindous. »

Le 15 mai, vers deux heures du matin, une barque vint me prendre chez moi et me transporta sur le continent, à la maison de campagne du rajah. Au moment où nous entrions dans la cour, une porte s'ouvrit sur le perron, je montai les marches, et je trouvai le rajah, tout seul, enveloppé de la tête aux pieds dans une espèce de houppelande noire et blanche. Il frappa des mains, et, me précédant, se dirigea vers la fenêtre d'un balcon dont la balustrade s'abaissa d'elle-même, formant un petit pont. Au bout de ce pont était un canapé, et derrière le canapé un Indien portant un parasol.

Le rajah m'invita à m'asseoir, ce que je fis, et je me demandais ce que nous faisions là assis en plein air, lorsque je sentis le canapé rouler et se balancer sous moi et tourner sur lui-même.

« Eh bien, dis-je au rajah en m'accrochant au bras du canapé, qu'est-ce que ça veut dire? Est-ce une farce ou un tremblement de terre?

— Ni l'un ni l'autre, me dit-il avec un petit sourire : c'est un éléphant. Il est venu se placer sous le balcon, et aussitôt qu'il nous a sentis installés sur son dos, il s'est retourné pour se diriger où il doit aller. »

En effet nous traversions la cour, balancés sur ce gros animal, qui marchait sans faire plus de bruit qu'un chat et remuait sa tête en ayant l'air de dire :

« Très bien, très bien, c'est entendu : je sais où il faut aller, soyez tranquilles.

— Mais vous montez donc sur ces bêtes-là comme ça, sans cocher, sans bride, sans fouet? dis-je au rajah.

— Il sait où son cornac l'attend, et il y va. »

L'éléphant tourna à droite de la cour, passa sous une arcade et s'avança, par un long corridor à ciel ouvert, jusqu'à un kiosque où il entra et dont les portes se refermèrent sur nous. Aussitôt le rajah siffla, l'éléphant alla se placer juste au milieu du kiosque, rassembla ses quatre pieds sur une plaque ronde de marbre noir qui formait le centre du pavé de la salle, et tourna trois fois sur place sans séparer ses pieds. Comme s'il eût dévissé la plaque de marbre, elle s'enfonça lentement en terre, et nous nous trouvâmes à l'entrée d'un immense souterrain en pente supporté de distance en distance par une rangée d'idoles épouvantables telles que ces païens savent les faire, avec des colliers, des bonnets pointus, et vingt ou trente bras en éventail portant chacun un sabre ou une tête coupée, si bien qu'on se serait cru plutôt au milieu d'une troupe de krakens que dans une église religieuse.

L'éléphant s'avançait au petit trot et la trompe en l'air. De dix pas en dix pas, debout sur des carrés de pierre rouge, des figures d'Indiens nus, sans les reins, portaient de grands flambeaux brûlant sans fumée avec un éclat qui m'aveuglait. Je dis des figures, car ils avaient les yeux fermés et ils étaient tellement immobiles que je ne saurais dire s'ils étaient morts, vivants ou empaillés. Plutôt empaillés, je crois bien.

Après un grand quart d'heure de cette drôle de promenade, la pente du corridor se releva peu à peu, et nous finîmes par arriver à une ouverture bouchée par un rideau de lianes à travers lesquelles on apercevait les rayons d'une lumière bleue. L'éléphant s'arrêta, le rajah fit son petit sifflement, et des mains invisibles écartèrent les lianes de façon à nous laisser le passage libre. L'éléphant fit quelques pas, les lianes se refermèrent, et nous nous trouvâmes au bord d'une plaine à perte de vue.

Pendant que je regardais, l'éléphant s'arrêta, baissa la tête, et tout d'un coup un Indien, qu'il venait de ramasser je ne sais où, se trouva à cheval sur son cou, tenant à la main une espèce de gaffe dont ils se servent pour conduire ces bêtes.

« C'est son cornac, c'est clair, je me dis.

pas, à propos d'une chasse au tigre, à voir ce que tu vois, mais tu peux être sûr que ce rajah a ses raisons pour agir comme il fait dans la circonstance. Contente-toi donc de regarder et de veiller au grain, et

« L'Éléphant s'avança par un long corridor. »

Il faut qu'il ait marché jusqu'ici sous le ventre de l'éléphant! Té! une de plus, une de moins, qu'est-ce que ça me fait? »

En effet, mon cher ami, tout cela était tellement extraordinaire que j'avais pris le parti de ne pas me casser la tête à chercher la raison des choses; je m'étais dit tout de suite : « Marius, mon ami, tu sais bien que tu as affaire à un homme de bon sens et même d'esprit. Tu ne t'attendais

ne fais pas de questions : le rajah croirait que tu as peur! »

Nous avançâmes d'abord assez vite sur un terrain pierreux couvert de broussailles. Au bout d'une heure environ le sol devint marécageux; l'éléphant commença par patouiller dans la boue à travers des herbes de six pieds de haut. Peu à peu ça devenait plus profond, et l'éléphant, tout en flairant et sondant par-ci par-là avec sa trompe, tout en faisant des tours et des détours pour chercher des passages, enfonçait de plus en plus et en avait jusqu'au poitrail.

« Nous avancerions plus vite, me dit le rajah, si nous n'étions pas obligés de conformer notre marche à celle de notre escorte.

— Notre escorte! lui répondis-je tout étonné, où diable la prenez-vous, notre escorte? Je ne vois que des herbes, et à moins que notre éléphant n'ait fait exprès de choisir le plus mauvais chemin, je défie bien que des hommes, même des diables, aient pu passer où nous avons passé.

— Eh bien, me dit; regardez donc! »

A l'endroit où nous étions, les herbes et les broussailles étaient devenues un peu moins hautes. Il fit arrêter l'éléphant, siffla, et je vis tout autour de nous, à une grande distance, sortir de terre peut-être cinq cents Indiens droits comme des piquets. Le rajah, m'ayant regardé avec un sourire, remua son bras d'une certaine façon, et tout ça disparut comme un rêve.

« Ma foi! rajah, vous pouvez vous vanter d'avoir une maison bien montée et des domestiques joliment dressés!

— Ce ne sont pas des domestiques, ce sont des gens libres, mais qui me sont dévoués et qui aiment la chasse.

— Au tigre?

— Au tigre... et à toutes les bêtes féroces. »

Et en me disant cela, ses yeux avaient une expression tellement cruelle que je ne pus m'empêcher de me demander si ce n'était pas une menace à mon adresse. Mais enfin, je me dis : « Marius, quoique tu aies plus d'un gros péché sur l'estomac, on ne peut pas dire en conscience que tu es de l'espèce des bêtes féroces! »

Le rajah ne souffla plus mot et resta la tête baissée et encapuchonnée dans son manteau blanc et noir.

Nous traversâmes une forêt de bambous qui en se brisant éclataient comme une fusillade, en même temps que le bruit des paquets de feuilles tombant les unes sur les autres imitait les hurlements d'une bourrasque.

« Nous voilà sur le terrain », me dit le rajah d'un ton bref.

L'éléphant donna un dernier coup de tête, et, sortant de la forêt, nous nous trouvâmes dans un lieu que naturellement je n'oublierai jamais.

Au milieu d'un espace immense, où l'on ne voyait qu'une terre rouge avec quelques touffes par-ci par-là d'herbes sèches et de petites broussailles grises, un arbre s'élevait tout seul, mais quel arbre! Le tronc, formé d'environ cent mille branches grosses chacune comme mon corps, pouvait bien avoir une demi-lieue de tour, peut-être plus [1].

Ça ne pouvait être que le *Cobir-Bar*, le fameux *Figuier sacré* des Indiens, qu'on appelle aussi l'*Arbre des Banians*. On m'en avait bien parlé, de cet arbre qui est célèbre dans toute l'Inde : mais que voulez-vous qu'on puisse croire, à moins de l'avoir vu de ses propres yeux, que deux brigades de l'armée anglaise aient pu s'abriter dessous?

L'éléphant traversa tout droit sous l'arbre, le dépassa et alla s'arrêter, la tête faisant face au levant, sur une petite élévation de terrain d'où l'on découvrait une plaine immense et plate, couverte d'un côté par la forêt de bambous que nous venions de traverser et de l'autre par des jungles entrecoupées de flaques d'eau. Au fond, vers le nord-est, s'élevaient des montagnes neigeuses que nous avions vues au départ, mais elles paraissaient encore plus éloignées. Je crois bien! c'était tout bonnement l'Himalaya, d'après ce que j'ai vu depuis sur mes cartes.

La brume, de rousse, était devenue rose pâle. De gros nuages roulaient dans le ciel et s'illuminaient rapidement. Bientôt on vit le soleil se lever tout rouge. Peu à peu il se débarbouilla de trois ou quatre pointes noires qui lui traversaient la figure, et ses premiers rayons partirent comme le bouquet d'un feu d'artifice. Immédiatement la brume prit son vol par petits flocons, et si vite qu'au bout de cinq minutes il n'en restait plus trace.

A l'instant, de toute la surface de la terre s'éleva une clameur sourde et profonde comme quand, le jour du vendredi saint, le grand orgue de Saint-Victor commence à jouer Ténèbres : depuis le ver de terre jusqu'à l'aigle, depuis le rat jusqu'au rhinocéros, toutes les bêtes de la création se mirent à crier, chanter, siffler, rugir qu'on se serait cru dans l'arche de Noé un jour de gros temps!

Pendant que j'écoutais ce charivari prodigieux, je sentis un mouvement, et à côté de moi se dressa une vision qui me fit rester bouche béante.

---

1. L'arbre dont il est question est un arbre des Banians, qui est dans le Guzurate, et dont le tronc mesurait, au commencement de ce siècle, 2 500 pieds anglais de circonférence. Il a dû augmenter beaucoup depuis.

Rejetant le manteau dont il était enveloppé, le rajah était debout, les bras tendus vers le soleil levant et la tête renversée vers le ciel. Il était habillé d'une robe d'or sous laquelle on voyait passer des pantalons d'argent. Sa poitrine, ses bras, son cou n'étaient qu'un diamant. Sur la tête il avait un bonnet tout en rubis avec une aigrette, aussi de diamants, longue comme mon bras. Il étincelait tellement aux rayons du soleil que j'en étais ébloui et que chaque fois que j'essayais de le regarder, j'étais obligé de fermer les yeux.

Je vous avouerai, second, qu'à ce spectacle extraordinaire la tête commençait à me tournoyer fortement.

« Mon cher Marius, me disais-je, tiens bon, car tu en as grand besoin ! Où diable es-tu, et que va-t-il se passer ? »

Un souterrain éclairé par des nègres empaillés ou peu s'en faut,... un éléphant qui dévisse les planchers en tournant dessus,... un rajah qui se couvre de diamants pour chasser au tigre,... un arbre d'une demi-lieue de tour.... Et ça ne fait que commencer ! Ce particulier ! qui a peut-être cinq cents valets de chambre et qui part à peu près seul, la nuit, et tout à coup il se trouve qu'il y a des centaines d'hommes marchant à quatre pattes autour de nous ! Hum ! hum ! ou il y a là-dessous quelque diablerie indienne, ou le tigre qu'il me mène chasser est une bête démesurée ! Qui me dit qu'il n'est pas gros comme quatre ou cinq bœufs ? Ah ! Marius, mon bon, tu vas peut-être payer bien cher ta gloriole d'être venu ici sans autre défense que ta hache de bord ! »

Un nouvel événement vint m'arracher à ces réflexions, qui me semblaient, je vous assure, fort amères. Droit devant nous, à une bonne lieue de distance autant que j'en pus juger, je vis briller tout à coup deux grandes lumières ; de l'une à l'autre, en moins d'une -minute, un cordon de lumières pareilles forma une ligne de feu, et des deux bouts de celle-là deux autres s'étendirent vers nous en se rapprochant de manière à former avec la première un triangle. A quelque distance avant d'arriver à nous, elles s'arrêtaient, de sorte qu'il y avait un passage entre leurs deux extrémités.

Le rajah s'assit. Il était si beau et il avait un air si grand que l'idée ne me serait pas venue d'oser lui adresser la parole. Mais le porteur de parasol me dit à voix basse :

« Ces trois lignes entourent le repaire du tigre. Quand il en aura fait le tour, comme il a peur du feu, il sortira du triangle par l'ouverture qui est devant nous.

« Voilà, me dit-il en me montrant un pli de terrain couvert de hautes broussailles, par où vous le verrez paraître. »

Je regardai : c'était tout au plus à deux cents pas de nous.

En moi-même je me dis intérieurement que je trouvais ça bien près : mais, voulant me montrer brave jusqu'au bout, je lui dis :

« Viendra-t-il bientôt ? »

L'Indien regarda la plaine :

« Les lignes de feu commencent à se resserrer. Le tigre a pris son parti et il fuit en venant sur nous.

— Court-il vite ?

— Bien plus vite que les grands serpents, car il a quatre pattes et il est aussi souple qu'eux à glisser entre les broussailles.

— Et... ça marche vite, vos serpents ?

— Comme un cheval au galop. »

Je restai un moment sans rien dire, pour réfléchir à ces détails : car vous savez que j'ai toujours aimé l'histoire naturelle et que je m'intéresse beaucoup aux mœurs des animaux.

Je réfléchissais encore lorsque l'Indien, devenant raide comme une barre, tendit son doigt vers le pli de terrain qu'il m'avait indiqué, et me souffla ces mots sans même tourner les yeux :

« Ecoutez ! Tous les animaux se taisent : le tigre est là ! »

En effet, un silence de mort avait remplacé le vacarme effroyable que nous entendions jusque-là ; il n'y avait pas un être vivant qui osât seulement ouvrir la bouche, et sur cet espace immense où le monstre allait paraître, on eût cru voir les herbes frissonner de peur et les pierres trembler.

Il se passa là quelques secondes, je vous prie, où mes sentiments religieux me remplirent de reconnaissance pour la bonne Mère, ma sainte et digne patronne, qui m'avait si visiblement protégé en tant d'autres circonstances critiques de ma vie, et je lui promis un cierge orné d'une poignée de peau de tigre avec des franges d'argent si elle me garantissait dans la circonstance de tout accident regrettable, quand ce ne serait que d'un coup de soleil, car il faisait bien chaud.

Cependant mon impatience augmentait tellement que je me disais en moi-même :

« Vraiment ! ce diable de buisson, là, qui

vous regarde sans rien dire.... Vrai ! J'aimerais mieux voir une bonne fois cette tête que de rester là à attendre. »

Je n'avais pas achevé qu'un mouvement se fit dans le buisson. A travers les branches, et brillant sous l'ombre des feuilles comme deux charbons ardents verts, je vis flamboyer les yeux du tigre.

Les branches s'écartèrent et laissèrent sortir sa tête, qui me parut aussi grosse que celle d'un bœuf.

Il fit trois pas, rasant la terre de son museau, puis il s'arrêta net, la tête levée vers l'arbre, pareil à un chien en arrêt. Vous ne pouvez pas vous imaginer combien cette bête est propre ! Il n'y a pas de satin qui luise comme sa peau !

Le rajah se leva tout debout, s'appliqua les deux poings fermés sur l'estomac et poussa trois fois un cri tel que mes oreilles n'en ont jamais entendu.

Les trois lignes de feu s'éteignent. Le tigre, faisant le gros dos et levant sa queue toute droite, répond par un rugissement terrible. Le feuillage de l'arbre s'agite, et de ses branches je vois tomber une pluie de diables, peut-être deux mille Indiens tout nus et sans armes, qui se forment en demi-cercle et marchent sur le tigre.

En même temps se dresse, bien loin en arrière de la bête, une autre troupe qui semble sortir de terre ; je les vois arriver, courant et bondissant à travers les herbes, les pierres et les buissons, et voilà le tigre enfermé dans une grande palissade où c'étaient des hommes qui servaient de poteaux.

A cette vue le tigre s'était rasé, et il levait obliquement un œil, tantôt à droite, tantôt à gauche, tandis que de sa queue il battait la terre à coups précipités. Ses moustaches se couchaient et se hérissaient tour à tour, il passait et repassait sa langue sur son mufle avec une épouvantable grimace, et on voyait qu'il cherchait sa direction et préparait son coup, devinant qu'il allait avoir du fil à retordre.

Quant aux Indiens, à peine leur cercle formé, ils commencèrent à le rétrécir, à le rétrécir, en se poussant les uns les autres sur le tigre. Vous comprenez que, pour chacun de ceux qui étaient là, c'était une affaire de vie ou de mort d'avoir le plus possible de camarades entre soi et le tigre, de sorte que plus ceux qui étaient au dedans du cercle cherchaient à s'en tirer, plus les autres les y repoussaient. Naturellement, à mesure que le cercle diminuait, l'épaisseur du rang augmentait si bien qu'il vint un moment où le tigre se trouva au centre d'un rond formé par un mur de plus de quarante hommes de profondeur.

Tout ça se passait dans le plus profond silence.

Le rajah, qui, resté debout, observait cette manœuvre, poussa alors un cri que tous les hommes répétèrent à la fois en levant les bras en l'air. Au milieu de ce tonnerre, je vis le tigre tournant deux ou trois fois sur lui-même, la mâchoire traînant sur le sol, les pattes ramassées sous son ventre et la queue serrée entre ses jambes.

Alors, d'un bond prodigieux, il alla tomber au beau milieu de la foule, où il fit un trou.

En moins de temps qu'il n'en faut pour vous le dire, cette masse d'hommes reflua sur le point où il était.

Ils tombaient par centaines, les autres passaient dessus, tombaient encore, mais ils s'entassaient et d'autres venaient derrière, qui grimpaient sur le tas. Vous savez, quand les vagues montent les unes sur les autres et qu'une lame de fond les soulève comme si une mine éclatait pardessous ? Eh bien, ce fut ça !

Je vis d'abord cette mer de têtes se creuser, puis se gonfler et crever, rejetant au bord du trou des corps déchirés et sanglants qui se débattaient en roulant sur la foule. Pendant quelques secondes tout s'écarta autour du monstre, et quand je pense à ce que je vis, les cheveux m'en dressent à la tête !

Le tigre, à moitié renversé sous quinze ou vingt Indiens accrochés à lui, se tordait et se secouait avec des soubresauts qui soulevaient tous ces corps en leur faisant faire des cabrioles en l'air. Mais il avait beau faire, pas un ne lâchait. Ce n'étaient pas des hommes, mais des bouledogues. Partout où il y avait place pour une tête, la mâchoire d'un Indien mordait la chair du tigre. Un lui avait happé la babine, un autre la gorge : ils y étaient suspendus depuis plusieurs secondes lorsque le tigre, par un effort désespéré, dégagea ses pattes, se renversa en arrière à la force des reins, et, repoussant de ses griffes les deux corps suspendus à sa gorge et à sa babine, les éventra si abominablement que tous les boyaux, arrachés du coup, s'embarbouillèrent autour de ses pattes, tandis que des torrents de sang inondaient sa tête et tout le devant de son corps.

Les deux Indiens roulèrent par terre comme deux morceaux de viande de boucherie ; quatre autres sautèrent à leur place. D'un coup de patte, le tigre attei-

« J'AVAIS TUÉ UN TIGRE D'UN COUP DE HACHE. »

gnit le premier à la gorge, et une fusée de sang jaillit tout droit à peut-être quinze pieds en l'air et retomba en pluie sur la foule.

Tout cela tourbillonnait sur une place large tout au plus comme cette dunette, où plus de vingt corps étendus, les uns morts, les autres se débattant encore tout hachés et déchirés d'horribles blessures, étaient tour à tour roulés, repoussés, entraînés, écrasés, par cette troupe de bêtes enragées qui se ruaient au travers. Et, vous le dirai-je? les figures des autres qui, les poings fermés, le cou tendu, épiaient le moment de sauter à leur tour sur le tigre pour remplacer quelque mort, étaient peut-être plus épouvantables encore!

Ah! ma foi, pour le coup, je crus que ma tête allait éclater! J'entendais des cloches me sonner dans les oreilles, des milliers de fourmis me picotaient tout le corps, mes dents grinçaient, je voyais rouge, et des panaches de feu me passaient devant les yeux!

« Ah! mille millions de diables! Marius, je me dis, vas-y ou tu deviens fou! »

Mon cher ami, vous dire comme ça se fit, je serais bien fin si je le pouvais! En trois sauts — je crois que je marchai sur la tête et sur les corps de ces gens-là — je me vis debout dans l'enceinte, une jambe en avant, ma hache en l'air.

Avant que j'eusse pu dire seulement : « Aïe! » d'un coup de reins terrible le tigre renverse sur moi sa croupe et trois ou quatre Indiens accrochés après, et je tombe en avant, la jambe si malheureusement prise que ma hache m'échappe.

« Sainte bonne Mère, m'écriai-je, à moi! »

Le tigre se tortille, roule de côté, ma jambe se dégage, je me lève, je vois ma hache, je la prends....

Un moment après, je me trouvais debout, couvert de sang comme si j'en avais pris un bain, le tigre mort à mes pieds au milieu de peut-être cinquante morts ou blessés, et la foule, reculée à cent pas en arrière, me regardant avec des yeux de l'autre monde.

Le rajah me tenait la main.

« Ah! tiens, c'est vous, rajah? Bonjour, rajah. Mes indigos sont-ils prêts à embarquer? » je lui dis.

Et pendant plus de cinq minutes je lui parlai de mon commerce comme si nous avions été dans son comptoir.

C'est lui qui m'a raconté tout ça, vous comprenez, car quant à moi je n'y étais plus.

Il paraît qu'on me hissa sur l'éléphant, qu'on me ramena à Bombay et que pendant huit jours et huit nuits je ne fis que délirer.

Quand je revins à moi, le rajah, qui ne m'avait pas quitté, m'apprit que j'avais tué le tigre d'un coup de hache sur la nuque — diable m'emporte si je m'en doutais! — et que j'avais eu trois estafilades seulement, deux aux jambes et une à l'épaule. Il me les fit regarder : ce n'était rien.

« Demain, me dit-il, nous recauserons de la chasse, et je vous révélerai certains détails qui vous expliqueront ce que vous avez pu trouver de singulier dans cette aventure.

— Ah! ma foi oui, vous me ferez plaisir, car, malgré tout l'agrément que m'a procuré cette chasse, je vous avouerai qu'il y a là-dessous quelque diablerie qui m'a mis tout le temps la tête à l'envers.

— Eh bien, tâchez de dormir : je vous laisse, et à demain. »

Le lendemain matin je le vis entrer dans ma chambre. Il avait l'air extrêmement sérieux.

« Vous voilà rétabli, cher capitaine, me dit-il en me serrant la main. Vous pouvez dès aujourd'hui retourner à votre bord. J'aurais été très heureux de vous garder encore quelques jours, mais je ne puis rester moi-même, et de grands devoirs m'appellent loin d'ici.

« Si je ne dois plus vous retrouver en ce monde, gardez-moi un bon souvenir. Quant à moi, tant que je vivrai, je ne vous oublierai jamais. On m'avait bien parlé de votre courage, mais je n'imaginais pas qu'il pût s'élever à ce que vous avez fait sous mes yeux. Une nation qui produit de tels hommes....

— La ville de Marseille, ne l'oubliez pas, lui dis-je.

— Oui, je retiendrai ce nom-là,.... est digne de la place glorieuse qu'elle occupe dans le monde, et quand ce ne serait que pour avoir montré à mes Hindous ce que vaut un Français, je me féliciterais de vous avoir rendu témoin de ce qu'eux aussi savent faire.

— Ah! ce sont de braves gens!

— Le rôle que vous avez joué dans un événement aussi grave vous rend digne d'en savoir le secret : apprenez donc toute la vérité. Aussi bien vous n'êtes pas sans avoir deviné que, pour vous faire assister à un pareil massacre, j'avais des raisons de la plus terrible gravité.

— Té! pardi! Je voyais bien qu'il retournait de quelque chose, et je ne suis pas un enfant pour m'être allé imaginer qu'un rajah de bonne famille comme vous se serait amusé à faire déchiqueter à un tigre des hommes par douzaines, pour le seul et unique plaisir de payer une chasse à un capitaine marseillais.

— En effet, ce que vous avez vu n'était point une chasse, c'était un sacrifice à Shiva, le dieu destructeur et régénérateur des Hindous, et ce sacrifice est le premier acte de la guerre sacrée qui demain va éclater dans toute l'Inde.

« A l'heure qu'il est, depuis l'Himalaya jusqu'à la mer, le signal mystérieux de l'insurrection vole de pagode en pagode et de montagne en montagne. Sous les jungles, dans les forêts et jusque parmi les lotus du fleuve sacré, des millions d'hommes se cachent, se glissent, rampent, et il n'est pas dans toute l'Inde une pierre, un buisson, une touffe d'herbe, où la mort ne soit embusquée, prête à s'élancer sur l'Anglais !

« Nous avons pour nous Dolut-Rao, roi des Mahrattes, neveu du grand Scindia ; Runjeet-Sing, roi de Lahore, fera marcher à notre aide son armée de cinquante mille hommes, disciplinée à l'européenne.

« Au-dessus de cet immense soulèvement un homme se dresse, et c'est moi, moi descendant légitime et unique des rois du Bengale. Je suis *chattria*, c'est-à-dire de la caste militaire, au-dessus de laquelle il n'y a rien que les brahmes.

« Les hommes que vous avez vus rassemblés sont des *vaïssias* et des *soudras*, marchands et paysans, sur lesquels mon rang me donne une autorité absolue, et qu'à toute heure, en dépit des Anglais et de leurs espions, je puis faire lever pour les conduire où il me plaît.

« Maintenant je vous dis adieu et je vous prie de me conserver un souvenir. Ne vous étonnez pas si vous vous voyez gardé à vue jusqu'à votre embarquement : je ne me défie pas de vous, mais quand le salut de tout un peuple est peut-être dans mes mains, je n'ai pas le droit d'agir suivant mes sentiments personnels.

— Je comprends ça, lui dis-je, et vous ne seriez pas un homme si vous agissiez autrement. »

Il se leva, m'embrassa et partit.

Je ne l'ai plus revu. Il fut tué quinze jours après dans le premier combat contre les troupes anglaises, commandées par lord Duncan, et l'insurrection fut étouffée, comme toujours.

Venez, second, que je vous montre la peau du tigre. »

Les deux officiers descendirent dans la chambre. Cougourdan tira de dessous sa couchette une peau de tigre d'une effroyable grandeur.

« Tenez, disait-il au second en lui montrant tour à tour divers endroits de la peau où l'on apercevait des froissements ou des trous, voilà les coups de dents des Indiens. Voyez ces griffes.... Là-dessous, dans la gouttière, regardez : c'est du sang desséché.... Ah ! pécaïré ! voilà qui semble une peau de boudin ; je parie que c'est quelque morceau du boyau des deux qu'il éventra ! Et puis ici, ajouta-t-il en mettant le doigt sur une large coupure transversale qui se voyait au haut de la nuque, voilà le coup de mort que je lui ai donné. »

Et alors Cougourdan demeura pensif. Ses yeux, voilés de cette ombre vague que le souvenir du passé donne au regard de

« Capitaine, j'ai trouvé. »

l'homme, semblaient chercher encore, à l'horizon évanoui, les fantômes de ceux qu'il avait vus mourir dans cette scène funeste. Il pencha la tête, et lentement, d'une voix basse, mélodieuse et presque tendre, il dit :

« Pauvre rajah ! pauvres Indiens ! Tout ça est mort pour rien.... Et toi aussi, pauvre tigre : car tu t'es bravement défendu, pécaïré ! et quoique je sois bien aise d'avoir emporté ta peau comme souvenir, ça ne m'avance pas non plus à grand'chose. Mais bah ! après tout, tu serais mort depuis longtemps à l'heure qu'il est, crevé peut-être de quelque bête de maladie.... Un peu plus tôt, un peu plus tard, les autres, chacun son tour, seraient morts aussi....

« Et pourtant, quand on y pense, c'est-il pas drôle que dans ce pauvre monde bêtes et gens passent leur temps à se battre à qui mourra le premier ?

— Ah ! mais voilà : c'est la gloire....

— Hé! que dites-vous, second? »

Le second était des Martigues, notez ce point-ci. Il regarda le capitaine un bon moment; puis, d'un air victorieux, il lui dit :

« Capitaine, j'ai trouvé!

— Quoi?

— L'éléphant....

— Hé ben, l'éléphant?

— De quoi il vous servait!

— De quoi il me servait? Hé ben, de quoi me servait-il?

— De monture!

— Second, vous êtes un... savant. Allons nous coucher! »

VII

Le premier pèlerinage du Capitaine.

JE suis né en septante-un. J'avais quinze ou seize ans quand éclata la Révolution. Mon père m'avait déjà fait faire une campagne au Sénégal en qualité de mousse, lorsqu'il mourut. Je continuai à naviguer, ne m'occupant pas de ce qu'on appelle la politique, et à quoi je n'ai jamais rien compris.

De temps à autre je revenais à Marseille pour mon commerce; je demandais bien ce qu'il y avait de nouveau, mais chacun me racontait son histoire, les uns disant que tout allait mal, les autres, que jamais ça n'avait été si bien. Moi je ne voyais rien de changé : les soldats étaient à leur guérite, ils portaient les armes et mettaient genou en terre quand le saint sacrement passait; on faisait la procession comme à l'ordinaire. Même je vis deux fêtes où tout le clergé, toutes les autorités et des milliers de peuple criaient : Vive le roi! comme je ne l'avais jamais entendu crier, et s'embrassaient en pleurant à chaudes larmes.

Allons! je me disais en moi-même, les autres ont beau dire, tout va bien : il n'est pas possible qu'un pays qui aime son Dieu et son roi, et où les petits et les grands s'embrassent en pleurant à chaudes larmes, soit un pays où tout va mal. Quant à leur politique, je m'en..., et c'est pas ça qui m'empêchera de conduire mon navire quand je serai reçu capitaine au long cours.

Ce qui ne tarda pas, mon cher ami. A vingt ans je fus reçu par le conseil du port de Marseille, et un armateur, un Arnavon, grand-père de ceux que vous connaissez aujourd'hui, et qui n'attendait que ça pour me confier un de ses navires, me donna le commandement d'un grand trois-mâts, la *Bonne Mère*, en partance pour les Indes avec un chargement d'huile d'olive, de vins de Bordeaux et de farine, à destination de Calcutta. Là il me laissait carte blanche pour mon fret de retour, et il m'autorisait même à faire l'intercourse entre l'Inde, la Chine, Manille, Bourbon et les côtes d'Afrique, selon les avantages que je trouverais pour sa maison, ayant partout par là des représentants avec qui je pourrais m'entendre en cas de besoin.

J'appareillai donc de Marseille le 25 novembre 1791, à deux heures de l'après-midi, par une jolie brise et une mer superbe, bien fier, à vingt ans que j'avais, de me voir capitaine d'un si beau navire avec des pouvoirs aussi étendus, et tout ça pour le compte d'une maison aussi grande que la maison Arnavon père, fils et Cie, de Marseille!

J'arrivai à Calcutta dans les premiers jours de mai 92. Là, au milieu d'un tas d'histoires qu'on racontait sur la France, je vis qu'il y avait quelque chose de très sûr au moins, c'est que les Anglais remuaient ciel et terre pour nous faire attaquer par toute l'Europe, et qu'ils ne demandaient qu'à se mettre contre nous.

Cela me parut si sérieux que, tout en faisant avec eux mes affaires de bonne amitié, je jugeai prudent de me précautionner secrètement de quelques armes telles que pierriers, espingoles, haches et sabres d'abordage, caronades, boulets, paquets de mitraille, et une douzaine de barils de poudre. De plus, je renforçai mon équipage de dix matelots, dont six Bretons et quatre Provençaux, et je partis pour Manille avec un chargement d'indigo que j'y devais laisser pour prendre en échange des épices et de la soie que je transporterais à Bourbon. Arrivé à Bourbon, je chargeai des sucres; et je revins en faisant deux escales, l'une sur les côtes de Guinée, où je pris de l'ivoire, et l'autre à Dakar, où je trouvai à me procurer de la poudre d'or.

Tout cela ne s'était pas fait en un jour et il y avait vingt-six mois que je naviguais, lorsque, le 25 février 1793, vers les dix heures du matin, nous eûmes connaissance du port de Marseille.

Je ne peux pas vous dire quelle joie je sentais. C'était la première fois de ma vie que je rentrais à mon port d'attache sur un navire à moi. La campagne avait été magnifique : je n'avais pas fait pour mille francs d'avaries, quoique j'eusse eu à essuyer dans les mers de la Chine un typhon où plusieurs navires avaient péri corps et biens. Je rapportais deux cent mille francs de bénéfice net en argent comptant, et ma cargaison, consignée à mes commettants, en valait au moins autant, de sorte que je pouvais compter d'être joliment reçu.

Cependant, dire que j'étais tout à fait tranquille, non. D'abord ce que j'avais entendu de côté et d'autre, surtout à Bourbon, me faisait craindre que les

regardait en ouvrant de grands yeux.

« Second, lui dis-je, est-ce que j'y vois de travers?

— Non, capitaine, il me répond, vous n'y voyez pas de travers.

— Ce n'est pas un signal, ça, c'est un pavillon.

— Hé oui! capitaine, c'est un pavillon; c'est le pavillon mecklembourgeois, bleu, blanc, rouge.

— Mille millions de tonnerres! second, dites un peu, est-ce que les Mecklembour-

« Je vis une embarcation mettre le cap sur nous. »

affaires ne fussent décidément bien gâtées en France : mais il y avait encore autre chose, c'est que, deux fois, dans la traversée de Bourbon en Afrique, j'avais rencontré des navires suspects dont l'un au moins avait eu l'air de vouloir prendre chasse sur moi, et que je l'avais évité en changeant de route pendant la nuit.

Tout cela me revint au moment où, vers midi un quart, nous nous trouvâmes en pleine vue de Marseille. Bientôt nous pûmes distinguer la montagne de Notre-Dame de la Garde, puis la colline, les forts Saint-Jean et Saint-Nicolas, et enfin les mâts des navires mouillés dans le port.

« Té! je parie qu'on nous signale déjà, dis-je au second. Prenons un peu la longue-vue, pour voir. »

Nous prenons chacun une longue-vue, nous regardons, et en même temps elle nous tombe presque des mains. Le second, aussi étonné que moi-même, me

geois se seraient emparés du port de Marseille, par hasard?

— Hé! qui sait, capitaine? Depuis le temps que nous manquons de Marseille, avec toutes leurs diableries de rrrévolution et de rrrrrévolution, tout est peut-être sens dessus dessous en France. En attendant, ce pavillon-là ne me dit rien de bon. Et voyez, que ce n'est bien sûr pas un signal, car il est sur le fort Saint-Jean, sur le fort Saint-Nicolas et sur Notre-Dame de la Garde. »

Mon second était un officier trop respectueux pour se permettre de me donner un avis avant que je le lui demande, mais ses yeux me disaient clairement :

« Que vas-tu faire?

— Je suis d'avis, lui dis-je après un moment de réflexion, de ne pas nous aller jeter sous le canon des forts avant de savoir de quoi il retourne à terre. Que feriez-vous, second? Moi, je mettrais en panne et j'enverrais ma chaloupe, avec huit des meilleurs matelots, raisonner avec les autorités ou les embarcations qu'ils pourraient rencontrer. Je leur donnerais deux pierriers, quatre espingoles et ce qu'il leur faut de fusils et de sabres, qu'ils tiendraient cachés : et je resterais en panne pour prendre une décision après leur retour. Hé! que dites-vous?

— Moi, capitaine, me répondit le second, je ferais encore autre chose.

— Et quoi?

— Bah! je ferais armer l'équipage et je mettrais mes caronades sur le pont : on ne sait pas ce qui peut arriver,... ça ne peut pas nuire.

— Vous avez raison, second. Eh bien, nous allons prendre Arène, là, qui est un solide, et nous l'enverrons à terre avec sept matelots choisis.

— Si vous vouliez, capitaine, j'irais, moi. En cas de difficulté, vous savez, un officier..., Qui sait ce qui les attend là-bas? »

Voilà ce que c'est que la vie de mer, mon cher ami! Vous avez navigué vingt-six mois, vous avez battu la moitié de la mer sans que ni mauvais temps, ni ennemi, ni pirates, ni maladies aient pu vous toucher seulement le bout du petit doigt; vous arrivez en vue du port, vous croyez avoir fini, et vous n'êtes qu'au commencement. Je voyais devant moi Marseille, Notre-Dame de la Garde, le château d'If, le Pharo, la Joliette, la Major : rien de changé, tout aussi beau que le jour où je l'avais quitté; mes parents, mes amis, mes commettants étaient là derrière tout prêts à me recevoir : mais uniquement parce qu'il y avait sur le fort Saint-Jean un pavillon de trois couleurs au lieu d'un pavillon blanc, je n'osais pas mettre le pied sur la terre de France, et il me fallait d'abord envoyer des parlementaires et faire branle-bas de combat à mon bord comme devant un port ennemi.

Ce ne fut donc pas sans de bien tristes réflexions que je donnai mes ordres pour l'armement de la chaloupe et des hommes qui allaient la monter. Je fis mettre en panne, on descendit la chaloupe, on y plaça les armes et les munitions, et à deux heures précises elle mettait à la voile par un bon petit mistral qui devait la mener au port en moins d'une heure.

Aussitôt on mit en batterie mes six caronades, deux à l'avant, deux à l'arrière, une à tribord et une à bâbord, tous les pierriers sur les pivots; on tira les sabres, les haches, les espingoles, on chargea tout jusqu'à la gueule, et, après avoir rassemblé l'équipage au pied du grand mât pour lui expliquer de quoi il s'agissait, je leur dis que j'espérais bien que ce n'était qu'une mesure de précaution, mais qu'en tous cas je savais que je pouvais compter sur eux.

Cela fait, chacun à bord, après avoir reconnu son poste et y avoir déposé ses armes, se porta à l'avant pour suivre des yeux la chaloupe qui s'en allait en sautant sur les lames. En cinquante minutes elle était arrivée au pied des forts, et elle disparut dans le goulet.

A ce moment, mon cher ami, j'eus comme un serrement de cœur, et, sans pouvoir me dire pourquoi, je regrettai d'avoir envoyé le second et de ne pas y être allé moi-même. Je pris ma longue-vue, et je vis que les parapets des deux forts étaient bordés d'une ligne épaisse où il y avait beaucoup de rouge et où brillaient de temps en temps des espèces d'étincelles ou d'éclairs. Cette ligne paraissait remuer. Je passai la longue-vue au maître voilier, qui se trouvait près de moi :

« Dites donc, maître voilier, regardez donc le fort Saint-Jean, là, en haut : que diable est-ce que cette ligne rouge qui remue? Voyons si vous aurez la même idée que moi. »

Le maître voilier regarde : il devient tout pâle et me dit :

« Sainte bonne Mère! Dieu me pardonne, ce sont des soldats anglais habillés de rouge, et ce qui brille au soleil, c'est leurs baïonnettes!

— Ainsi vous voyez comme moi des gens habillés de rouge, et des baïonnettes qui reluisent! Que va-t-il arriver? Pauvre chaloupe! Pauvre second! Pauvres matelots! Ah! c'était ma place là!

— Et nous autres, capitaine, et le navire? Qui nous sauverait si vous n'étiez pas là?

— C'est vrai, lui dis-je. J'ai un navire sous les pieds, de braves matelots autour de moi : avec ça on fait bien des choses. Je ne sais pas ce qui va arriver... (vous savez, mon cher ami, en mer, souvent les choses qui paraissent les plus terribles finissent en queue de rat) : mais ce qui est bien sûr, c'est quand nous devrions prendre le fort Saint-Jean et le fort Saint-Nicolas à l'abordage, j'aurai ma chaloupe, mon second et mes matelots, et, s'il y manque un poil, gare! »

Il était quatre heures. A mon estime, une heure avait dû suffire pour raisonner avec le port. En supposant que les Anglais fussent les maîtres dans Marseille, le pavillon blanc que j'avais fait mettre à la chaloupe couvrait mes matelots comme parlementaires. Mais à mesure que le temps passait, il me semblait qu'un danger, quelque chose d'effroyable, grossissait, grossissait et marchait sur eux.

Ah! j'ai passé là peut-être les heures les plus cruelles de ma vie, criant de rage à l'idée que mes matelots étaient sans doute à l'article de la mort! et que c'était moi, moi leur capitaine, qui les avais envoyés se mettre dans la gueule du loup! Et que peut-être je serais forcé de les abandonner? Jamais! quand j'y devrais périr, moi, mon équipage et mon navire!

Une grande heure se passa encore sans que rien parût hors du port. J'étais dans un état épouvantable, et quoique je ne disse rien à mes matelots, je voyais dans leurs yeux la même inquiétude et la même rage. J'avais pris et rejeté tour à tour cent résolutions plus folles les unes que les autres.... Je n'avais que vingt-deux ans, mon cher ami : plus tard j'aurais été moins vif. J'étais décidé à mettre toute ma toile au vent et à forcer l'entrée du port, au risque de me faire couler, lorsque je vis une embarcation dépasser les forts et, hissant sa voile, mettre le cap sur nous.

Ah!... Dans des moments comme ceux-là, mon cher ami, quoique ça ne nous apprît encore rien, je ne peux pas vous dire le soulagement que ça me fit. Je sautai sur ma longue-vue et la pointai sur l'embarcation.

Ce n'était pas ma chaloupe!

« Ils les ont gardés! » je criai.

Mais aussitôt je ne pus m'empêcher de me dire que rien ne m'assurait que cette embarcation fût pour nous.... Elle allait peut-être tout autre part....

Au bout d'une demi-heure, il devint évident que l'embarcation gouvernait sur nous. Avec la longue-vue nous pûmes l'examiner à notre aise, et comme elle nous présentait son travers, nous distinguions de plus en plus son équipage, qui était nombreux et habillé de diverses couleurs, mais plusieurs de rouge. Elle portait un grand pavillon bleu, blanc et rouge, à l'arrière, ce qui indiquait un officier supérieur à bord.

L'embarcation approchait; dans quelques minutes elle allait nous accoster. Je comptai de l'œil mon équipage : nous étions vingt; je fis allumer les mèches des caronades, tourner les pierriers sur le pont et les espingoles la gueule vers la mer, et, faisant descendre l'échelle, je me mis devant la coupée avec quatre matelots armés de leurs fusils et présentant les armes. Le canot accosta. Je me penchai dehors en demandant :

« De quelle nation êtes-vous?

— Français.

— Français! Ah! Bonne Mère, ma chaloupe est sauvée! Montez, commandant. »

Il monta, et après lui tout l'équipage de son canot se préparait à monter aussi. Mais quand je le vis devant moi, lui et quatre escogriffes qui paraissaient être ses officiers, je fis signe aux matelots de garde de relever l'échelle; je leur donnai à voix basse l'ordre de pointer deux pierriers sur l'embarcation, et, me reculant pour regarder mon homme, je lui dis :

« Qui êtes-vous et que venez-vous faire à mon bord? »

Mon cher ami, j'ai vu bien des choses ridicules et dégoûtantes, mais je n'ai jamais rien vu d'aussi ridicule et d'aussi dégoûtant que ce bonhomme-là.

C'était un avorton haut comme ma botte, maigre comme un clou, rouge comme un coq, les jambes de travers, avec une trogne toute bourgeonnée de violet, des cheveux ébouriffés qui lui tombaient sur les yeux et sur les joues. Il était empaqueté dans un habit trois fois trop long et trop large pour sa misérable carcasse; les basques traînaient tellement à terre qu'il marchait dessus, le collet lui montait par-dessus la tête, les revers dépassaient d'un pan de chaque côté. Il avait sur son petit ventre une écharpe qui couvrait jusqu'au haut de la poitrine, et de gros pistolets dedans; sa cravate lui retroussait le nez, tant elle était haute. Par-dessus tout ça, un chapeau monté plus grand que lui, avec un panache de plumes d'autruche bleues, blanches et rouges, longues comme le bras, des bottes à revers, et un sabre! que moi j'aurais eu de la peine à le porter.

Ses estafiers n'avaient pas meilleure mine. Trois avaient des casaques rouges, un sabre et une giberne en bandoulière, un bonnet rouge sur la tête et une pique à la main; le quatrième était en bras de chemise, les manches retroussées, et coiffé d'un gros bonnet à poil avec une queue de renard pendante par derrière. Jamais vous n'avez vu de pareilles figures de potence. Aussi je ne pus m'empêcher de faire un haut-le-corps en levant les bras, et je leur dis :

« Miséricorde! pauvres gens, d'où diable sortez-vous?

— Citoyen navigateur, dit le commandant en croisant les bras sur sa poitrine, nous venons ici, moi et les héroïques défenseurs de la patrie, que tu peux contempler et qui m'ont offert le secours de

« C'était un avorton. »

leurs bras invincibles, pour faire pâlir les lâches séides de la tyrannie.... »

En disant cela, comme il voulait se reculer pour me faire plus de peur sans doute, il se prit les jambes dans son sabre et tomba à la renverse sur un câble qui se trouvait là. Il se releva tout confus, se frottant le derrière et remettant son chapeau, dont deux ou trois plumes cassées lui tombaient sur le nez, et il reprit :

« Citoyen navigateur.... »

Mais je lui coupai la parole en ces termes :

« Mon cher ami, ah çà! vous, dites-moi donc un peu, est-ce que, par hasard, nous aurions gardé les cochons ensemble, que vous me tutoyez? Hein? Depuis quand est-ce qu'on se permet de tutoyer un capitaine de navire à son bord?

« Vous n'avez donc jamais mis le pied sur un navire, vous, que vous ne savez pas que le capitaine est, après Dieu, maître de son navire?

« Et que personne à bord n'a le droit de le tutoyer?

« Et puis, autre chose : pourquoi m'appelez-vous citoyen? Je m'appelle Marius Cougourdan : si vous ne le saviez pas, mon nom, il fallait d'abord le demander. Té, pardi!

« Que diable me baragouinez-vous là de pâlir, de séides lâches défenseurs, et de secours, de tyrannie, de bras invincible! Diable m'emporte si je comprends un mot de tout ça! Qu'est-ce que c'est que ce patois-là? Parlez-moi provençal ou français si vous voulez que je vous comprenne. »

En entendant ce discours, l'avorton se mit à trépigner de rage, qu'on aurait dit qu'il allait me dévorer, moi et mon navire.

« Citoyens! cria-t-il, braves défenseurs de la patrie, précipitez-vous sur ce vil suppôt de l'infâme Albion! Chargez-le de fers, et s'il ose résister à votre auguste héroïsme, que votre plomb vengeur, que votre glaive patriotique, purgent la République une et indivisible du monstre qui la souille! »

Les autres, qui depuis le commencement de cette scène regardaient d'un air inquiet les figures de mes matelots, ne se pressaient pas : ils sentaient la poudre, sans doute.

« Eh bien! nobles héros, leur dit le petit bonhomme, n'avez-vous pas entendu? Au nom de la loi, arrêtez ce misérable! »

Mon cher ami, à ce mot : « Arrêtez ce misérable! » l'idée me parut si folle, ces gens avaient l'air si risible, que, tout à coup, me frappant le front, je me dis :

« C'est aujourd'hui justement mardi gras! Ce sont des masques, pour sûr! »

J'empoignai le petit par le derrière de son collet, et, le soulevant de manière qu'on ne lui voyait plus de la tête que le chapeau, je lui dis :

« Ah! tu viens faire carnaval à mon bord pour te moquer de moi! Si c'est ça, tu ne le porteras pas en paradis, mon bon!

— Citoyens! hurla le pauvre diable, si vous n'arrêtez pas à l'instant cet ennemi de la République, vous serez tous guillotinés! »

A ces mots, je vois les quatre estafiers pâlir, et ils croisent leurs armes contre moi, mais mollement.

Ah! c'est pour de vrai! Matelots! ces quatre-là aux fers, et la cale mouillée pour celui-ci! »

En un instant, avant qu'ils aient eu le temps de se retourner, tout ce monde était amarré solidement. On mit les fers aux quatre misérables, et le chef, ficelé le long d'une barre de cabestan, fut déposé au pied du grand mât. On lui attacha une corde qui pendait d'une poulie de la grande vergue, on le hissa à six pieds en l'air, et alors je lui dis :

« Tu as tellement l'air d'un singe habillé, gredin, que je n'aurais jamais cru que tu parlais sérieusement. Pour être fou et insolent comme tu l'as été, il faut que tu sois envoyé par des gens aussi fous et aussi insolents que toi-même. Je ne sais pas ce qui se passe à Marseille, ce doit être quelque diablerie : j'ai besoin de le savoir et tu vas me le dire.

— Citoyen patron ! hurla-t-il, s'adressant à ceux de son canot, retournez à Marseille, et dites qu'on assassine un membre du Comité de salut public !

— Et vous, criai-je aux matelots postés près des pierriers, faites feu sur leur embarcation si elle essaye de démarrer. Quant à toi, parle, ou je te fais donner la cale mouillée.

— Jamais ! sicaire barbare, jamais ! plutôt la mort !

— En attendant, dis-je aux matelots qui tenaient la corde, donnez-lui la cale.

— Oôôôô... hiss ! Oôôôô... hiss ! »

Vous savez ce que c'est, la cale mouillée ? On vous hisse jusqu'à la grande vergue ; on largue, vous tombez à la mer comme un plomb de sonde, vous passez sous la quille, alors on vous remonte et on recommence.

Quand mon homme fut remonté un peu plus haut que le bordage, je fis stopper. Il n'avait plus figure humaine. Son collet, ses bottes, ses poches, étaient remplis d'eau de mer et coulaient comme des fontaines. Je le fis descendre sur le pont. Au bout de quelques minutes, après l'avoir laissé éternuer, tousser et vomir, tant qu'il voulut, je lui retroussai les cheveux d'un revers de main, et lui tirant l'oreille en manière de badinage, je lui dis :

« En veux-tu encore ?

— Grâce ! dit-il d'une voix tremblante. Je vais tout vous dire, mais qu'on me délie et qu'on me donne des habits secs, sinon je meurs ! »

On le détacha, on lui mit une chemise et un pantalon de laine, on lui fit boire un verre d'eau-de-vie, et alors, d'un ton si plaintif qu'on aurait cru qu'il n'était pour rien dans tout ça, il me raconta les épou-vantables événements qui venaient de se passer.

A mesure qu'il avançait dans son récit, la rage faisait en moi place à l'horreur. Quand il en fut à l'arrestation et à la mise en jugement de Louis XVI, je ne pus pas m'empêcher de pousser un cri !

« Matelots ! leur dis-je, venez entendre ce que dit cet homme ! »

Les matelots, le nez allongé et les poings crispés, frottant presque leurs joues sur sa face, l'interrompaient à chaque mot par des jurons et des malédictions. Notre cercle se resserrait autour de lui à chaque nouveau crime qu'il racontait. A mesure qu'il avançait, on voyait bien qu'il était de plus en plus embarrassé parce que ça devenait de plus en plus abominable. Enfin il s'arrêta : il avait tellement peur, peut-être honte, que les paroles ne pouvaient plus lui sortir. Je le pris par le bras :

« Le roi, le roi ? » lui dis-je.

Il détournait la tête, il refusait de parler. Je lui serrai le poignet à le lui briser.

Alors, du tranchant de la main que je lui avais laissée libre, il se frappa le derrière du cou et resta la bouche béante et les yeux grands ouverts comme s'il avait eu la mort dans la cervelle.

Je n'eus que le temps de me mettre en travers : l'équipage avait poussé un rugissement et allait se jeter sur lui.

« Ah çà ! matelots, leur dis-je, tâchez de ne pas oublier de vous tenir comme il faut devant votre capitaine. Quand je vous dirai de flanquer ce scélérat par-dessus bord, vous le flanquerez. Pas avant. Toi, continue. Et dis tout. »

Rassuré sans doute parce qu'il voyait que j'étais le maître à mon bord et que sa vie ne dépendait que de moi, il acheva, toujours sur le ton d'un homme qu'on va pendre et qui se confesse. Je le forçai de tout dire : les massacres des prisonniers, les noyades, les exécutions à mort ! Mais où j'eus tout juste la force de m'empêcher de l'étrangler, c'est quand il m'apprit qu'il n'y avait plus de prêtres, plus de couvents, plus d'églises, plus de religion ; que les églises de Marseille servaient de clubs et Notre-Dame de la Garde, de magasin à fourrage !

Je lui demandai des nouvelles de ma chaloupe. Il me dit qu'en la voyant arriver avec le pavillon blanc, on avait ameuté le peuple, rassemblé la garde nationale, roulé des canons sur le port, en criant qu'elle venait, au nom d'une escadre ennemie, sommer la ville de se rendre, que notre navire était un vaisseau de guerre, qu'un prince du sang royal était à bord. Mon second, en voyant ce qu'on lui préparait, n'avait pas abordé, mais avait été s'embosser au pied du quai du vieux port, entre deux felouques génoises, et là, couvert de droite et de gauche par ces navires neutres, ne pouvant être tourné par l'arrière, il attendait, prêt à se faire couler plutôt que de se rendre.

Vous pouvez penser dans quelle angoisse tout cela me mit. En tout cas je comptais bien me servir de mes prisonniers comme d'otages pour ravoir ma chaloupe : mais que faire?

« Si tu forces, je me dis, ce gueux à envoyer son canot la chercher, qui sait si la canaille qui est maîtresse à Marseille la laissera partir? D'un autre côté, aller la réclamer toi-même, s'il n'y avait que toi, tu le ferais bien, mais as-tu le droit d'entraîner tout ton équipage à une mort presque certaine? Que deviendra ton navire? Qu'arrivera-t-il de cette cargaison dont tu dois compte à la maison Arnavon père, fils et Cie? Tu réponds de tout cela devant Dieu, hein! »

Pourtant je me disais : « Tu ne peux pas abandonner ton second et tes huit hommes d'équipage! C'est toi qui les y as envoyés; ils y sont allés pour t'obéir et pour raisonner dans l'intérêt de toi et de ton navire. Que faire? »

Tout bien considéré, je me dis que le danger était assez grave pour consulter l'équipage, et, ayant fait porter le prisonnier à l'avant, je réunis mes matelots et je leur demandai leur avis.

« Nous pourrions encore, leur dis-je en finissant, nous en sortir en virant de bord, et peut-être passerions-nous, si on n'a pas déjà signalé à quelque bâtiment de guerre en rade de Pomègue de nous barrer le chemin : voyez maintenant si vous voulez sauver votre peau en laissant la chaloupe s'en tirer comme elle pourra, ou si vous avez assez de cœur pour entrer à tout risque dans le port de Marseille et y aller reprendre notre chaloupe et les matelots qui sont dedans. »

Ils me répondirent par un cri :

« A Marseille, capitaine! »

Au moment de prendre une aussi grave détermination, je me dis que la première chose à faire était de me bien camper sur la position, de savoir au juste qui était maître dans Marseille, et avant tout quelle autorité pouvait avoir mon polisson : le voyant si lâche après l'avoir vu si insolent, je ne pouvais pas croire qu'il fût un chef sérieux pour d'autres que pour la canaille qu'il avait amenée avec lui.

Je n'avais à ce moment-là, mon cher ami, que vingt-deux ans et quelques jours; je ne me faisais pas la moindre idée de ce qu'on appelle une révolution. Il me manquait encore quelques heures de vie pour apprendre à quel degré de folie le peuple peut se porter quand il n'y a plus là un maître pour le conduire, et comment, à mesure qu'il se sent devenir plus canaille, il ne veut plus à sa tête que celui qu'il trouve encore plus canaille que lui-même. Vous comprenez bien ça? Si celui-là ne l'est pas plus, il n'y a pas de raison qu'il commande plutôt que le premier venu, dites? S'il l'est moins, ils ne veulent pas de lui et il ne veut pas d'eux. Ça c'est clair comme eau de roche.

Je fis venir mon drôle, qui tremblait comme la feuille, et pour lui faire encore plus de peur, je restai un moment sans rien dire, regardant tantôt lui, tantôt la grande vergue, comme si je lui prenais mesure d'une corde pour le pendre. Le misérable ne pouvait pas s'empêcher de suivre mes yeux, et on voyait qu'il trouvait ça si haut!

« Mon intention serait, lui dis-je en le regardant entre les deux yeux, d'entrer dans le port de Marseille avec mon navire. J'y ai affaire. J'entends y être reçu comme doit l'être un capitaine marseillais qui ramène à bon port son navire et sa cargaison.

« Vous avez assez de bon sens pour comprendre que, surtout après la façon dont j'ai été obligé de vous traiter, je ne serai pas si bête que d'aller me mettre à la discrétion de cette populace sans avoir pris mes sûretés avec vous?

« Voyons, quelle autorité avez-vous sur ces gens-là, et que m'offrez-vous pour sauver votre vie? Car, aussi vrai que la sainte Vierge est dans le ciel, au premier geste qu'on fait pour toucher à un cheveu de mon équipage ou à un grelin de mon navire, vous êtes un homme mort!

— Brave capitaine, me répondit-il vivement, en aboyant presque, tant sa petite gueule tremblait, je vous jure sur ma foi de sans-culotte que vous serez reçu comme un frère par le généreux peuple de Marseille, et que rien ne sera épargné pour vous rendre agréable le séjour de notre grande cité phocéenne!

— Assez de phrases, et parlez français, ou patois si vous aimez mieux.

— Eh bien, brave capitaine, je vous donnerai, à vous et à votre équipage, une carte de civisme.

« IL N'AVAIT PLUS FIGURE HUMAINE. »

— Je ne connais pas ça. Autre chose.

— Un sauf-conduit.

— Qui me dit qu'on le respectera?

— Un blanc-seing au nom de la Convention pour y écrire ce qu'il vous plaira.

— Qu'est-ce que c'est que la Convention?

— C'est l'auguste Assemblée des représentants du peuple, et qui réunit tous les pouvoirs qu'usurpait naguère l'infâme royauté. Et moi je suis un de ses membres, envoyé à Marseille pour y représenter son autorité. Je commande les forces de terre et de mer; je commande tous les agents du pouvoir exécutif; je commande la douane, le port, le tribunal révolutionnaire; je fais marcher la guillotine à ma volonté, et je n'ai qu'à désigner une tête pour qu'elle tombe à l'instant!

— Allons! allons! lui dis-je, voilà qui va bien, et je vois que si je vous mettais à terre vous n'auriez rien de plus pressé que de « désigner » ma tête, comme vous dites. Ça, y a moyen de se parer de ce côté-là : mais ce qui est meilleur à savoir, c'est que vous êtes le plus puissant de cette bande de scélérats et que tous tremblent devant vous presque autant que vous tremblez devant moi. En l'état, alors, nous pouvons nous arranger; et puisque vous tenez tant à votre peau, — je ne sais trop pourquoi, car, risquant ce qu'elle risque, je n'en donnerais pas deux liards, — enfin,... il ne tient qu'à vous d'être pendu tout de suite ou de tirer votre carcasse d'entre mes griffes, peut-être....

« Voilà comme je règle ça : tout le pouvoir que vous avez, vous vous en servirez dans mon intérêt et d'après mes ordres. Bien entendu, vous ne mettrez pas le pied hors de mon bord jusqu'à ce que je vous le permette. Vous ne communiquerez avec personne que sous ma surveillance.

« Vous êtes libre d'agir comme vous l'entendrez, mais il est bon de vous dire que, si par hasard vous ou les vôtres aviez donné des ordres aux forts de me tirer dessus, ou à quelque stationnaire de Pomègue ou d'ailleurs de me couper la retraite, j'ai à bord douze barils de poudre, et que je me ferai sauter plutôt que de me rendre, ha! »

Le pauvre diable, en entendant ça, se jeta à genoux, me jurant qu'il était prêt à faire tout ce que je lui ordonnerais, pourvu qu'il eût la vie sauve; que, quant à ses hommes, ils ne valaient pas la corde pour les pendre et que je pouvais en faire ce que je voudrais.

« Je ne vous promets rien, lui dis-je en le regardant entre les deux yeux, votre sort est entre vos mains : comme vous ferez, je ferai.

« Et d'abord dites-moi si, au milieu de ce désordre, il y a encore une police sanitaire à Marseille.

— Oui, monsieur le capitaine, me répondit-il.

— Eh bien, vous allez d'abord me donner la libre pratique.

— Je le ferai avec plaisir, monsieur le capitaine.

— Vous me ferez rendre ma chaloupe, mon second et mes matelots.

— Si cela dépend de moi, monsieur le capitaine. Mais s'ils sont déjà arrêtés, comme c'est sûr, et traduits devant le tribunal révolutionnaire, il n'y aura pas de puissance humaine qui les tire de là.

— Il y a la mienne. J'entre à Marseille pour les sauver, et quand il faudrait pour cela mettre le feu aux quatre coins du port et de la ville, je le ferai. Je ne sortirai pas vivant, ni mon équipage, ni vos hommes, ni vous, qu'on ne m'ait rendu ma chaloupe, mon second et mes matelots. Mettez-vous bien ça dans la tête. Je l'ai dit. Et je n'ai qu'une parole. »

Il se roulait presque devant moi, joignant les mains et pleurant comme un veau.

« Mais que voulez-vous que je fasse, mon cher monsieur le capitaine? C'est au-dessus de mon pouvoir! Ils sont là des milliers armés jusqu'aux dents, toujours soûls; et ce ne sont plus des hommes, mais des tigres! Que voulez-vous faire entendre à des tigres?

— Je suis bien fâché, je lui dis, mais il me faut ma chaloupe. Arrangez-vous, mais il me la faut. Fallait pas vous mettre avec cette canaille. Et vous venez encore vous jeter dans mes pattes! C'est-il moi qui vous ai dit de venir à mon bord? »

Puis, tout en disant ça, mon cher ami, je voyais trop combien ce misérable avait raison, et j'étais inquiet de ma chaloupe! Oh! bien inquiet! Sans doute je tenais ce gredin et sa troupe et il ne dépendait que de moi d'en faire ce qu'il me plairait : mais leurs camarades de Marseille se soucieraient-ils d'eux assez pour entrer en arrangement avec moi?

« Dans le cas où tu te trouves, je me disais, si tu fais la moindre bêtise, y a pas à t'imaginer que tu pourras t'y reprendre pour le réparer. D'ici vingt-quatre heures, il faut que tu aies agi, sans te tromper une fois, et que tout coup porte. Que faire, mon Dieu? »

Dans cette terrible incertitude, mon cœur se tourna tout naturellement vers ma sainte patronne, et, tendant les bras vers la montagne de Notre-Dame de la Garde, je lui adressai cette prière :

« Sainte bonne Mère, ma respectable patronne, vous pour qui j'ai toujours brûlé de l'amour le plus pur et le plus sincère, vous voyez dans quelle position je me trouve. Je suis votre serviteur le capitaine Marius Cougourdan : vous me connaissez bien ; vous m'avez vu pas plus haut que ça ; vous savez que je n'ai jamais manqué en aucune occasion de vous témoigner mon respect et ma confiance. Dans tous mes dangers je vous ai appelée à mon secours, et vous n'avez jamais manqué de me tirer de peine, à preuve que me voilà devant vous en bonne santé, moi, mon équipage, et ce beau navire qui porte votre saint nom ! Mais tout ce que vous avez fait ne servirait de rien si vous m'abandonnez dans l'extrémité où je suis. Vous voyez, c'est par courage et par obéissance que mon second et mes matelots sont allés se fourrer dans ce port de Marseille, où une populace sans lois et sans religion va les exterminer si vous n'y mettez ordre. Moi et mon équipage, nous ne refusons pas de risquer notre vie et même celle des autres pour aller délivrer nos camarades. Inspirez-moi, conseillez-moi, nous sommes à votre commandement : s'il vous plaît que je fasse tout sauter dans Marseille, donnez-moi de la poudre tant que vous voudrez, sainte bonne Mère, et je le ferai sauter avec la plus entière obéissance. Mais rendez-moi ma chaloupe, je vous en prie, rendez-la-moi ! Si vous me la rendez — et je me mis à genoux, — je jure sur les cendres de ce coquin que vous voyez là trembler devant vous — c'est pas de moi qu'il a peur, c'est de vous, — que je ferai un pèlerinage nu-pieds, portant un cierge de six livres et un bouquet de roses, avec tout mon équipage de même, dans votre chapelle de Notre-Dame de la Garde, là! Je le ferai aussitôt que ce sera possible, vous m'entendez? Dans un an, dans dix ans, dans vingt ans, comme je le ferais dans deux heures si Marseille n'était pas au pouvoir de ces huguenots. »

Mon bon ami, ayant récité douze *Pater* et douze *Ave*, je fis le signe de la croix. A l'instant même je vis comme dans un rêve ce que j'avais à faire. Je fis descendre mon prisonnier dans ma chambre, et, m'étant appuyé le coude sur la table, le front dans la main, voici ce que je lui dis :

« Je vais appareiller pour entrer dans le port de Marseille. Le canot de la Santé va venir pour nous visiter : vous me ferez donner la libre pratique.

« Je ne veux pas amener mon pavillon blanc.

« Je ne veux pas que les forts me tirent dessus quand je passerai sous leurs batteries, à moins que ce ne soit pour me saluer.

« Où se tient le tribunal révolutionnaire?

— Sur le port, à la Bourse, me dit-il.

— Eh bien, j'irai aborder là devant. J'ai besoin de poudre pour ma sûreté : vous en ferez immédiatement apporter vingt barils, en secret. Voilà du papier, des plumes et de l'encre : vous allez écrire vos ordres.

« Maintenant, comme il ne faut pas qu'on se doute que vous faites tout ça par force, vous allez écrire à ceux de là-bas, comprenez bien, que c'est moi qui suis votre prisonnier, que vous avez capturé mon bâtiment et que vous amenez en triomphe votre prise dans le port de Marseille. Nous allons embarquer vos hommes, on démontera la platine de leurs fusils, on cassera la pointe de leurs sabres et de leurs baïonnettes, et ils auront l'air de monter la garde autour de mes matelots, qui feront comme s'ils étaient prisonniers. Vous, vous vous tiendrez sur la dunette, avec vos bottes, votre sabre et votre panache, et vous commanderez la manœuvre; je vous soufflerai. Vous ne descendrez pas à terre. Vous direz que vous restez à bord pour faire des perquisitions et écrire tout. Voilà. Après, nous verrons. »

Il se mit à l'ouvrage. Il écrivait très vite et très bien. Oh! il faut être juste : il était bien laid et bien canaille, mais il avait une écriture superbe. Comme je lui en faisais compliment — pour l'encourager un peu, vous comprenez, mon cher ami, car il en avait grand besoin, — il me dit en se rengorgeant que ce n'était pas étonnant, car avant d'être représentant du peuple il avait été pendant trois ans clerc chez le plus gros huissier d'Aubagne. Arrivé à son rapport, il eut le front de leur raconter qu'il était monté à l'abordage, le sabre d'une main et le pistolet de l'autre; que nous nous étions défendus, mais que, quand nous avions su qu'il venait au nom de la République une et indivisible, nous avions été frappés de terreur et avions demandé grâce. C'était si drôle que, malgré le sérieux de la position, je ne pus m'empêcher de rire. Et il rit encore plus fort, lui, sans doute pour me flatter.

Quand il eut fini, je le regardai un peu plus doucement.

« Allons! lui dis-je en lui tapant sur l'épaule, voilà qui va bien. Ça serait-il drôle si vous alliez vous tirer de celle-là! Patience, nous verrons bien. Maintenant, pas un mot à vos hommes, ni aux gens de la Santé, que je vois arriver là-bas à force de rames. Je ne vous prends pas en traître : au premier mot,... Vous m'entendez? »

Je fis alors embarquer les gens du canot. On leur prit leurs armes, qu'on mit hors d'usage, après quoi on les mit en faction pour rire auprès de mes matelots, qui faisaient les prisonniers. Les agents sanitaires sautèrent à bord; on me donna la libre pratique, et le commissaire de la République remit au patron des lettres pour les autorités des forts et de la ville, le menaçant des peines les plus terribles si ces lettres n'étaient pas, avant une demi-heure, remises à leur adresse.

Tout étant ainsi préparé, je montai sur ma dunette, je pris mon porte-voix et je fis appareiller pour entrer dans le port.

A six heures dix minutes, la pomme de mon beaupré dépassait la tour Saint-Nicolas. Il n'y avait plus à s'en dédire. Je fis un signe de croix en me recommandant une dernière fois à la bonne Mère, et je donnai l'ordre de porter l'amarre à terre.

A peine avions-nous dépassé les forts que ma première pensée, naturellement, fut pour ma chaloupe. C'était facile, il ne manquait pas de place pour regarder. Ce port, que j'avais laissé quelques mois auparavant couvert de navires, était presque désert : on aurait dit qu'un vent de mort avait passé par là. Savez-vous combien il y avait de canots allant et venant? Deux! Pas un navire respectable : contre le Vieux-Port, trois ou quatre misérables felouques; et sur le quai opposé, peut-être une dizaine de bateaux de pêche et pas vingt canots en tout.

J'eus beau chercher, je ne pus découvrir ma chaloupe. Qu'étaient-ils devenus?

Mais un autre spectacle me força bien de regarder ailleurs. Les parapets des forts, l'escalier de la Joliette, tout le quai, étaient couverts d'une foule énorme qui criait en agitant des chapeaux et en brandissant des sabres, des piques et des fusils. A mesure que nous approchions du quai, je distinguais mieux leurs visages, leurs gestes, leurs accoutrements et leurs cris.

Ma parole, on aurait dit des fous furieux ou des diables! Ils levaient les bras, ils se serraient les mains en tournant les yeux au ciel; d'autres riaient, d'autres pleuraient, d'autres dansaient en rond, et puis lançaient leur chapeau en l'air, et puis se jetaient dans les bras de leur voisin ou de leur voisine.

Quant à leur costume, on n'aurait pas pu dire si c'étaient des brigands ou des masques; beaucoup avaient une longue veste rouge; la plupart portaient une espèce de bonnet rouge relevé en avant et déchiqueté par derrière; d'autres, des mouchoirs à tabac, des casques, des chapeaux montés. J'en vis un qui était coiffé d'une mitre d'évêque, avec un tablier de taffetas vert sur le dos; un autre avait mis une chasuble de prêtre et la faisait voler avec ses bras en dansant. Il y avait autant de femmes que d'hommes, et armées comme des soldats; une, presque nue, avec une espèce de blouse jusqu'au milieu de la cuisse, sans bas ni caleçon, rien! les pieds dans de petites bottes, les cheveux épars, un bonnet rouge campé sur l'oreille, portait un fusil en travers du dos, un tambour sur le ventre, et ran, plan, plan, en tapait sans s'arrêter.

Ils chantaient. J'ai su quoi, depuis : la Marseillaise et Ça ira, ça ira! Ce Ça ira, mon cher ami, c'était le plus hideux : je ne pouvais pas croire que ce fût du français ni du patois. En braillant ça, les yeux leur sortaient de la tête, leurs figures se crispaient comme des mufles de chiens; ils montraient les dents, ils suaient, ils bavaient, et le dedans de leurs gueules était si rouge qu'on aurait dit qu'ils allaient vomir du sang!

A mesure que le navire approchait, les cris et les gambades redoublaient. Ils se poussaient à qui serait le plus près du bord, et quand ils virent à quel endroit nous allions mouiller, ils s'y portèrent en foule et préparaient déjà des planches pour sauter à bord.

« Pour ça non, par exemple, dis-je au commissaire de la République, qui depuis notre entrée n'avait pas cessé d'être à côté de moi sur ma dunette, donnant tout haut les ordres que je lui dictais. Vous vous arrangerez comme vous voudrez, mais sachez bien, pour votre gouverne, qu'il y a un matelot avec une mèche allumée dans la soute aux poudres; que mes hommes sont à leurs pierriers et à leurs caronades, et que si ces gens-là font seulement mine de mettre le pied sur mon navire, je tire dessus. Donnez d'abord ordre de stopper, et arrangez-vous. »

Le pauvre gredin était fort embarrassé.

Enfin il prit le parti de monter sur l'avant, et, ayant salué la foule, lui fit un discours d'une demi-heure peut-être, criant toutes les cinq minutes : « Vive la République! » A quoi les autres répondaient en hurlant et en agitant les chapeaux et les armes.

Autant que je crus comprendre, il leur dit qu'il était fier d'avoir sauvé la République une et indivisible en capturant un vaisseau chargé de cons- pirateurs et de traîtres, heureux d'avoir bravé la mort pour défendre les droits sacrés et im- prescriptibles du peuple français, touché du glo- rieux accueil qu'ils lui faisaient, et aussi impa- tient qu'eux de voir châ- tier les coupables : mais que ces coupables appar- tenaient à la justice ré- volutionnaire; qu'il ne voulait pas quitter le navire avant d'avoir fait ses perquisitions et in- terrogé les accusés pour rassembler les preuves du complot, et que, comme il lui fallait le secret, il interdisait toute communication entre le port et mon navire, et que quicon- que enfreindrait cette défense serait considéré comme suspect, et comme tel traduit avec nous devant le tribunal révolutionnaire.

« Qu'une garde de trente défenseurs de la patrie, continua-t-il, se place en faction ici, et que tout citoyen qui ten- tera de s'approcher du navire soit à l'ins- tant arrêté et mis aux fers en attendant son jugement.

Aussitôt on vit se détacher plus de cent individus armés qui firent reculer la foule et lui ordonnèrent de se disperser. Il commençait à faire nuit; c'était l'heure du souper, presque tout ce monde disparut, et le quai devint désert, à l'exception d'une cinquantaine de gens armés, qui se mirent à se promener de long en large, les uns d'un côté, les autres de l'autre, en marquant le pas comme des sentinelles. A sept heures et demie le navire était mouillé.

Je fis aussitôt amener dans ma chambre le commissaire, et je lui dis :

« Vous allez à l'instant même faire reconduire à mon bord ma chaloupe, mon second et mes hommes, et ayez soin qu'il n'y manque ni un cheveu ni un bout de

« Ayant salué la foule, il lui fit un discours. »

corde! Et puis mes vingt barils de poudre, tout de suite.

— Mais, mon cher monsieur le capi- taine, me dit-il, s'ils sont dans les cachots du tribunal révolutionnaire, on ne voudra pas les lâcher.

— Ah çà! je n'entre pas dans tout ça ; il me faut ma chaloupe. Prenez garde à ce que vous faites, entendez-vous? Vous savez que je ne suis pas patient.

— Mais si on me refuse?

— Il vous en cuira, c'est tout ce que je peux dire. Cherchez, que diable! Qui veut peut. Voyez-moi plutôt : si on m'avait dit ce matin que je serais ce soir dans le port de Marseille, en pleine Terreur, plus en sûreté que le commissaire de la Convention envoyé à mon bord pour m'arrêter, moi-même je ne l'aurais pas cru. Tirez-vous de là. Si vous n'étiez pas un païen, vous demanderiez conseil à la sainte Vierge.

— A la sainte Vierge? répondit-il d'un air presque railleur.

— Ah! mon bon, faites bien attention de ne pas rire quand Marius Cougourdan prononce le nom de la sainte Vierge! Vous ne ririez pas une seconde fois, au moins en ce monde! Mais, gredin, tu ne vois donc pas que ta vie tient à un fil, que dans une heure, que dans un quart d'heure, que dans cinq minutes peut-être, tu vas paraître devant ton juge! Y a pas de République, là-haut, hé!

« Va, tu n'es qu'un imbécile. Je vais vous dire, monsieur le commissaire du diable, ce que tu as à faire. Vous allez écrire que vous avez besoin des autres conspirateurs pour les interroger, et qu'il faut les amener à mon bord, sans oublier ma chaloupe.

« Quant à la poudre, envoyez-la chercher sous prétexte de la porter au fort Saint-Nicolas, et dites qu'on vous l'amène d'abord afin que vous soyez bien sûr qu'on a fait la commission. Vous avez là ce qu'il faut d'hommes parmi ces factionnaires qui montent la garde. »

Le misérable ne se le fit pas dire deux fois. Il écrivit les ordres, on appela un factionnaire, et deux patrouilles se mirent en marche, l'une vers la prison et l'autre vers les Récollets, où on avait un magasin de munitions.

La patrouille revint peu après. On refusait de laisser sortir les prisonniers : il fallait un ordre du Comité de salut public.

En apprenant ce refus, le commissaire crut sa dernière heure arrivée. Dans la peur qui le tenait, il écrivit une lettre si épouvantable au gardien de la prison, donnant ordre aux soldats de l'arrêter et de la remener lui-même s'il refusait, que ce guichetier eut peur à son tour, et à huit heures seize minutes, mon cher ami, mon second et mes matelots rentraient à bord.

Vous pensez comme on les reçut! Le second me raconta qu'à peine embossé entre les deux felouques génoises, il avait vu arriver une telle foule de gens armés, les uns sur le quai, les autres sur des bateaux, qu'il n'avait pu songer à la moindre résistance. Sûr de périr s'il avait essayé de se défendre par les armes, il

avait pris le seul parti possible, gagner du temps. Car enfin, si mauvaise que soit une position, mon cher ami, du moment que c'est une question de vie ou de mort, rester en vie est encore quelque chose, n'est-ce pas? Il avait donc, après avoir montré ses armes et ses munitions, dit que s'il avait songé à se mettre en défense, c'était uniquement à cause des airs menaçants qu'on avait pris avec lui ; qu'il n'avait aucune mauvaise intention, et qu'on le verrait bien si on le menait devant les autorités. Les autres, qui ne demandaient que ça et qui n'avaient pas envie de recevoir de mauvais coups, avaient consenti avec empressement. La chaloupe, escortée par des embarcations armées, avait traversé le port, et, grâce aux soldats qui les entouraient, nos matelots avaient débarqué au milieu de la foule sans qu'on leur fît de mal, car on savait que c'était pour les mener à la guillotine. Le chef devant qui on les avait conduits leur avait simplement demandé leurs noms, et les avait envoyés en prison, leur annonçant qu'ils seraient jugés le lendemain, sans dire à propos de quoi.

L'arrivée de mon second et de ses matelots nous apportait un renfort de neuf hommes, qui me donnait à moi plus d'aise et à l'équipage un redoublement de courage. Je les mis au courant de notre position, et je fis connaître au second mon plan, avec ordre de le poursuivre si par malheur je venais à manquer.

La nuit était tout à fait noire lorsque nous entendîmes le roulement d'une charrette : c'étaient nos vingt barils de poudre qui arrivaient. Je fis monter le commissaire sur le pont, et il donna l'ordre d'acculer la charrette au bord du quai. Un quart d'heure après, les vingt barils de poudre étaient embarqués et descendus dans la cale à côté des autres.

Ah! fit Cougourdan avec un soupir de soulagement, voilà deux bonnes affaires de faites, hé? Il s'agissait maintenant de me faire rendre ma chaloupe, de voir ce que je pouvais faire de ma cargaison, et puis de m'en aller.

Le commissaire, que je fis amener dans ma chambre, nous promit que le lendemain dès le matin il enverrait reprendre ma chaloupe. Quant à ma cargaison, il commença par me dire que très probablement elle serait confisquée et mon argent aussi.

« Confisquée! lui dis-je en le regardant entre les deux yeux, vous voulez rire, je pense? »

Il paraît que j'avais l'air assez gai en

lui disant ça, car il baissa les yeux, devint
tout pâle et dit :

« Je disais ça pour plaisanter.

— Mauvaise plaisanterie. Me confisquer
ma cargaison et mon argent! *Digué li qué
vengué*[1]*!* Qu'ils viennent la prendre, hein,
second? »

L'état où je voyais Marseille ne me laissait guère entrevoir comment je pourrais
me débarrasser de ma cargaison. J'inter-
rogeai le commissaire sur les affaires et le
commerce : il ne me répondit que des
bêtises, prétendant que le port de Marseille n'avait jamais été plus florissant,
que tout le monde avait confiance, etc.
Comme il suffisait de regarder le port
pour voir combien cela était faux, je
résolus d'aller moi-même aux informations,
et je dis à mon homme que je voulais
descendre à terre, que j'entendais y circuler librement; qu'il allait me donner un
papier pour ma sûreté, et de prendre
garde que si on touchait à un cheveu de
ma tête, sa vie en répondait.

Il se mit à mon bureau et me donna une
lettre où il menaçait du tribunal révolutionnaire tous ceux qui ne laisseraient pas
passer, repasser et librement circuler...
ici il me demanda quel nom il fallait mettre.

« Hé, pardi! lui dis-je, mon nom donc! »

Il hésita un moment, mais enfin il se
décida, et, après avoir donné devant lui à
mon second des instructions à faire trembler pour le cas où il m'arriverait malheur,
je pris une paire de pistolets et je partis.

Il était huit heures du soir. La lune
éclairait, mais à tout moment de gros
nuages passaient dessus et faisaient tout
rentrer dans l'ombre. Les quais étaient
complètement déserts, seulement de temps
à autre je rencontrais une sentinelle
appuyée sur son fusil ou assise sur une
borne. Je parcourus tout le port sans
entendre un bruit et sans voir une lumière
à une seule fenêtre. Enfin, ayant tourné à
droite, j'arrivai par le travers de la Cannebière.

Il n'y avait pas un chat. Je ne pourrais
pas vous dire ce que je sentais à voir cet
air de mort après le tumulte effroyable de
la journée. Je me demandais si je n'avais
pas rêvé tout ça, si j'étais bien à Marseille,
si c'était bien moi...

Et puis, à mesure que je me rappelais
les événements de cette journée, je cherchais où pouvaient être passés ces démons
enragés que j'avais vus se démener en

hurlant; où ils étaient; ce qu'ils faisaient
à cette heure; comment ils avaient pu
s'arrêter de crier et de sauter; comment ils
avaient la patience d'attendre jusqu'au
lendemain pour recommencer; à quoi ils
passaient leur nuit; à quoi ils pensaient
s'ils étaient éveillés.

Que voulez-vous, mon cher ami, le
tigre lui-même a besoin de dormir pour
reprendre ses forces!

J'ai repassé plus d'une fois, depuis, sur
le pavé de la Cannebière, mais je n'ai
jamais manqué de frissonner.... Et tenez,
rien que d'en parler, j'en frissonne encore,
au souvenir de cette nuit du 25 février 1793!

A peine avais-je fait cent pas dans la
Cannebière que, là devant moi, au beau
milieu de la rue, je vis se dresser quelque
chose dont la forme m'était inconnue.

Dans l'état d'esprit où je me trouvais,
tout me faisait impression, et, voulant me
rendre compte de ce que ce pouvait être,
je m'approchai.

C'était une espèce de grand corps-mort
carré, et au-dessus deux mâts plantés
l'un à côté de l'autre et réunis par une traverse.

Je tournai de l'autre côté : il y avait une
échelle de quatre ou cinq marches.

Je montai par cette échelle et je me
trouvai sur une plate-forme.

Je pus alors examiner de près : les deux
montants n'étaient pas des mâts, mais des
poutrelles; au bas il y avait une grande
planche en deux morceaux, avec un trou
au milieu. Je levai la tête en l'air et je vis
qu'au-dessous de la traverse il s'en trouvait une autre plus épaisse. A ce moment
un rayon de lune vint frapper là, et un
triangle de fer poli étincela sur le fond
noir de l'ombre des maisons.

« Que diable ça peut-il être? » disais-je
en tournant autour de cette machine.

Et apercevant un petit anneau de cuivre
sur un des montants, j'y accrochai le doigt
et je tirai.

Pouk! je vois tomber devant mes yeux
un large éclair attaché à une masse noire,
et un coup sourd ébranle tout sous mes
pieds.

Je fais un saut en arrière, et je me remet-
tais à peine de mon saisissement, que je
sens une main de fer se poser sur mon
épaule, et une voix sèche me dit :

« Que fais-tu ici, citoyen? »

Je me retourne : c'était une espèce
d'adjudant. Derrière lui montaient deux
soldats portant une lanterne de ronde.

« Mais,... lui dis-je, je regardais ça.

---

1. En patois : « Dis-lui qu'il vienne! » terme
*e défi très usité dans la langue populaire.

— Ah! tu regardais ça! Apparemment tu ne connais pas ça, hein? Et tu as envie de faire connaissance avec ça? C'est ce qui pourrait bien t'arriver, et plus tôt que tu ne penses. Allons, marche! Tu t'expliqueras au district.

— M'emmener, lui dis-je, oh non! ce ne sera pas pour aujourd'hui. » Et je lui montrai mon laissez-passer. Après l'avoir longtemps examiné et fait voir à ses hommes, il finit par me dire d'un air de mauvaise humeur :

« Hon,... bon... Enfin,... puisque le commissaire t'a donné un laissez-passer, passe,

« Je pus alors examiner de près. »

passe, citoyen, mais ne recommence pas....

— J'ai donc fait quelque chose de grave en montant là-dessus?

— Grave,... grave,... il faudrait voir,... mais enfin suspect.

— Et pourquoi?

— Parce qu'on ne peut pas avoir de bonnes intentions quand on rôde à pareille heure sur l'instrument de la justice du peuple. Par ta coupable curiosité tu as failli ébrécher le glaive de la loi!

— La justice,... la loi,... le glaive? Qu'est-ce que c'est donc que ça sur quoi nous sommes? Je navigue depuis vingt-six mois, je débarque ce soir et je vous jure que je ne sais pas ce que c'est. »

L'adjudant, me plaçant sa lanterne sous le nez, me dit, en me regardant avec une attention singulière :

« Ah! très bien : vous ne pouvez donc être que le capitaine du navire qui est entré aujourd'hui dans le port?

— Oui.

— Avec un pavillon blanc?

— Oui.

— Et le commissaire de la Convention est à votre bord?

— Oui.

— Et il vous a donné ce laissez-passer pour que vous alliez à vos affaires?

— Oui.

— Et pour visiter les curiosités de la ville? Eh bien, puisque vous ne savez pas ce que c'est que ça, je vous le dis : c'est la guillotine. »

Je sautai à bas et je m'enfuis presque en courant jusque dans la rue de Noailles. Là je m'arrêtai un moment pour respirer, puis je repris ma marche, ne sachant plus où j'allais, et je ne faisais que répéter entre mes dents :

« C'est la guillotine! C'est la guillotine! C'est la guillotine! »

Je marchai ainsi longtemps, et tout à coup je me trouvai devant la porte d'Aix. Là un factionnaire m'arrêta encore, je lui montrai machinalement mon laissez-passer, il le lut et me dit que c'était bien. Ceci me changea un peu les idées, et, me remettant tout à fait, je me dirigeai vers la rue Saint-Ferréol, où était la maison de MM. Arnavon père, fils et Cie.

En y arrivant je trouvai tout fermé. Je sonnai plusieurs fois de suite sans obtenir de réponse. Au moment où je m'en allais, une femme qui rentrait dans une maison à côté s'approcha de moi et me dit :

« Vous demandez la maison Arnavon? Il n'y a plus personne. Ils ont quitté Marseille depuis plus d'un an. Ils sont à Carthagène. Leurs biens sont saisis et eux sont tous condamnés à mort. S'ils ne s'étaient pas sauvés, à l'heure qu'il est ils seraient tous guillotinés. »

Je dis à cette femme qui j'étais. Elle me fit entrer dans sa maison, où elle me raconta toutes les horreurs qui s'étaient passées à Marseille. Elle me nomma une infinité de personnes qui avaient été guillotinées, que je connaissais pour la plupart et dont plusieurs étaient de mes amis. Quant aux affaires, on n'en faisait plus. Il n'y avait plus d'argent, plus de crédit et, sauf quelques boutiques, toutes les maisons de commerce étaient fermées. Elle-même avait vu guillotiner son maître, gros négociant, et le fils de la maison, âgé de seize ans ; le reste de la famille s'était enfui en Italie et, toute pauvre et inconnue qu'elle fût, elle vivait dans la crainte continuelle d'être dénoncée, ce qui voulait dire condamnée à mort, car on n'épargnait pas plus les petits que les grands, et il suffisait d'un ennemi pour être envoyé à l'échafaud.

Je la quittai en lui souhaitant la protection de la bonne Mère, et je m'en retournai à mon bord, bien résolu à quitter Marseille le lendemain si je pouvais, pour aller à Carthagène avec ma cargaison retrouver MM. Arnavon.

Je rentrai sans faire de rencontre. La nuit se passa tranquillement, mais je ne fermai pas l'œil, et je crois que personne à bord, pour une raison ou pour une autre, ne dormit non plus. Dès le petit jour j'aillai réveiller le second, et nous décidâmes d'appareiller immédiatement coûte que coûte. Nous fîmes appeler le commissaire et je lui signifiai ma résolution.

« Voici le moment, lui dis-je, où tout va se décider pour vous et pour nous. Je ne sais pas ce qui va se passer, mais ne perdez pas de vue que, quoi qu'il nous arrive, vous partagerez notre sort. Je vous donne une demi-heure pour réfléchir aux moyens que vous pourriez employer : si d'ici là vous n'avez rien trouvé, nous sortirons de force à vos risques et périls. »

Il ne dit rien, mais pâlit un peu. Le fait est qu'il devait être assez embarrassé pour trouver une raison de nous faire sortir du port, lui qui était censé nous y avoir amenés pour nous livrer au tribunal révolutionnaire. Je le laissai et descendis dans ma chambre pour arrêter avec le second les derniers ordres à donner.

Nous étions là à causer lorsqu'un bruit de tambours et de cris venant du fond du port nous fit monter sur le pont, et nous vîmes s'avancer de notre côté un groupe d'individus à plumets et à écharpes comme notre commissaire, escortés de soldats et de gendarmes et suivis d'une foule armée.

Tout ce monde poussait des cris et faisait de grands gestes.

Je les voyais approcher, approcher. Bientôt je pus voir qu'ils nous désignaient de leurs poings, et enfin, lorsqu'ils furent à cent pas, il devint évident que c'était à nous qu'ils en voulaient. Je dis rapidement quelques mots à mon second, qui descendit aussitôt dans la cale avec quatre hommes, et ayant fait mettre le commissaire à l'avant, je lui dis de voir ce que c'était.

En l'apercevant, la foule se mit à hurler : « Le voilà, le voilà, le traître ! à mort ! à mort ! »

Et ils prenaient déjà des planches pour monter à bord. Mais les chefs qui étaient avec eux agitèrent leurs chapeaux pour marquer qu'ils allaient parler ; il se fit un silence, qu'on aurait entendu voler une mouche, et un des chefs, s'avançant au pied de ma poulaine, parla ainsi à notre commissaire :

« Citoyen, la ville de Marseille et l'univers ont admiré l'héroïsme que tu as déployé dans la mémorable journée d'hier en prenant à l'abordage, à la tête d'une poignée de volontaires et de défenseurs de la patrie, l'infâme vaisseau chargé de conspirateurs et de traîtres qui avaient, les insensés ! conçu le ténébreux dessein d'attaquer la République une et indivisible dans ce port, un de ses plus fiers asiles ! Mais quelle que soit notre confiance en ton patriotisme et ton inviolable dévouement à la liberté, je ne puis te cacher que des bruits fâcheux commencent à circuler sur ton compte. On s'étonne, avec quelque apparence de raison peut-être, de ton inexplicable obstination à ne pas mettre le pied hors de ce foyer de corruption et de complots, quand ton premier devoir aurait été, ce semble, de t'empresser d'aller déposer aux pieds du Comité de salut public les trophées de ta victoire et les preuves du complot. Il y a plus : on assure que tu aurais réquisitionné hier soir vingt barils de poudre pour le fort Saint-Nicolas, et que ces barils de poudre n'y seraient point arrivés. Tu as fait extraire, hier soir aussi, les prisonniers arrêtés sur la chaloupe, pour les confronter avec le reste des conspirateurs, et tu les gardes encore. Enfin il résulte d'un rapport de l'adjudant de ronde de la section de la Cannebière, que tu as donné un sauf-conduit au nommé Marius Cougourdan, capitaine des conspirateurs, qui a pu circuler impunément dans Marseille toute la nuit, et qui est malheureusement rentré à bord avant que les autorités, averties de sa présence, aient pu le faire arrêter,

Diable! je me dis en moi-même, il paraît que je l'ai échappé belle!

Citoyen commissaire, continua-t-il, ces citoyens, ce peuple généreux, justement alarmés de ces apparences, ont besoin d'être éclaircis de leurs soupçons. Leurs bras vengeurs sont levés pour punir les traîtres, mais tout prêts à s'ouvrir pour embrasser les héros! Vive la République! »

Un affreux hurlement répondit, et notre commissaire, s'avançant vers le bordage, agita son chapeau pour faire signe qu'il allait parler à son tour. On fit silence.

« Que diable allez-vous lui répondre? lui dis-je.

— Je n'en sais rien. Ce que vous voudrez. »

Il se mit à leur parler. Ce qu'il disait, je ne m'en souciais guère, mais je comprenais bien que le moment était venu de me perdre ou de me sauver, et je n'avais que quelques minutes. Tous ces gens-là étaient prêts à se jeter sur mon navire, et une fois qu'ils y seraient, il ne me restait plus qu'à me faire sauter.

Dans ce moment critique, mon cher ami, j'appelai à moi tout mon sang-froid et toute ma raison, et ayant calculé d'un coup d'œil ce que je pouvais faire, je résolus de descendre à terre avec quinze hommes d'équipage, laissant à bord le second et treize hommes, d'aller prendre le tribunal révolutionnaire, de l'emmener prisonnier et d'appareiller pour Carthagène.

Tout bien considéré, c'était le parti le plus sage. »

A ce moment du récit de Cougourdan, je ne pus m'empêcher de faire un saut en arrière et de lever les bras au ciel, incapable d'exprimer par des paroles ma profonde stupéfaction. Le capitaine me regarda un instant en souriant de son sourire de tigre en belle humeur, puis, fronçant le sourcil, serrant les dents et ouvrant ses deux mains :

« Je le fis. Et autre chose encore de plus fort, comme vous allez voir. En effet, me penchant vers mon commissaire, qui continuait à leur débiter de grandes phrases en faisant aller ses bras comme un moulin à vent, je lui dictai sa réponse, qu'il leur expliqua ainsi :

« Maintenant, citoyens, afin qu'il ne vous reste plus aucun doute sur ma loyauté, voici ma réponse. Oui, tout ce qu'on vous a dit est vrai : je ne désavoue aucun des actes que j'ai cru devoir accomplir, car il n'en est pas un qui n'ait été nécessaire

pour assurer le châtiment des conspirateurs en dévoilant leurs complots. Entrez au tribunal révolutionnaire, asseyez-vous au milieu du redoutable appareil de la justice du peuple, je vous y rejoins à l'instant, traînant derrière moi la troupe infâme des conspirateurs que vous allez frapper avec le glaive auguste des lois, et apportant les preuves irrécusables de leurs crimes et de leurs noires machinations. »

Des cris furieux répondirent à ce discours. Les chefs, escortés de leurs gardes et suivis par la foule, entrèrent dans la salle de la vieille Bourse, et je donnai aussitôt mes ordres pour le débarquement.

Je fis d'abord descendre les défenseurs de la patrie avec leurs fusils sans platine et leurs baïonnettes cassées, pour former la haie et faire reculer le peuple. Aussitôt ils furent rejoints par mes quinze matelots. On débarqua ensuite le commissaire; je me plaçai à côté de lui, nous nous mîmes en marche au milieu des huées de la populace, et nous entrâmes dans l'enceinte du tribunal, où les juges étaient déjà.

Après un instant de brouhaha, chacun prit place et la séance commença. Il y avait tant de monde qu'on n'avait pas refermé les portes, de sorte qu'on pouvait voir au dehors la foule qui s'agitait et les baïonnettes et les piques qui étincelaient au soleil.

Le président, prenant un papier, dit à haute voix :

« Appelez l'affaire des conspirateurs royalistes du vaisseau *Bonne Mère*. »

Un huissier, qui avait une petite voix d'eunuque, cria :

« Les conspirateurs royalistes du vaisseau *Bonne Mère*! »

J'étais assis à la gauche du tribunal, mes matelots autour de moi. Je me levai :

« J'ai à parler. Sous peine de la vie, que personne ici ne dise un mot ou ne fasse un geste, ou nous sautons tous en l'air. »

J'avais oublié de vous dire, mon cher ami, que sur mes quinze matelots, il y en avait six qui portaient en bandoulière, en guise de serinette, un petit baril. A ce moment ils s'étaient levés, avaient tiré de leur chemise un pistolet armé et en avaient fourré la gueule dans la bonde de leur baril.

« C'est des barils de poudre, dis-je en les montrant du doigt. Maintenant, vous comprenez, je ne vous demande pas ce que vous allez faire : je vous le dis. J'emmène à mon bord tout le tribunal révolutionnaire, jusqu'à ce gueux d'huissier qui s'est permis de nous appeler conspirateurs. Mon second est là avec vingt-six barils de poudre : si nous sautons il saute, et la moitié du port avec.

« Quant à vous autres, dis-je en me tournant d'un air majestueux vers les soldats et le peuple, que ça vous serve de leçon. Vous n'avez pas de honte, de vous laisser mener comme des moutons à la boucherie par ces quatre ou cinq coquins qu'il n'aurait tenu qu'à vous de tuer à coup de pied au derrière si vous l'aviez voulu! Voyez tous les crimes qu'ils ont commis : n'avez-vous point souci de votre âme, et ne savez-vous point que pour les y avoir aidés comme vous avez fait, vous grillerez en enfer si vous mourez sans qu'un prêtre soit là pour vous donner l'absolution? Dites-moi un peu, n'avez-vous point de honte? Mais vous êtes donc possédés du démon, que vous voilà devenus pires que des bêtes féroces? Comment, c'est des Marseillais, ça! Et des femmes, encore! Qu'elles ont mené leurs petits à ce sabbat, pécaïré! Voyez un peu si ce n'est pas abominable de voir celle-là — oui, toi, je te vois bien, gueuse! c'est à toi que je parle! — avec son pauvre petit enfant! C'est-il une éducation à donner à un pichoun comme ça? Mauvaise mère! Tu ne sais donc pas qu'il y a une sainte Vierge dans le ciel? Non, tu ne le sais pas! Eh bien, il t'en cuira, c'est moi qui te le dis, entends-tu?

« Lâches que vous êtes! voyez ce qu'un homme seul peut faire, et vous êtes cent mille dans Marseille contre une demi-douzaine peut-être de ces gueux-là. Vous me direz que j'ai beau jeu pour parler parce que j'ai trente-deux barils de poudre. Que n'en prenez-vous aussi? Allez aux Récollets, vous en trouverez par centaines. Faites comme moi, délivrez-vous. Aide-toi, Dieu t'aidera. Vous croyez que c'est moi qui ai trouvé le moyen? Vous croyez que si je n'avais pas demandé la protection de la bonne Mère j'en serais où j'en suis? Non, non, l'homme n'est rien sans la bonne Mère, et c'est pour l'avoir oublié que vous étiez tous là crevant de peur devant ces gredins, et que vous crevez maintenant de peur devant moi : et moi, pour m'en être souvenu, vous voyez comme je me suis tiré d'affaire!

« Que dites-vous de tout ça, hé? »

Je n'ai pas besoin de vous dire, je pense, quelle figure tout ce monde faisait? Vous voyez ça d'ici : ils n'étaient pas pâles, mais jaunes comme des citrons pourris.

Je restai un moment sans rien dire à les regarder. Vous me croirez si vous voulez, mon cher ami, mais là, vrai, leur peur me faisait honte!

« Aurais-tu cru, me disais-je en moi-même, que la lâcheté de l'espèce humaine pût tomber à ce point? » Quatre paroles et un peu de poudre! Je n'en revenais pas!

Mais tout à coup je pensai à mon vœu.

« Misérable pécheur que tu es, dis-je en faisant le signe de la croix, tu t'imagines dans ton fol orgueil que c'est ton courage qui a abattu la fureur de ces monstres, et tu ne vois pas la sainte Vierge qui du haut du ciel étend ses bras sur toi et fait ce miracle? Chapeau bas! je criai, et à genoux tout le monde! »

Alors, me mettant à genoux et les mains croisées :

« Sainte bonne Mère, je dis, puisque je vois que par votre miraculeuse protection vous avez autant dire sauvé, car peu s'en faut et je ne suis pas inquiet du reste, votre serviteur Marius; puisque me voilà, grâce à votre bonté, aussi maître après Dieu de toute cette canaille que je le suis à mon bord quand je commande : je vous ai dit que j'irais vous faire un pèlerinage aussitôt que ce serait possible : eh bien, c'est possible, et je ne me rembarque pas que je ne sois monté avec mon équipage à Notre-Dame de la Garde pour faire le vœu que je vous ai promis. Qu'on m'apporte des bouquets de roses, les plus belles qu'on pourra trouver, avec les feuilles tout en or, et seize cierges de six livres!

— On ne trouverait pas un cierge dans tout Marseille, cria une voix.

— Eh bien, qu'on m'apporte en place seize paquets de six livres de chandelles chacun. Maintenant, que tout le monde quitte la salle! »

Mon cher ami, jamais vous n'avez vu une pareille bousculade : en un clin d'œil la salle était vide. On retint seulement quatre gendarmes, qu'on envoya chercher des fleurs et les chandelles, et j'annonçai à mes prisonniers que j'allais partir pour Notre-Dame de la Garde.

J'ôtai mes souliers et mes bas; mon équipage en fit autant, et je forçai les membres du tribunal révolutionnaire à ôter leurs bottes. On plaça ces misérables au milieu des matelots porteurs des barils de poudre, et, les gendarmes ayant apporté ce que j'avais demandé, nous mîmes les bouquets à notre chemise, on alluma les chandelles en ayant soin de se tenir loin des barils de poudre, et nous partîmes.

Arrivé au bord du quai, la première chose que je vis fut ma chaloupe accostée au navire. Je dis au second ce que j'allais faire, lui donnant ordre de mettre le feu aux poudres si dans trois heures nous n'étions pas revenus, et, faisant le tour du port, nous gagnâmes la montagne de Notre-Dame de la Garde, où nous arrivâmes vers les neuf heures du matin.

Une foule immense nous suivait, mais à distance respectueuse, et s'arrêta au bas de la montagne, n'osant pas s'approcher.

Ah! mon cher ami, dans quel état je trouvai la chapelle! Tout avait été saccagé : l'autel était caché sous des tas de foin, et on voyait par terre les ordures que ces animaux y avaient faites! N'importe, nous nous mîmes à genoux et nous dîmes douze *Pater* et douze *Ave*, en baisant la terre à chaque fois.

Mon vœu était accompli. Nous déposâmes nos chandelles devant l'autel, et

« Une vieille femme était à genoux au bord du chemin. »

nous redescendîmes dans le même ordre, précédés à cinq cents pas par la foule, qui se sauvait en se retournant pour regarder.

Une seule personne eut le courage de s'arrêter sur notre passage : c'était une vieille femme. Elle était à genoux au bord du chemin et fit un signe de croix. Je reconnus celle à qui j'avais parlé la veille au soir. Je lui fis un clignement d'yeux, mais je ne lui dis rien, de peur qu'on ne lui coupât le cou quand je serais parti : c'était déjà bien assez de ce qu'elle faisait. Mais il faut croire que, ma foi, elle en était à ne plus même se soucier d'une vie aussi misérable.

Enfin nous arrivâmes devant mon navire. L'embarquement se fit avec toutes les précautions que vous pouvez penser, et quand tout fut paré, je regardai à ma montre : il était dix heures dix-sept minutes.

Je rassemblai mes prisonniers :

« Il ne tiendrait qu'à moi, leur dis-je, de vous anéantir tous, et je sais que je rendrais par là un fameux service à mon pays. Si je ne suivais que mon envie, ce serait fait à l'instant : mais si peu que vaille votre misérable carcasse, elle peut me servir encore, et je la garde pour la sûreté de moi et de ces braves matelots dont je réponds devant Dieu. Si je vous tuais, ces autres là-bas n'auraient plus la crainte de vous voir revenir et ne me ménageraient pas : alors je serais forcé de commencer par me défendre, ce qui n'est pas possible, et de finir par me faire sauter, ce que je dois éviter si faire se peut.

« Donc vous allez écrire que je vous emmène pour ma sûreté jusqu'à quelques milles en mer; que là je vous débarquerai dans votre canot — et je le fis, mon cher ami; — que vous serez de retour dans quelques heures; que si, pendant tout le temps que vous serez à mon bord, il est fait quoi que ce soit contre mon navire vous serez tous pendus. Voilà.

« Maintenant je vais appareiller. Mettez à ma disposition les gens et les embarcations dont j'ai besoin pour sortir du port. Je hisse mon pavillon blanc, et les forts le salueront de vingt et un coups de canon en l'honneur de Notre-Dame de la Garde. »

Une heure après, nous passions sous les forts au bruit du canon. Mais le port n'avait plus le même aspect qu'à notre entrée : il n'y avait pas une âme sur les quais, pas un canot; la ligne des parapets des forts, absolument déserte, coupait le ciel aussi net qu'une lame de couteau : on aurait dit une ville enchantée.

Quand nous fûmes hors des passes et que le navire, s'inclinant sur le côté, commença de prendre le vent, je me tournai vers Notre-Dame de la Garde et je lui dis :

« Je vous remercie, bonne Mère, vous m'avez tiré d'un grand danger, mais croyez bien que je ne l'oublierai jamais, et que c'est entre nous à la vie et à la mort! Allez! prenez patience, tout cela ne durera pas toujours, et votre sanctuaire renaîtra plus brillant et plus vénéré que jamais, parce que tant qu'il y aura des matelots sur la mer, il y aura au ciel une sainte Vierge pour les protéger dans le péril. »

Je ne me mentais pas, hein? dit Cougourdan en me montrant de la main la montagne de Notre-Dame de la Garde. Tous ces gens si terribles qui faisaient trembler Marseille sont là-dessous, — et il frappa du pied la terre, — et ils rôtissent dans le feu de l'enfer, tandis que vous, ma belle sainte patronne, vous êtes revenue plus brave et plus puissante que jamais! »

Il se rassit, pencha son front sur sa main et parut se recueillir. Il se souvenait... ou il priait....

VIII

Le Bouquet.

Un matin vers six heures, au moment où j'étais plongé dans la plus intéressante et la plus douce des occupations qu'un mortel puisse goûter ici-bas, c'est-à-dire au moment où je dormais de tout mon cœur, la porte de ma chambre s'ouvrit avec fracas. Je me réveillai en sursaut et je vis le capitaine. Il fit en long et en large quelques pas tragiques, tira son immense foulard jaune et rouge et le fit voltiger trois ou quatre fois dans les airs, après quoi il le remit dans sa poche, s'approcha de mon lit, me considéra un moment d'un air hagard et, me posant sa large main sur l'épaule :

« Comment avez-vous passé la nuit, mon cher ami? » cria-t-il d'une voix de tonnerre.

Et, sans attendre ma réponse ni même paraître s'en soucier, il se laissa tomber, la tête basse et les bras pendants, sur une chaise au pied de mon lit.

« Très bien, merci, lui répondis-je en bâillant et en me détirant.

— Merci de quoi? dit-il comme sortant d'un rêve.

— Vous me demandez comment j'ai passé la nuit : je vous réponds que je l'ai très bien passée et je vous remercie de votre bienveillant intérêt.

— Il s'agit bien de mon bienveillant intérêt! s'écria-t-il en se dressant debout et en recommençant à se promener à grands pas dans la chambre, il s'agit qu'il faut vous lever tout de suite. Je suis amoureux!

— Amoureux! criai-je en me mettant sur mon séant. Et de qui?

— De la princesse géorgienne.

— De la princesse géorgienne! Miséricorde! il va y avoir du grabuge dans Marseille! »

Et je sautai à bas du lit avec autant de hâte que s'il se fût agi de courir à un incendie.

Pour faire apprécier la portée et l'étendue des bouleversements et des catastrophes dont l'éventualité s'était instantanément déroulée à mes yeux au seul nom de la princesse géorgienne, quelques détails ne seront pas inutiles sur cette femme, aussi extraordinaire dans son sexe que Cougourdan pouvait l'être dans le sien. Ces détails donneront la mesure des légitimes appréhensions qui devaient m'agiter à la pensée de voir ces deux formidables puissances prêtes à en venir aux mains sur le plus brûlant des champs de bataille.

L'incomparable créature qui venait de faire éclater comme une bombe le cœur du capitaine Cougourdan était un de ces êtres à la fois exquis et dévorants que la nature ne produit qu'à de longs siècles d'intervalle. Elle les fait naître dans des régions fantastiques, à des époques chevaleresques, dans une de ces accalmies qui de temps à autre font trêve un instant aux platitudes et aux grossièretés de l'histoire réelle des empires. Et alors, au milieu de l'enthousiasme et des acclamations des peuples, on les voit pareils à des comètes, s'élever tout étincelants et décrire un orbe lumineux dans le ciel de l'idéal.

Je crois pouvoir vous assurer que les phrases ci-dessus, dont je n'essayerai pas de contester la pompe et l'éclat, ne sont que le cérémonial strictement indispensable pour annoncer, avec les honneurs qui lui sont dus, l'entrée en scène de l'héroïne de ce véridique récit.

Le 17 mars 1828, jour de jeudi, vers trois heures trente-six minutes environ, un yacht d'une finesse inouïe et d'une envergure démesurée entrait à pleines voiles dans le port de Marseille. Au moment précis où il passait par le travers de la grande tour du fort, un coup de sifflet partit du pied de son mât, et son immense voilure se replia comme les ailes d'un oiseau, laissant se découper sur le ciel les profils d'un gréement si fantastiquement léger qu'on eût dit des fils d'araignée tendus sur une baguette de fée.

Par une coïncidence qui étonna beaucoup les spectateurs amenés là par leur bonne fortune, le milieu du port se trouvait entièrement libre ; aucun navire n'arrivait, aucun n'appareillait en ce moment ; il n'y avait pas une embarcation, pas un chaland, par une gabare en mouvement dans le port, et le yacht, s'avançant majestueusement par la seule impulsion de sa vitesse acquise, arriva jusqu'au milieu du port et, à un coup de sifflet, laissa tomber son ancre.

A l'instant même, des palans de l'arrière où elle était suspendue, une embarcation d'acajou verni, aussi longue qu'une chaloupe et aussi mince, ou peu s'en faut, qu'un couteau, descendit à la mer. Un seul rameur y était assis, tenant les avirons droit en l'air. A peine l'embarcation eut-elle touché l'eau que le rameur, bordant ses avirons, cria de larguer, et, ayant contourné le navire, se dirigea à force de rames vers l'embarcadère de la Cannebière.

Par un nouveau hasard non moins étrange, l'embarcadère était absolument libre, et il ne s'y trouvait pas un seul des nombreux bateaux de promenade qui sont toujours amarrés en cet endroit.

A quinze pas de l'embarcadère, une calèche découverte attelée de quatre chevaux isabelle, avec trois laquais et un cocher en livrée de velours noir à aiguillettes d'or, épaulettes à graines d'épinard, chapeau monté à plumes et glands d'or, était arrêtée, la portière de droite ouverte et le marchepied baissé. Au bord du quai, un majordome en habit, veste et culotte de satin noir, jabot, manchettes, souliers à boucles, claque sous le bras et canne à pomme d'ivoire à la main, se tenait dans une attitude théâtrale et cérémonieuse. Un chasseur de six pieds, disparaissant sous les galons, les baudriers, les brandebourgs, les plumets de son chapeau et les ébouriffements de sa barbe et de sa chevelure, était planté immobile à une distance respectueuse du majordome et lui faisait face.

Nous n'avons aucune raison de dissimuler que ces coïncidences et cet appareil, se produisant au moment précis où le yacht entrait dans le port, n'étaient point l'effet d'un pur hasard. Des ordres venus de fort loin et de fort haut avaient prescrit les dispositions nécessaires pour « assurer la libre entrée du port à un certain yacht qui devait se présenter le 17 mars 1828, à trois heures trente-six minutes environ, à l'entrée du goulet ». En exécution de cette dépêche arrivée par télégraphe, le capitaine de port avait mis embargo sur tous les navires et toutes les embarcations, et de trois heures trente à trois heures trente-cinq minutes, une paralysie générale avait, par ordre, suspendu tout mouvement dans le port, où l'on avait enlevé les chaînes et les bouées qui auraient pu se trouver en travers de la marche du yacht.

Pour ce qui était de la voiture, des laquais, du majordome et du chasseur, leur réunion sur le même point n'était pas non plus fortuite.

Trois jours auparavant, on avait vu arriver à l'hôtel d'Orient une chaise de poste amenant le majordome. Il avait retenu, au prix de mille francs par jour, tout le premier étage, tous les combles et la moitié des cuisines de l'hôtel. Sur ce prix de mille francs devaient être compris la fourniture des provisions de bouche et des vins pour un maître et douze domestiques ainsi que le logement et la nourriture de huit chevaux. Quant au service et à la cuisine, cela ne regardait pas le maître de l'hôtel d'Orient. Le lendemain avaient paru trois fourgons, portant : le premier, la garde-robe ; le second, le service de table ; le troisième, douze domestiques de sexes variés et de nationalités tellement panachées que leur arrivée eut tout l'imprévu d'un débarquement de masques. Enfin, le surlendemain, la calèche, avec les laquais et le chasseur, était entrée dans la cour de l'hôtel.

On peut se faire, d'après ces détails qui d'ailleurs s'étaient répandus dans tout Marseille, une idée de l'anxiété palpitante avec laquelle la population, réunie presque au complet sur la Cannebière, dévorait des yeux l'embarcation à mesure qu'elle approchait du quai. Approcher du quai est trop peu dire, car elle volait sur l'eau, et deux minutes étaient à peine écoulées lorsque le rameur, ayant débordé d'un seul coup ses deux avirons, mit un pied sur l'avant du canot, l'autre sur le bord du quai, repoussa le canot au large et s'arrêta, promenant sur la ville et sur la foule le plus beau et le plus doux des regards qui aient jamais brillé dans cette ville, laquelle est cependant renommée, et à bon droit, je vous le jure, pour produire les plus beaux yeux de l'univers !

Un hurlement d'admiration, rugi par cent mille hommes, s'éleva d'un bout à l'autre du port et de la Cannebière ! Le rameur, ce personnage mystérieux, si magnifiquement annoncé, était une femme !

Mais quelle femme ! Six pieds de taille, mince comme un roseau ; avec cela une grâce de jeune fille, une dignité de reine, une beauté d'ange, un esprit de démon, un courage de héros : tout cela exprimé si clairement dans son regard, que si quelqu'un, parmi les cent mille hommes qui la dévoraient des yeux, s'était avisé d'en douter un instant, il se serait fait écharper !

Quant à sa beauté, c'était le surhumain,

l'invraisemblable, l'impossible, si vous aimez mieux. N'espérez donc pas que je vous la décrive, puisqu'elle était indescriptible : je vous dirai seulement, à titre de renseignement très vague, d'esquisse très pâle, qu'elle était brune, mais d'un brun à reflets dorés ; qu'elle avait les yeux bleus, mais avec des lueurs vert-de-mer ; qu'elle avait la bouche moyenne, mais

procureur du roi ; puis le receveur général ; puis enfin M. le maire de Marseille, qui, avertis on n'a jamais su comment, venaient rendre leurs hommages à la dame et lui offrir leurs services les plus empressés. Tout ce que Marseille contenait de personnages considérables était venu se précipiter, dans les jours qui suivirent, aux pieds de la noble voyageuse, et au moment

Son costume n'était pas moins merveilleux que sa beauté.

avec des lèvres pourpres et des dents d'un blanc rosé ; que ses sourcils étaient nets comme un coup de pinceau de Raphaël ; qu'elle avait un nez droit avec de larges narines roses et palpitantes. Et, tenez, épargnez-moi le reste, car mon émotion ne me permet pas d'aller plus loin.

Son costume n'était pas moins merveilleux que sa beauté : c'était celui d'un marin grec, avec la calotte rouge, la veste et le gilet brodés, la jupe courte, la ceinture et les molletières, mais tout cela tellement enseveli sous les perles et les diamants, qu'on aurait dit le soleil. Elle avait à la ceinture deux pistolets et deux poignards étincelants de pierreries si éblouissantes qu'ici encore je suis obligé de m'arrêter faute d'expressions convenables.

En quatre pas elle fut à sa voiture ; en quatre sauts l'équipage arrivait à l'hôtel d'Orient et s'engouffrait, avec un roulement de foudre, sous la porte cochère.

Vers huit heures du soir on vit arriver le préfet ; puis le général ; puis l'évêque, puis le président du tribunal avec le

où commence ce récit, la moyenne des cas d'aliénation mentale déterminés par sa beauté foudroyante s'élevait à quatre par jour.

Comme si tout avait dû être extraordinaire dans cette créature sans précédent et sans pair, son nom, composé d'une trentaine de consonnes sans une seule voyelle, ne put jamais être articulé par aucune des lèvres marseillaises qui s'évertuèrent à le prononcer : on ne l'appelait donc que « la princesse géorgienne ». Cette appellation n'avait, du reste, d'autre portée que d'exprimer aussi hyperboliquement que possible l'enthousiasme du peuple de ses adorateurs, car elle était d'ailleurs sans aucune valeur géographique, la dame étant née à Djesk, aux bords du golfe d'Ormuz, dans ce paradis terrestre du Béloutchistan.

Comment et pourquoi elle avait quitté Djesk pour venir à Marseille, d'où elle venait, par où elle avait passé, et surtout ce qu'elle venait faire dans la cité phocéenne où sa présence mettait tout sens dessus dessous, voilà ce que personne ne pouvait dire; et sa vie, mélange indescriptible de magnificence et de fantaisie, ne faisait qu'embrouiller l'énigme et épaissir le mystère.

Le matin de très bonne heure, vêtue d'un costume de matelot des plus grossiers, elle montait dans son embarcation, allait inspecter son yacht et sortait ensuite dans la rade, où on la voyait tantôt ramer tout d'un trait jusqu'au château d'If ou à Pomègue; tantôt naviguer de crique en crique le long des côtes, descendre parmi les rochers et pêcher des crabes, des oursins ou des poulpes, pour son déjeuner; tantôt arrêter son canot au beau milieu de la rade et se livrer, au mépris des requins et des règlements, à des pleine-eau de deux ou trois heures.

Après son déjeuner elle visitait en grand équipage les églises, les couvents, les hospices, les orphelinats, laissant partout les marques de sa munificence et le souvenir ineffaçable d'une grâce et d'une majesté toutes royales. Est-il besoin de dire que là elle n'était pas en matelot, mais en dame riche et décente?

A trois heures précises elle rentrait à l'hôtel, s'habillait en amazone, et se rendait, par les allées de Meilhan, le Chapitre et Longchamp, au Jardin des Plantes, où elle mettait pied à terre. Elle marchait droit à un palmier qui, à ce qu'il paraît, ressemblait à s'y méprendre à un arbre de cette espèce sous lequel elle avait été allaitée par sa mère; elle pleurait pendant quelques minutes, s'essuyait les yeux, faisait quelques tours de promenade, puis remontait à cheval et repartait au triple galop pour Marseille. En descendant de cheval elle prenait un bain, dînait, et le soir elle recevait des visites.

Au surplus on ne pouvait pas dire, malgré l'excentricité de sa vie, que la princesse géorgienne fût une aventurière, car elle avait, au vu et au su de tout Marseille, une lettre de crédit de trois millions sur les messieurs Arnavon.

Telle était l'étrange et merveilleuse personne que s'avisait d'aimer le plus étrange et le plus merveilleux des capitaines marins que Marseille ait jamais vu naître dans ses murs.

On comprendra donc comment ce fut d'une voix tremblante d'émotion que je dis au capitaine :

« Mon pauvre ami, avez-vous réfléchi à toutes les conséquences qu'une pareille passion peut avoir pour votre repos? Songez... »

— Réfléchir! me dit-il d'un air stupéfait,

je m'en serais bien donné de garde : quand j'ai senti que ça me prenait, j'ai sauté à bas de mon lit pour venir vous trouver. Réfléchir! mais si j'avais réfléchi une minute, elle serait peut-être, qui sait? à l'heure qu'il est, enlevée et embarquée à mon bord !

— Enlevée? Embarquée? Qui?

— Eh! pardi, la princesse géorgienne, donc! Non pas, diable! que non pas! je me suis dit : ça pourrait manquer, après tout, et voilà pourquoi j'ai voulu d'abord venir vous conter l'affaire.

— Ma foi, mon cher capitaine, je vous avoue que je suis fort embarrassé pour vous donner un conseil....

— Un conseil? Hé! mon cher ami, ce n'est pas ce que je vous demande. Qu'est-ce que vous me conseilleriez? De laisser ça là? Jamais de la vie!

— Cependant un homme ne doit pas se livrer aveuglément à ses passions, et....

— Ah bon! me dit-il en se mettant les deux poings sur les hanches, en voilà une forte, par exemple! Pourriez-vous me dire pourquoi je ne me livrerais pas aveuglément à mes passions? Du moment que je suis à terre, qu'est-ce qu'on peut me dire? Ah! si j'étais en mer, ah! à mon bord, ah! ça pourrait me faire faire quelque bêtise. Mais ici, que je sois amoureux d'une femme, après? Est-ce que c'est défendu, dites, d'aimer une femme? Est-ce que vous ne trouvez pas celle-là assez jolie? Hé! trooûn de l'air! croyez-vous qu'on dira pour ça dans Marseille que le capitaine Marius Cougourdan a mauvais goût? »

Et il pirouetta sur ses talons en faisant claquer ses doigts, puis il reprit :

« Je vous dis que celle-là me convient, et je vous dis que jamais je n'en trouverai une pareille. Ainsi, qu'elle s'arrange, il me la faut. Maintenant, le tout est que ça lui convienne : mais moi, vous comprenez, ça ne me regarde pas. Elle n'avait qu'à ne pas me rendre amoureux. Moi je n'y suis pour rien. Mais à présent que c'est fait, y a pas à s'en dédire, et.... »

Le capitaine fit vers moi trois pas comme un tigre, me saisit le bras, approcha sa figure de la mienne, et, me soufflant son haleine brûlante, il ajouta avec une espèce de râle sourd :

« ... Je l'aurai ! »

Ce cri de bête fauve suffisait à m'avertir que toute tentative d'apaisement, dans l'état où je voyais le capitaine, eût été folie de ma part. Je baissai donc la tête sous l'orage et je me bornai à dire à Cougourdan :

« Parlez; que voulez-vous de moi?

— Je veux que vous me la fassiez voir! »

J'avoue que malgré toute mon amitié pour le capitaine, ou plutôt à cause même de cette amitié, l'idée de mettre un si étrange cavalier en présence d'une dame de cette volée me causa une véritable épouvante. Comment un homme aussi absolument étranger aux usages du monde pourrait-il éviter le ridicule d'une pareille présentation, et, une fois ce mal fait, quelle

me vois pas? Sans ça, je serais allé tout bonnement lui faire ma visite comme les autres, et, tenez, peut-être que je n'en serais pas tombé amoureux. C'est de l'avoir vue de loin, d'avoir entendu toutes les histoires qu'on raconte sur elle, et puis de l'avoir vue galoper sur ce cheval. Enfin voilà. Ce qui est bien sûr, c'est qu'elle ne ressemble à personne. A force de penser à elle et à tout ce qu'elle fait, je n'ai pas pu m'empêcher de croire qu'elle a un secret. Car enfin pourquoi est-elle venue

« On la voyait pêcher des crabes. »

issue restait-il au formidable roman qui bouillonnait déjà dans le cœur du capitaine?

Je ne pus m'empêcher de faire un mouvement d'effroi. Cougourdan le vit, et, m'ayant un instant considéré, la tête penchée de côté, il me dit d'un ton ferme et posé :

« Mon cher ami, je vois ce que vous pensez : ce n'est pas difficile à voir et c'est justement parce que je pense comme vous que je suis venu vous trouver. Vous ne demandez pas mieux que de me rendre service, mais vous craignez que cette belle dame ne se moque de moi en me voyant fait comme je suis.

— Oh! lui dis-je en l'interrompant, pouvez-vous croire...?

— Laissez donc! c'est tout juste, pardi! Hé! croyez-vous que je serais en rage comme vous me voyez, si j'étais frisé et pommadé comme un de ces mirliflors qui lui font la cour? Vous croyez que je ne

à Marseille? Pour quoi faire a-t-elle un yacht de cette tournure? Pourquoi fait-elle le matelot? Pourquoi répand-elle partout des charités dans un pays où elle est étrangère? Ma parole, on dirait qu'elle a juré de rendre Marseille folle. Tous les autres y sont allés, pourquoi je n'irais pas aussi, moi? Hé! trooûn de l'air! j'en vaux bien un autre, moi, et s'il s'agissait de sauter à l'abordage d'un vaisseau anglais, je voudrais voir quelle figure ils feraient, les autres, et ce qu'elle dirait, elle, si elle me voyait à l'ouvrage! Cette femme aime la mer, puisqu'elle navigue pour son plaisir : eh bien, quand je causerais avec elle de mer et de marine, croyez-vous que ça l'ennuierait tant que cela? En voit-elle beaucoup, de ces mirliflors, qui aient tué des krakens, des tigres, des mouches noires, et qui aient pris tant de frégates, de corvettes et de goélettes anglaises, sans compter les navires marchands? Bah! une femme ne me fait pas tant peur que cela, après tout, et je ne vois pas pourquoi une femme aurait tant peur de moi. Au surplus c'est dit, et si vous me refusez le service que je vous demande, je ne prendrai conseil que de ma sagesse, et... arrivera ce qu'il pourra ! »

La sagesse du capitaine Marius Cougourdan ! il me menaçait de sa sagesse ! J'en eus le frisson.

Et tout aussitôt, chose étrange, je ne pus m'empêcher d'être frappé des considérations bizarres par lesquelles il avait essayé de justifier la folie apparente de sa candidature. Le fait est qu'à moins qu'on ne supposât cette femme tout à fait folle, une personne aussi haut placée dans le monde devait absolument avoir de très graves motifs pour agir comme elle le faisait, et qu'en choisissant Marseille pour y séjourner dans ces conditions, elle venait sûrement y préparer ou y poursuivre quelque entreprise mystérieuse. Aussi fut-ce sans hésitation aucune et même avec une espèce d'élan que, prenant la main du capitaine, je lui dis :

« Eh bien, puisqu'il en est ainsi, à Dieu va-t'! Ce soir ou demain vous serez présenté à la princesse géorgienne. Mais vous savez, à vos risques et périls, comme vous dites !

— Ça va de soi, pardi ! me répliqua-t-il en me serrant la main d'un air entendu. Mais vous viendrez bien avec moi la première fois ?

— Je n'ai rien à vous refuser, vous le savez bien. »

Mais au moment où j'allais sortir, une inquiétude amicale me fit arrêter. Je me demandai si la toilette habituelle de Cougourdan n'était pas de nature à jeter quelque désarroi dans les relations de bonne amitié qu'il allait essayer de nouer avec une femme vivant dans tous les raffinements du luxe. Je lui fis part de mes craintes, en y mettant tous les ménagements possibles. Après m'avoir écouté avec beaucoup d'attention, il fit deux ou trois tours dans la chambre en claquant des doigts. Je craignis qu'il n'eût mal pris la chose :

« Ce que je vous en dis, cher capitaine...

— Hé ! pardi, je vous en remercie, et c'est le conseil d'un bon ami. Mais, voyez-vous, tout bien considéré, je me présenterai tel que j'ai coutume d'être. Si je m'avisais de m'affubler, comme vos beaux messieurs, d'un habit vert à queue de morue, avec un pantalon collant de nankin et des escarpins, j'aurais l'air d'un chien habillé et je me ferais moquer de moi...

quoiqu'ils en aient l'air aussi, eux, moi je trouve ! Non, non, j'irai habillé à mon goût : et, ma foi, si cette dame n'est pas contente d'un habillement que je trouve assez beau pour quand je vais faire mes dévotions à Notre-Dame de la Garde, *digué li qué vengué !* »

Le soir même, grâce à mes relations avec la maison Arnavon, la visite du capitaine Marius Cougourdan était annoncée à la princesse géorgienne, qui fit répondre qu'elle l'aurait pour très agréable.

Le lendemain, à quatre heures, nous entrions dans le salon de la princesse. Sa beauté, vue de près, était encore plus merveilleuse que je ne l'avais pu en juger en la voyant passer dans la rue.

Elle était vêtue d'une longue robe de velours noir à manches pendantes, serrée à la taille par une espèce d'anneau d'or mat fermé d'une boucle noire où étincelaient des caractères mystérieux formés de gros diamants. Elle avait les cheveux pendants sur les épaules et soutenus sur son front par un mince bandeau d'or uni.

Du haut de sa grande taille elle inclina la tête en nous montrant des sièges vis-à-vis d'elle ; nous nous assîmes et la conversation commença.

« J'ai été fort heureuse, capitaine, d'apprendre que vous vouliez me faire l'*honneur* de me rendre visite.

— L'honneur est pour moi, madame, répliqua Cougourdan avec un sourire gracieux et un geste arrondi, et j'y ai de plus un grand plaisir, car j'avais une grosse envie de vous connaître. C'est bien naturel, vous êtes si belle !

— Et vous bien galant, capitaine !

— Madame, nous autres de Marseille, nous nous connaissons en jolies femmes. Toutes nos femmes sont jolies, ici, vous avez bien pu le voir. Moi, j'ai beaucoup navigué et je n'en ai trouvé nulle part qui les vaillent. Mais vous, ah ! vous, ça, y a pas à dire, il faut baisser pavillon. Vous aimez la mer ?

— Oh ! capitaine, c'est la grande passion de ma vie.

— A la bonne heure, voilà ce qui s'appelle avoir de l'esprit ! Si toutes nos belles dames faisaient comme vous, les voyages ne seraient pas si tristes et les équipages si difficiles à mener.

— Hum ! hum ! fis-je en écrasant le pied de Cougourdan.

— Capitaine, dit la princesse, vous n'êtes pas un inconnu pour moi. Je sais quels exploits vous avez accomplis dans nos dernières guerres avec les Anglais.

Votre nom appartient à l'histoire, et je suis, je vous le répète, fort honorée de votre visite. On m'a beaucoup parlé aussi de votre navire : il est digne de celui qui le commande, et....

— J'espère bien, dit le capitaine, que vous viendrez le visiter?

— Avec le plus grand plaisir!

— Il faut venir déjeuner à mon bord, hé?

— Très volontiers.

— Vous devez vous y connaître, car vous avez vous-même un yacht!

— Oh! une embarcation de plaisance....

— Peste! vous appelez ça une embarcation de plaisance! Avec une embarcation de plaisance comme celle-là, si on me donnait un bon équipage et quelques caronades, je me chargerais bien de faire des promenades en mer qui ne seraient pas des promenades de plaisance pour les Anglais! Et qui vous le commande, votre yacht?

— Moi-même, répondit en souriant la princesse;

« Capitaine au long cours! » s'écria Cougourdan.

métier comme deux vieux loups de mer.

La visite se prolongea pendant près de deux heures. La princesse accepta pour le surlendemain un déjeuner de garçons

je suis capitaine au long cours : j'ai passé mes examens et j'ai un brevet en règle.

— Capitaine au long cours! s'écria Cougourdan en se levant et en ouvrant les bras, mais alors vous êtes un matelot pour de vrai! »

Et, se précipitant vers la princesse, il lui donna une double poignée de main et s'assit à côté d'elle.

La glace était rompue. La conversation s'engagea entre les deux capitaines, et ce fut pour moi une scène charmante de voir ce triton et cette sirène causer ensemble de leurs campagnes et de leur

à bord de la *Bonne Mère*, Cougourdan, un dîner pour le jour suivant à bord du yacht, et il fut de plus convenu qu'au premier jour de mauvais temps il ferait faire à la princesse une promenade en rade dans la chaloupe de la *Bonne Mère*, qui était une chaloupe sans pareille.

Dans les jours qui suivirent, tout s'exécuta comme il avait été convenu. Une effroyable bourrasque arriva comme à point nommé pour favoriser, si j'ose ainsi parler, la promenade que Cougourdan avait offerte à la princesse.

Le bruit de cette galanterie marine avait

attiré une foule énorme de curieux, qui assistèrent à l'embarquement et allèrent se masser sur la place de la Major pour suivre les péripéties de cette promenade insensée. On eut là un spectacle dont les vieux matelots de Marseille se souviennent encore et dont ils ne peuvent parler sans frémir. Mais ce qui mit le comble à l'admiration des spectateurs, ce fut de voir sortir du port, en même temps que la chaloupe et la suivant presque bord à bord pour lui porter secours au besoin, la *Bonne Mère* elle-même, montée par le second et exécutant, les unes après les autres, par une des mers les plus épouvantables qu'on eût vues devant Marseille, les moindres évolutions de la chaloupe.

Lorsque Cougourdan, trempé comme un phoque, débarqua sur le quai de la Cannebière, ayant à sa droite la princesse ruisselante d'eau et à sa gauche le second à demi noyé, une immense acclamation s'éleva dans les airs.

« Vive la princesse! vive le capitaine Marius Cougourdan! cria le peuple. Té! faut qu'ils se marient ensemble, puis! »

Quoique la dernière partie de ces cris se fût confondue dans le chœur de toutes les voix qui s'élevaient en même temps, et ne fût pas arrivée aux oreilles des deux personnes qu'elle intéressait le plus, le vœu qu'elle exprimait ne fut pas perdu pour une partie du public, et dès le soir, à ce que j'ai su depuis, le mariage du capitaine Cougourdan avec la princesse était chose convenue entre les répétières et les portefaix du port.

Huit jours s'étaient écoulés depuis la première visite de Cougourdan à la princesse. Il l'avait eue à déjeuner à son bord, il avait dîné à bord du yacht, il avait fait avec elle sa « promenade » en rade, et il y était retourné une fois : il l'avait donc vue en tout cinq fois. Chaque soir il venait me rejoindre au café, nous allions nous promener sous les Allées, et là il me donnait des nouvelles de son cœur.

Que n'ai-je pu écrire mot à mot, à mesure qu'il me les débitait, les folies que lui inspirait sa passion! Cet amour-là ne ressemblait pas plus à l'amour ordinaire que le capitaine Marius Gougourdan ne ressemblait aux hommes ordinaires : c'était un mélange de fureurs de lion et d'attendrissements de colombe, avec des soubresauts et des surprises, avec des labyrinthes de naïvetés et de roueries, qui vingt fois en une minute me donnaient tour à tour envie de rire ou de pleurer. Au fond il souffrait, mais malgré ses rugis-

sements on voyait qu'il était emporté par l'élan d'une indomptable espérance. Il était vraiment superbe dans ces moments-là, et je n'ai jamais mieux compris la puissance de l'amour et ses épouvantes.

Et en même temps, chose admirable qui le relevait encore à mes yeux, c'était ce bon sens, ce sang-froid, que rien ne pouvait altérer et qui, à travers le désordre de son âme et de ses sens, le conduisait vraiment, dans cette incroyable entreprise, par le chemin le plus sûr et le plus droit.... Il me semblait le voir à son bord, calme au milieu de la tempête, gouvernant son navire vers un point que seul il pouvait deviner au delà de l'horizon. Car, tout bien considéré, il n'avait pas fait une seule faute, et plus cet étrange roman se développait, plus il devenait évident qu'il y avait là un mystère : quels que fussent les projets de la princesse, l'empressement de Cougourdan auprès d'elle ne semblait pas de nature à les contrarier, car elle l'accueillait toujours avec une distinction marquée.

Quinze jours encore se passèrent. Cougourdan ne dormait plus, ne mangeait plus, et, sans être pâle, ce que sa peau cuivrée rendait impossible, il était positivement moins rouge. Plus le temps marchait, plus la situation devenait inquiétante; malgré toute ma confiance dans la sagesse fantastique du capitaine, je ne pouvais m'empêcher de craindre que l'aventure où il s'était si follement embarqué ne le conduisît en fin de compte à quelque désespoir et par conséquent à un coup de tête.

« Voyons, capitaine, où en sommes-nous? Cette situation ne peut durer. Que comptez-vous faire pour en sortir?

— Ce que je compte faire? C'est bien simple : je la demanderai en mariage.

— En mariage!

— Oui, c'est décidé. Cette femme, voyez-vous, si je ne l'épouse pas, j'en perds la tête! Vous ne pouvez pas vous faire une idée de ce qui se passe en moi. C'est clair que sans elle la vie m'est insupportable.

— Mais enfin lui avez-vous parlé de votre amour?

— Té! pardi, je crois bien, que je lui en ai parlé!

— Que lui avez-vous dit?

— Hé! je lui ai dit : « Madame, savez-vous ce que vous devriez faire? Vous devriez m'épouser! » Je lui disais ça, vous comprenez, pour voir ce qu'elle répondrait.

— Est-ce qu'elle s'est fâchée?

— Fâchée! j'aurais bien voulu voir ça, par exemple! Non, non, elle m'a regardé entre les deux yeux et m'a dit en souriant :

« — Vous, capitaine?

« — Et pourquoi pas? je lui réponds. « Est-ce que je ne suis pas capitaine comme « vous? Nous naviguerions tous les deux « ensemble, et moi je vous jure que ça me « ferait plaisir. Je serais votre second, si « vous vouliez : vous seriez à la fois mon « chef et mon épouse. La *Bonne Mère* « pourrait se vanter d'avoir un beau capi- « taine et moi une jolie femme !

« — Ah! vous voulez plaisanter, brave « capitaine, dit-elle en riant. Eh bien, je « vous répondrai, en plaisantant moi aussi, « que je n'ai aucun goût pour le mariage. « Je suis trop indépendante, trop impé- « rieuse, si vous voulez. Pour me décider « à me marier, il faudrait que je trouvasse « un homme comme il n'y en a point. »

Et elle se mit à parler d'autre chose.

« Voilà, continua Cougourdan, où nous en sommes. Vous voyez qu'elle a dit non, mais remarquez-vous qu'elle a dit : *en plaisantant?* Demain, je vais la voir. Hé!... »

Et, ayant regardé un moment dans le vague, il me serra la main et me quitta.

Le lendemain soir je le vis arriver tout agité.

« Eh bien? lui dis-je.

— Eh bien, je l'ai vue, et... il y a du nouveau. Je lui ai encore parlé de mariage ; je lui ai demandé pourquoi elle en est si ennemie.

« — Ennemie n'est pas le mot, m'a-t-elle « dit. Mais moi, pour me décider à donner « mon cœur à un homme, il faudrait que « cet homme-là fût absolument prêt à faire « tout ce que je lui ordonnerais : qu'il se « sentît capable de donner jusqu'à sa vie « pour m'obéir. Je voudrais encore, « ajouta-t-elle en faisant les yeux doux, « qu'il me prouvât — je ne sais comment, « ce serait à lui à chercher — qu'il est « capable de tout pour me plaire.

« — Mais enfin, madame, que faudrait-il « faire? Dites un peu, pour voir.

« — Oh! me dit-elle en calinant encore « plus, est-ce que je sais? C'est selon,... « satisfaire un caprice, savoir deviner un « désir....

« — Qu'aimez-vous? Qu'est-ce qui vous « plaît?

« — Mon Dieu, tout... et rien.... Ah! tenez, les fleurs....

« — Quelles fleurs? Dites, dites!

« — Pas les roses. Pas les tulipes. Pas « les pensées.... La fleur,... tenez, de « vanille.

« — La fleur de vanille? Ah! ça, ce n'est « pas facile. Il n'y en pas en France.

« — Il n'y en a pas en France? Bien « sûr?

« — Bien sûr, pardi.

« — Capitaine, dit-elle en se renversant « sur son sofa et en jetant d'un air de « mépris une rose qu'elle tenait à la main, « est-ce que vous ne trouvez pas que ce « doit être exquis de respirer un bouquet « de fleurs de vanille? »

En disant cela, mon cher ami, elle avait un regard si caressant que je faillis tomber à la renverse d'amour! Je ne répondis rien, mais je jurai en moi-même qu'elle aurait son bouquet, quand il me faudrait aller le lui chercher jusqu'au bout du monde.

Si tu lui promets, je me dis, et que tu ne puisses pas lui tenir, ça fera plus de mal que de bien. Vaut mieux te taire : si tu lui apportes son bouquet, elle en aura la surprise.

— Très bien, dis-je alors à Cougourdan, mais maintenant venons à l'essentiel. Vous dites qu'il y a du nouveau. Qu'est-ce qui s'est passé?

— L'essentiel? Du nouveau? répondit-il, hé ben! pardi, c'est ça. C'est la vanille.

— Comment! mon pauvre capitaine, c'est là ce que vous considérez comme si important? Parce qu'elle vous a dit en badinant qu'elle désire une fleur d'ailleurs introuvable, vous vous imaginez que vos affaires ont fait un grand pas! Oh! les amoureux!

— Un grand pas,... je ne dis pas qu'il soit fait, mais... on peut essayer de le faire. S'il n'y a pas de vanillier à Marseille, il y en a peut-être à Toulon. On peut chercher, ça n'engage à rien. Qui cherche trouve. On dit qu'il n'y a pas de vanillier à Marseille : qui le sait? Je vais d'abord m'en assurer : après, nous verrons.

— Mais en supposant, lui dis-je, qu'il y ait un vanillier à Marseille et que vous parveniez à le découvrir, encore faut-il qu'il soit en fleur.

— Commençons d'abord par trouver le vanillier. Après, nous verrons.

— Capitaine, lui dis-je en lui prenant les deux mains et en hochant la tête, vous êtes un grand enfant!

— Un grand enfant? Et vous un tout petit, entendez-vous, mon cher ami! Eh bien, je vous dis, moi, que j'ai plus de raison et de sagesse dans mon petit doigt que vous dans toute votre personne, entendez-vous? C'est vrai que je suis embarqué dans une affaire du diable, je ne dis pas non : mais j'y suis, et je dois faire tout ce qui dépendra de moi pour arriver à bon port. Je ne sais pas où je vais, je ne sais pas où la dame veut en venir : que voulez-vous que je fasse? Je marche à tâtons comme un aveugle : je sens une corde, je l'empoigne, et je ne la lâcherai pas que je ne sois au bout. Dans des positions pareilles, ne pouvant rien par vous-même puisque votre sort dépend d'un autre, il ne faut rien mépriser, faire attention à tout, et agir dans la plus petite chose avec autant de soin et de force que si tout en dépendait. Cette histoire de bouquet a l'air d'une badinerie de femme capricieuse, mais si vous l'aviez vue quand elle me jouait de la prunelle, vous ne pourriez pas vous empêcher de croire qu'il y a là-dessous, comme dans tout ce qu'elle fait et me dit, quelque arrière-pensée cachée.

— Au fait, dis-je au capitaine, vous avez peut-être raison. Allez de l'avant. Mais je crains fort que vous ne soyez forcé de renoncer à votre galanterie....

— Hé! nous verrons. Je vais aller d'abord au Jardin des Plantes, et si je ne trouve pas là ce que je cherche, j'irai parler au directeur et, d'après ce qu'il me dira, j'aviserai. Vous, de votre côté, informez-vous. »

Et il me quitta.

Le soir il revint. Il n'y avait pas de vanillier au Jardin des Plantes, et le directeur lui avait assuré qu'il n'en connaissait point à Marseille.

De mon côté je n'avais pas perdu mon temps, et je m'étais informé de toutes les personnes qui pourraient avoir des serres chaudes dans la ville ou aux environs. On m'avait indiqué un banquier grec, un juif très riche, et un vieux négociant marseillais qui, après avoir longtemps résidé en Hollande, en avait rapporté une grande fortune et une passion effrénée pour les tulipes et les orchidées.

Le lendemain matin nous commençâmes notre exploration. Le banquier grec et le juif n'avaient rien qui ressemblât à un vanillier. Lorsque nous demandâmes au banquier s'il croyait que le vieux négociant marseillais pût avoir cette plante, il nous assura, avec des marques non équivoques d'envie, que sa collection était pitoyable, que ses serres étaient mal tenues, et que certainement nous ne trouverions pas chez lui de vanillier; que, du reste, ce vieillard était bizarre et quinteux à l'excès,

très jaloux de sa serre, et ne laissait pénétrer personne chez lui.

« C'est bon à savoir », me dit Cougourdan à mi-voix; et ayant salué le banquier, nous allâmes chez le vieil amateur, qui demeurait au bout du Chapitre, à l'entrée de Longchamp.

Après avoir carillonné inutilement pendant un gros quart d'heure, Cougourdan se mit à heurter du pied contre la porte avec tant de force qu'une fenêtre du rez-de-chaussée s'ouvrit, et à travers la grille parut une espèce de valet. En l'apercevant, Cougourdan prit dans sa poche un louis et le montra à cet homme.

« Nous voulons voir M. Pierrugues, dit-il.

— Je suis bien fâché, mais mon maître ne reçoit personne.... »

Cougourdan tira un second louis de sa poche.

« Voilà pour toi, lui dit-il en faisant reluire les pièces d'or. Je suis le capitaine Marius Cougourdan, et monsieur que voilà est mon ami. »

La fenêtre se referma, deux ou trois verrous grincèrent et la porte s'ouvrit.

« Monsieur le capitaine, dit le domestique se préparant à refermer la porte, si je vous fais entrer, mon maître me renverra.

— N'aie pas peur, je te mettrai à l'abri. Mène-nous à ton maître.

— Il est dans sa serre.

— Justement, mène nous-y. »

Nous traversâmes le vestibule, un corridor, et au bout d'un salon merveilleusement meublé de chinoiseries et de curiosités de tous les pays, la porte de la serre s'ouvrit et nous aperçûmes le maître penché sur une tulipe qu'il examinait à l'aide d'une loupe.

En nous entendant entrer, il se retourna et poussa un cri d'épouvante.

« Monsieur Pierrugues, lui dit le capitaine en saluant jusqu'à terre, je vous souhaite bien le bonjour. Comment vous portez-vous?

— Mais..., balbutia le malheureux amateur.

— Vous ne nous connaissez pas, je crois, quoique vous auriez bien pu me rencontrer, car j'ai beaucoup navigué : mais j'ai désiré faire votre connaissance. Je suis le capitaine Marius Cougourdan, commandant le trois-mâts *Bonne-Mère*, du port de Marseille, et monsieur que voilà est mon ami.

— Monsieur, dit le vieillard se remettant un peu, votre nom ne m'est pas inconnu, mais je ne m'attendais pas..., car je ne reçois jamais personne....

— Monsieur Pierrugues, faut pas vous fâcher contre votre domestique : il ne voulait pas nous laisser entrer, mais j'ai forcé la consigne, parce que j'ai un grand service à vous demander. Pourriez-vous me dire où je trouverai un vanillier ?

— Capitaine, dit le vieillard avec un mouvement d'orgueil, il n'existe en Europe qu'un pied de vanillier, et c'est moi qui l'ai. Tenez, le voilà au-dessus de ce bassin. »

Cougourdan devint pâle d'émotion. Se précipitant sur le vieil amateur, il lui saisit les deux mains et lui dit :

« Ah ! vous me sauvez la vie ! »

Et s'arrêtant tout à coup :

« Mais au moins est-il en fleur ?

— Non.

— Quand y sera-t-il ?

— Demain. »

Il y eut un silence. Cougourdan, comme écrasé sous le poids de son bonheur, hochait la tête et secouait les bras en me regardant :

« Hé ben ! vous voyez, mon cher ami ! Quand je vous disais ! Monsieur Pierrugues, dit-il en se retournant vers l'amateur, il faut que vous me vendiez un bouquet de fleurs de votre vanillier. Je ne regarderai pas au prix. Mille francs est-ce assez ? »

M. Pierrugues leva sur Cougourdan un œil étonné.

« C'est pas assez ! Dix mille ? »

M. Pierrugues pâlissait.

Vous ne voulez pas pour dix mille ? Vingt mille ! Trente mille ! »

Monsieur Pierrugues serrait les poings. Il voulait parler, mais ne pouvait pas.

« Trente mille ne vous suffisent pas, M. Pierrugues ? Eh bien ! cent mille ! »

M. Pierrugues porta la main à sa gorge, se tordit pendant quelques instants comme un homme qui étouffe, et enfin, faisant trois pas en arrière, levant ses deux poings avec un geste de malédiction, s'adossa à son vanillier comme pour le couvrir de son corps et s'écria d'une voix étranglée :

« Vendre les fleurs de mon vanillier, du seul vanillier qu'il y ait en Europe ! Pas pour mille francs, pas pour cent mille francs, pas pour un million, pas pour cent millions, entendez-vous ! »

Et il se laissa tomber sur une chaise, pâmant et à demi suffoqué d'horreur.

Cougourdan était raide et immobile comme une statue. Je vis passer sur sa figure une de ces tempêtes qui présa-geaient chez lui quelque résolution terrible.

« Ah ! c'est comme ça, monsieur Pierrugues ? dit-il avec le plus grand calme. Vous ne voulez pas me vendre un bouquet de fleurs de votre vanillier ? C'est bien et je vous salue. Désolé de ne pouvoir faire affaire avec vous. »

Nous sortîmes, la porte se ferma sur nous.

Nous aperçûmes le maître penché sur une tulipe.

« Qu'allons-nous faire ? » dis-je à Cougourdan.

Il s'arrêta, jeta un regard rapide sur la porte de M. Pierrugues et sur les maisons avoisinantes, et, hochant énergiquement la tête, il tira sa montre et regarda l'heure.

« Il est onze heures et demie, dit-il lentement : demain, à trois heures un quart, la princesse aura son bouquet de fleurs de vanillier.

— Mais comment ferez-vous ?

— Ça, ça me regarde », dit-il d'un air sombre.

Il se mit à siffloter, et nous arrivâmes dans la ville, où je le quittai sur le Cours sans qu'il eût prononcé une parole.

Le lendemain, 20 avril 1828, fut un jour à jamais mémorable dans les annales de la cité phocéenne.

Dès le matin, inquiet des dispositions où j'avais laissé le capitaine, j'allai le chercher à son bord et à un pied-à-terre qu'il avait en ville : il était sorti depuis longtemps. Je le cherchai encore inutilement partout où nous avions coutume de nous retrouver. J'allai à mes affaires jusque vers deux heures, et je me disposais à rentrer chez moi en faisant un tour par la rue Saint-Ferréol, lorsqu'une rumeur lointaine arrivant du haut de la Cannebière attira mon attention. Les passants s'arrêtaient, je m'arrêtai aussi.

Quelques secondes à peine s'écoulèrent, et je vis passer devant moi, courant de toutes leurs forces, cinq ou six gamins couverts de sueur et de poussière, tels qu'on représente d'ordinaire les messagers, et qui, avec les gestes du plus profond désespoir, hurlaient ces mots :

« Le Chapitre est pris ! Le Chapitre est pris ! »

Et ils disparurent comme un rêve au milieu des tourbillons de poussière et suivis d'un cortège d'autres gamins qui se mettaient à courir à leur suite sans savoir pourquoi.

Tous tant que nous étions là, nous nous retournâmes les uns vers les autres d'un air ébahi, chacun interrogeant son voisin sans aucun succès, puisque personne ne savait rien.

Après quelques minutes de pourparlers aussi incohérents qu'infructueux, la foule massée sur les trottoirs commença d'onduler, puis il se fit un courant dans la direction des Allées, et tout ce monde, incapable de supporter plus longtemps l'angoisse où venait de le jeter le cri d'alarme des gamins, se dirigea au pas accéléré vers le Chapitre, lieu de l'événement.

Pour bien faire comprendre au lecteur combien étaient graves les faits que les gamins s'étaient spontanément chargés de porter à la connaissance du public, quelques éclaircissements ne seront pas ici hors de propos.

Ces petits drôles, qui joignaient à leur qualité de polissons la profession de négociants en hannetons, et qui faisaient beaucoup d'affaires avec les écoliers de la ville, étaient partis ensemble pour se rendre au Jardin des Plantes, où ils comptaient se procurer, en secouant les arbres, des marchandises de leur commerce. Ils s'en allaient, faisant à leur ordinaire toutes sortes de méchancetés et de sottises le long du chemin, lorsque, arrivés à peu près au milieu du Chapitre, ils trouvèrent en travers de la chaussée un matelot armé jusqu'aux dents et qui, se promenant en long et en large, paraissait faire sentinelle.

Au moment où les enfants arrivèrent près de lui, il s'arrêta, les regarda d'un air terrible, et leur dit :

« On ne passe pas ! »

A cette apostrophe inattendue, le chef des gamins, qui naturellement était le plus effronté, essaya de lever la tête en ricanant.

« On ne lève pas le nez comme ça, et on ne rit pas ! » dit le matelot.

A cette observation faite d'une voix sévère, les gamins se regardèrent entre eux d'un air effaré et dirent tous :

« Allons-nous-en !

— On ne s'en va pas ! reprit le matelot avec non moins d'aménité : il faut rester là. »

Et il fit reluire la lame effroyable d'un sabre qu'il brandissait de la main droite.

Mais un autre spectacle, bien fait pour ajouter à la surprise et à la terreur des gamins, vint paralyser en eux toute velléité de fuite ou de résistance. A quinze pas en arrière de la sentinelle, un groupe de sept à huit matelots armés jusqu'aux dents était posté au milieu de la chaussée, et de chaque côté les maisons qui bordaient l'avenue étaient occupées par d'autres matelots placés en vigie aux fenêtres et en sentinelle aux portes.

Sur ces entrefaites arriva un valet de ville qui s'en venait tranquillement, regardant de droite et de gauche si rien n'allait de travers sur le Chapitre. Ayant aperçu le matelot qui montait sa faction avec calme et régularité, il s'avança vers lui et lui demanda ce qu'il faisait là.

« Est-ce que ça vous regarde ? lui répondit le matelot d'un air de dignité offensée.

— Hé ! oui donc, que ça me regarde, que je suis valet de ville.

— Ah ! c'est bon. Je suis ici de faction.

— De faction ? Qui vous y a mis ?

— Quelqu'un qui a le droit de me commander.

— Vous n'êtes pas marin de l'État.

— C'est possible. En attendant, vous ne passerez pas.

— Comment ! je ne passerai pas ? Je m'en vais vous montrer....

— Non, vous ne vous en irez pas non plus : vous resterez là.

— C'est ce que nous allons voir, par exemple ! »

Et prenant ses jambes à son cou, le valet de ville s'enfuit pour aller avertir la police. Mais avant qu'il eût fait vingt pas, quatre matelots, sur un cri de la sentinelle, s'étaient élancés à sa poursuite et le ramenèrent à côté des gamins.

Quelques promeneurs arrivèrent, puis

une charrette, puis une voiture, puis des chevaux qu'on menait en main. Les uns s'arrêtaient sans réclamer, d'autres élevaient la voix, d'autres cherchaient à forcer la consigne : mais à mesure qu'il arrivait du monde, de nouvelles sentinelles venaient prêter main-forte à la première; peu à peu, en avant et en arrière du point occupé par les matelots, un encombrement de voitures et de piétons s'accumulait, si bien que ceux qui étaient derrière ne savaient que penser au travers des colloques et des injures qui s'entre-croisaient d'un cocher à l'autre et que les piétons échangeaient en se poussant et en se bousculant. C'est au moment où cette confusion était à son comble que les cinq gamins, se faufilant entre les roues des voitures, étaient parvenus à s'échapper et s'étaient répandus dans les rues de Marseille pour y semer l'alarme dans tous les quartiers.

Pendant que les gamins fuyaient vers la ville et que de nouveaux éléments de confusion venaient, sous forme de véhicules divers et de personnages plus ou moins effarés, s'accumuler contre les deux barrages qui interceptaient la circulation sur le point du Chapitre occupé, contre tout droit et toute convenance par ces marins qui, suivant l'observation judicieuse du valet de ville, n'étaient pas des marins de l'État, un nuage de poussière s'élevait à l'entrée du Chapitre, et à l'instant un des matelots placés en vigie à l'une des fenêtres des maisons envahies cria :

« Navire au vent! »

Un coup de sifflet perça les airs, et quinze matelots, le sabre à la main, marchèrent sur la foule et sur les voitures en criant :

« Que tout se range de côté! »

Merveilleux effet de la peur! en deux ou trois minutes, un passage s'ouvrait au milieu de cette masse tout à l'heure inextricable, et un cordon de sentinelles, s'alignant de distance en distance, maintenait l'espace libre.

Quelques minutes se passèrent encore. Tous les yeux se tournèrent du côté de la ville : on pressentait un événement!

Trois points noirs, du fond de l'avenue, grossissaient à vue d'œil. Bientôt on entendit d'abord un murmure, puis un bruit

régulier, puis un fracas, puis un tonnerre, et trois cavaliers, passant comme la foudre entre les deux haies d'hommes et de voitures qui bordaient le Chapitre, vinrent ventre à terre s'arrêter devant une maison.

Cette maison était celle de M. Pierrugues.

« On ne passe pas! »

Ces trois cavaliers étaient la princesse géorgienne, vêtue de son habit d'amazone, et deux grooms qui la suivaient.

La porte de M. Pierrugues s'ouvrit, et le capitaine Marius Cougourdan, revêtu de son habit bleu-barbeau à boutons d'or, avec son gilet de satin à fleurs, sa cravate bariolée, son pantalon de nankin, parut sur le seuil. Il était rasé de frais; il avait l'air souriant quoiqu'un peu animé. Il tenait d'une main son grand chapeau de castor gris, et de l'autre un pistolet. Il descendit les marches de la porte, fit trois pas vers la princesse et, lui montrant de son pistolet l'entrée de la maison :

« Madame la princesse, je vous ai écrit hier soir pour vous prier de vous arrêter aujourd'hui à trois heures ici, pour me donner occasion de vous offrir quelque chose que vous désirez. Si vous voulez bien prendre la peine d'entrer, je vais vous cueillir devant vous le bouquet de fleurs de vanille dont vous avez envie. »

La princesse sauta à terre, et Cougourdan, lui offrant galamment la main, la fit entrer dans le vestibule et de là dans la serre.

Là une scène inouïe attendait la noble capricieuse. Rangés à droite et à gauche du vanillier, dont les fleurs s'épanouissaient en touffes opulentes, douze matelots se tenaient debout, ayant chacun à la main un pistolet armé, le canon en l'air. Au pied d'un grand bananier tout enguirlandé de lianes, l'infortuné M. Pierrugues, assis sur un fauteuil de bambou de Chine, poussait des gémissements étouffés sous l'œil paternel de deux matelots qui ne le perdaient pas de vue. Les arbres les plus rares, les fleurs les plus merveilleuses, formaient des bosquets où l'on voyait voltiger des colibris et des oiseaux de paradis, tandis que, dans les vasques et les cascades des fontaines et des rocailles, nageaient des canards fantastiques et des poissons invraisemblables irisés de toutes les couleurs de l'arc-en-ciel.

« Daignez vous asseoir sous ce bananier, madame, à côté de ce bon M. Pierrugues, et vous allez voir comment le capitaine Marius Cougourdan fait quand il veut offrir un bouquet à une belle dame comme vous. »

Armant alors le pistolet qu'il tenait à la main, il visa posément la plus belle fleur du vanillier, pressa la détente, et la balle fit tomber la fleur, après quoi, continuant sa course, elle fracassa une vitre et sortit de la serre pour aller frapper contre une des maisons voisines.

Douze fois le capitaine, prenant des mains de ses hommes un nouveau pistolet chargé, recommença sa gracieuse cueillette, faisant voler à chaque coup quelque partie du vitrage ou de la charpente, tandis que du dehors autant de cris d'horreur répondaient à chaque explosion, personne dans la foule ne doutant qu'il ne s'accomplît en ce moment, dans la maison Pierrugues, quelque crime sans nom.

La princesse, pâle comme une morte, les mains crispées sur son fauteuil, assistait, sans dire une parole, à la fête effrayante qu'on célébrait en son honneur.

Quand la douzième fleur fut tombée, elle se leva, mit la main sur son cœur, dit d'une voix brève :

« Assez ! »

Et alors, marchant lentement, elle s'approcha du capitaine, tendit ses bras vers lui, lui prit la tête et le baisa au front.

A un geste de Cougourdan, on rendit la liberté à M. Pierrugues, qui, soutenu par son domestique, rentra dans ses appartements pour s'y rafraîchir des émotions de cette journée. Cela fait, Cougourdan con-

gédia ses matelots qui occupaient la serre, rassembla les douze fleurs qu'il avait fait tomber du vanillier, et les offrit à la princesse.

Celle-ci les mit à son corsage, et, prenant le bras de Cougourdan, sortit de la maison. Elle sauta en selle, lui envoya de la main un baiser en lui criant : « A ce soir ! » et s'éloigna vivement.

Pendant une heure ou deux encore il y eut foule sur le Chapitre, et puis peu à peu l'ordre et le calme se rétablirent, pendant que les témoins de ce mémorable événement se répandaient de tous côtés pour en propager les détails et les commentaires.

On peut juger de ce que je ressentis à ce récit plein d'horreur. Je ne pensai même pas à le révoquer en doute, sachant ce que je savais et connaissant mon homme. Mais cette fois l'affaire était des plus graves : il y avait eu violation de domicile, bris de clôture, séquestration de personnes, etc., etc., sans parler des dommages-intérêts, qui devaient s'élever à des sommes folles. La princesse, assistant à ces abominations avec l'aisance et le naturel d'une courtisane fêtée par un tyran, me paraissait ressembler fort à une aventurière. On assurait d'ailleurs que le parquet s'était ému de la chose, et que le procureur du roi et le juge d'instruction s'étaient transportés sur les lieux de l'attentat pour y procéder à une information criminelle contre Cougourdan et son équipage.

J'en étais là lorsque je vis entrer le capitaine.

« Malheureux ! criai-je en levant les mains au ciel, qu'avez-vous fait ? »

Il s'arrêta un instant, les bras croisés, me toisant de la tête aux pieds d'un air de triomphe.

« Voilà une belle affaire ! continuai-je avec la plus vive animation ; ce soir peut-être vous serez en prison, vous et votre équipage ! »

Cougourdan hocha la tête, haussa les épaules en souriant et parla ainsi :

« Voulez-vous que je vous dise, mon cher ami ? vous n'entendez rien aux affaires vous autres de terre ; vous vous arrêtez à des bêtises de rien du tout, et faute de savoir faire une bonne folie quand c'est à propos, votre vie se passe à tout ménager autour de vous et à ne rien attraper qui vaille la peine. Si j'avais demandé l'avis du tiers et du quart, à droite et à gauche, je n'aurais jamais fait ni la traite ni la course, je n'aurais pas pris de navires

QUAND LA DOUZIÈME FLEUR FUT TOMBÉE, LA PRINCESSE SE LEVA.

aux Anglais et à tant d'autres, et je ne serais pas le capitaine Marius Cougourdan, dont le nom est célèbre et redouté sur toutes les mers du globe! Cette fois-ci encore, si je vous avais écouté, j'aurais dû, de crainte de contrarier ce bon M. Pierrugues et de fâcher le procureur du roi, laisser les fleurs de vanille où elles étaient et inviter la princesse à s'en brosser le ventre! J'aurais été un joli coco, après, et m'aurait-on assez tympanisé dans Marseille en se moquant de moi! A mon âge, mon cher ami, un amoureux, faut qu'il fasse rire ou qu'il fasse peur : et quand on rit de moi, ça me rend triste. Tout extravagant que soit ce que j'ai fait, c'était encore le plus sage, et pour forcer la princesse à découvrir son jeu il n'y avait pas d'autre moyen qu'un éclat. J'ai trouvé l'occasion du bouquet, je l'ai prise. Et maintenant voulez-vous savoir si j'ai eu raison? Donnez-moi un cigare, asseyez-vous là et écoutez. »

Il alluma son cigare et me raconta ce qui suit :

« Tout ce qu'on vous a raconté est vrai. Seulement il faut que vous sachiez que si j'ai fait occuper la rue et les maisons d'alentour et forcé les passants à attendre que j'eusse fini mon affaire, c'était pour éviter que ces gens, en traversant devant la maison ou en se mettant à leurs fenêtres pour voir ce qui se passait, ne vinssent à recevoir quelque balle échappée de la serre : vous voyez donc ce que j'en ai fait, c'était pour leur bien. Maintenant, comme je ne voulais pas être dérangé et que j'aurais été désolé d'avoir quelque bataille avec les gendarmes, soyez juste, il fallait bien empêcher les passants de s'en retourner à Marseille avertir la police : j'ai donc été forcé de les prier de rester là un moment. Vous voyez que ça encore, c'était pour le bien de la paix et par respect pour l'autorité. Mais sitôt que j'ai eu fini, j'ai laissé passer qui a voulu, oh! pour ça, qui a voulu.

Vous voyez donc que dans tout ça y a pas de quoi fouetter un chat. Je payerai ce que j'ai cassé à M. Pierrugues et à ses voisins, je leur donnerai ce qu'ils me demanderont pour la peine que je les ai tenus enfermés quelques minutes, et tout sera dit. Mais maintenant vous allez savoir le reste.

Le soir, comme elle m'y avait invité, je suis allé voir la princesse.

Savez-vous comment elle m'a reçu? En me sautant au cou! Quand elle m'a eu assez embrassé à sa fantaisie, elle m'a fait asseoir,

et, calmant le désordre de ses idées, elle m'a parlé en ces termes :

« Brave capitaine, quoique la renommée m'eût dit ce que vous êtes, j'avoue qu'elle ne m'en avait pas assez dit, et que votre caractère vous place vraiment au-dessus de tous les hommes que j'ai connus.

« Ma conduite à Marseille et avec vous aurait pu vous sembler inexplicable, et je ne me dissimule pas que je suis sortie bien des fois de la réserve que mon sexe m'aurait imposée. J'ai vu avec plaisir que, seul de tous vos compatriotes, vous avez dès le premier jour su deviner que quelque puissant motif me commandait d'agir comme je le faisais en foulant aux pieds toute retenue. »

Ici elle rougit, mon cher ami, et poussa un soupir, puis elle continua :

« Ce motif, je vais vous le révéler, et alors, quand vous saurez tout, vous apprendrez ce que j'attends de vous et quelle récompense je vous réserve.

« Je suis née à Djesk, dans le Béloutchistan. Mon père, qui était un grand seigneur de ce pays-là, avait une superbe bastide au bord du golfe d'Ormuz. Un jour que nous étions bien tranquilles dans notre jardin, prenant le frais devant la maison, une bande de corsaires turcs, qui avait débarqué dans le voisinage, paraît tout à coup, nous enveloppe, tue mon père, ma mère, mes frères, ma nourrice et jusqu'à mon pauvre chien, et m'emmène dans sa barque.

« Un mois après j'étais vendue comme esclave sur le marché du Caire et emmenée à Constantinople, où l'on m'acheta pour le sérail du Grand Seigneur.

« Après huit mois de cette vie je réussis à m'échapper sous le déguisement d'un eunuque que j'avais intéressé à mon sort, et je revins à Djesk, où je recueillis mon immense fortune, résolue à m'établir en Europe pour me venger des Turcs, à qui j'ai voué une haine mortelle. Si je puis les exterminer tous, je le ferai.

« A peine arrivée à Paris, j'ai appris que toutes les puissances chrétiennes préparent une expédition pour aller délivrer la Grèce du joug des mahométans. Je me suis mise aussitôt en rapport avec le gouvernement français. J'ai commencé par lui offrir trois millions pour contribuer aux frais de l'expédition.

« Mais ceci ne suffisait pas à contenter ma haine. J'ai résolu de prendre moi-même une part active à la guerre, et, à cet effet, après m'être mise en état de passer mes examens de capitaine au long cours, je me suis fait délivrer des lettres de marque, et telle que vous me voyez, je suis corsaire régulièrement commissionné par le gouvernement français, car j'ai fait franciser mon yacht.

« Cependant, comprenant trop, hélas! que mon sexe m'embarrasserait en bien des occasions pour commander dans un combat, j'ai résolu de m'en tenir au rôle de second et de me mettre sous les ordres d'un capitaine digne des entreprises que je veux accomplir. C'est dans ce but que je suis venue à Marseille, presque sûre de trouver dans ce port fameux l'homme héroïque qu'il me fallait. Les extravagances auxquelles je me suis livrée avaient pour but d'exciter l'imagination des hommes et de les pousser à faire de ces folies auxquelles une femme sensée reconnaît ce qu'un homme peut valoir. Vous avez dépassé mon attente, et si vous voulez me permettre d'embarquer à votre bord en qualité de second et de passer mes lettres de marque à votre nom, nous pourrons partir quand vous voudrez pour la Morée, car, d'après ce que je viens d'apprendre, le général Fabvier, commandant en chef de l'expédition française, vient d'arriver à Toulon et va appareiller d'un jour à l'autre.

— Vous, mon second! je lui dis. Me battre avec vous contre les Turcs! Oh! madame, madame, vous me rendez fou de bonheur! Ah! ces gueux de Turcs! Comment! ils ont osé tuer monsieur votre père, massacrer votre pauvre chien, et vous fourrer au sérail! Ah! les coquins! ils me le payeront, et cher! Je crois bien, que je veux partir, et tout de suite! Mais, lui dis-je tout à coup, votre yacht, vous le laissez donc?

— Mon yacht, me répondit-elle à voix basse, mon yacht,... entre nous, c'est tout bonnement un brûlot. N'en parlez pas, de peur d'effrayer le monde, mais il a dans le ventre de quoi faire sauter la moitié de Marseille. Nous l'emmènerons et nous trouverons bien, j'espère, une occasion de l'utiliser dans l'intérêt de notre sainte religion.

— Notre sainte religion! Vous êtes catholique, donc? je dis.

— Oui.

— A la bonne heure, troûn de l'air! je lui dis. J'espère que nous ne partirons pas sans aller faire dire une messe à Notre-Dame de la Garde. Vous verrez les belles robes et les beaux bijoux que je lui ai donnés! Mais je vous en donnerai aussi tant que vous voudrez, quand vous ne serez plus mon second. Ah! vous savez, à bord, dans le service, y aura plus de princesse qui tienne, et, une fois sur le pont, il faudra m'obéir comme les autres, oui! »

Bref, mon cher ami, conclut le capitaine, nous partons dans huit jours. Je n'aurai pas grand'chose à faire, entre nous, pour mettre la *Bonne Mère* sur un pied respectable. Pour la forme, j'achèterai deux ou trois caronades, mais vous savez que mon arsenal est toujours en assez bon état, Dieu merci. J'ai chargé un agent d'affaires de régler avec ce bon M. Pierrugues et ses voisins du Chapitre pour les petits dégâts que j'ai pu faire. Je crois que, le bouquet compris, en leur offrant une vingtaine de billets de mille francs ils seront contents. Quant au procureur du roi, il a reçu ordre de me laisser tranquille. Tout est donc arrangé de ce côté-là.

— C'est admirable, dis-je tout émerveillé; mais reste un point dont vous ne me parlez pas : le mariage. A quand le mariage?

— Ça, dit Cougourdan, nous en causerons à bord; il faut commencer premièrement par ce qui presse le plus, qui est d'aller crever la paillasse à ces huguenots de Turcs. »

Sur ce, m'ayant serré la main, le capitaine me laissa pour aller à ses affaires.

Huit jours après, c'est-à-dire le 28 avril 1828, le port de Marseille présentait une animation extraordinaire. Une flottille de bâtiments de transport nolisés par le gouvernement français appareillait pour aller à Toulon rallier la flotte en partance pour la Morée. Cougourdan était chargé de commander la flottille jusqu'à Toulon.

Vers sept heures du matin, un cortège composé de tous les officiers et matelots de ces navires, chacun portant un cierge à la main, gravissait majestueusement la montée de Notre-Dame de la Garde. En tête, revêtus tous deux de l'uniforme d'enseigne de vaisseau, auquel leur donnait droit leur grade de capitaines au long cours, marchaient Cougourdan et la princesse géorgienne : celle-ci avait placé dans le revers de son uniforme un bouquet de fleurs sèches. Un peuple immense les suivait et entra avec eux dans l'église, où une grand'messe, servie par le plus vieux matelot et par le plus jeune mousse des équipages présents, fut célébrée pour appeler les bénédictions de Dieu et la protection de Notre-Dame de la Garde sur les armes de Cougourdan.

A midi et quelques minutes, au bruit des fanfares, des acclamations, et des musiques de tous les régiments en garnison à Marseille, Cougourdan et la princesse montaient à leur bord.

La *Bonne Mère*, pavoisée du haut en bas de tous ses signaux et pavillons, ses caronades, ses pierriers en batterie, tout l'équipage en armes rangé sur le pont, se présentait pour la première fois dans son port d'attache sous l'aspect martial qui constituait, dès qu'elle était au large, le fond véritable de son caractère. Pour la faire paraître plus belle encore, et aussi pour la rendre plus digne de l'hôte gracieux qu'elle allait porter, Cougourdan avait cru devoir l'orner de fleurs et de feuillages. Une bordure de roses garnissait d'un bout à l'autre les plats-bords, les embrasures et les fenêtres ; au dehors, de la poulaine au couronnement, des guirlandes de feuilles de laurier entremêlées de fleurs étaient suspendues aux flancs du navire. Sur la dunette, un autel de lis et de roses blanches supportait la statue de Notre-Dame de la Garde entourée de cinquante gros cierges. C'était très joli.

A midi et demi Cougourdan, monté sur sa dunette, emboucha son porte-voix et donna l'ordre d'appareiller. Aux coups de sifflet des maîtres, les matelots se répandirent dans les manœuvres, le cabestan commença de tourner, et la princesse, s'inclinant devant son capitaine, alla prendre son poste à l'avant pour faire

La *Bonne Mère* appareilla.

exécuter les ordres qu'elle venait de recevoir.

A deux heures précises, la *Bonne Mère*, prenant la tête de la flottille, passait sous les forts, saluée par les vivats et les adieux de la foule réunie pour assister au départ.

On sait comment la délivrance de la Grèce fut accompli par les flottes combinées des nations chrétiennes liguées contre les Ottomans. Je ne surprendrai personne en disant que Cougourdan, secondé par la princesse, fit des prodiges et se couvrit de gloire. Mais quant au dénouement de la partie romanesque de cette histoire, c'est ce que je n'ai jamais pu éclaircir, et j'en reste réduit à des conjectures....

IX

La fièvre du Sénégal.

L'ÉPIDÉMIE cholérique de 1834 à Marseille a presque égalé en horreur la peste de 1720. Dans une ville toujours ouverte aux importations des provenances les plus suspectes du Levant, et où presque toute la population flottante connaît la peste pour l'avoir vue sévir ou pour en avoir entendu parler dans les pays où elle a son foyer, la terreur de l'épidémie est un sentiment inné, traditionnel et profond, à un point qu'on ne saurait s'imaginer si l'on n'a pas vécu longtemps à Marseille.

Lors donc que le choléra éclata, précédé depuis plusieurs mois des rumeurs qui, comme les hurlements d'un monstre, annonçaient son approche, il trouva une population d'autant plus démoralisée, qu'à l'effroi trop légitime de l'épidémie se joignaient chez les Marseillais l'exaltation du tempérament méridional et les souvenirs affreux de la peste de 1720.

Enfant de Marseille, attaché à ma ville natale par tous les liens de la vie, je ne pus me résoudre à m'en éloigner. Je considérai que ce serait à moi une espèce de trahison d'abandonner dans les mauvais jours une ville où j'avais trouvé si bon de vivre au temps de sa prospérité.

Donc je restai. Il fallait du courage. L'épidémie éclata comme une tempête, et il n'y a aucune exagération à dire que le flot de la mort s'avançait à travers les rues, de jour en jour, d'heure en heure, comme une marée montante.

Prise au dépourvu par cet encombrement de cadavres, l'administration municipale ne pouvait suffire à l'enlèvement des corps qu'on déposait aux portes, qu'on jetait parfois par les fenêtres, et qui restaient là des heures sans que les tombereaux trop chargés qui passaient pussent les recueillir.

J'ai souvent entendu dire, et je l'avais cru jusqu'alors, que la crainte du mal est pire que le mal lui-même : la douleur, me disais-je, a des limites dans la nature des choses aussi bien que dans la faculté de souffrir impartie à l'homme : l'imagination n'en a point.

Je me trompais. Les scènes à travers lesquelles j'ai erré comme dans le délire d'un cauchemar dépassèrent tout ce que j'avais cru en concevoir; et je vis alors

tout faucher comme la mitraille, on vit les yeux des survivants se sécher, épuisés de larmes, les cœurs s'arrêter de fatigue et refuser de battre. Je me sentis moi-même envahir peu à peu par une épouvantable indifférence. La terreur s'empara de moi, et je restai toute une journée sans sortir. Mais l'angoisse, mais le roulement sinistre des tombereaux que j'entendais passer sous mes fenêtres, ne me permirent pas de rester, et, poussé par un irrésistible besoin

Le flot de la mort s'avançait à travers les rues.

combien sont vaines ces spéculations à distance où l'esprit humain s'égare lorsqu'il ose entreprendre de préjuger et de pressentir l'inconnu.

Comme dans toutes les grandes crises de la vie, les détails les plus terribles étaient ceux auxquels j'avais le moins songé : mon imagination avait bien entrevu les scènes qui se préparaient, mais ma raison n'en avait pas prévu les conséquences; et quelle que fût l'horreur de cette agonie de tout un peuple, chez ceux de nous qui restaient debout, l'homme intérieur était encore plus effrayant dans son atonie que le cholérique dans ses convulsions.

Pendant les premiers jours, lorsque je voyais tomber d'heure en heure mes parents et mes amis, ce que je ressentis ressemblait, à la violence près, à ce que nous connaissons sous le nom de douleur : mais lorsque les coups devinrent plus pressés, lorsque la mort, au lieu de frapper comme la foudre, commença de tout abattre et de

de faire quelque chose, de me déplacer, je sortis, allant devant moi.

Il était six heures du soir; le soleil couchant illuminait la ville de ses lueurs dorées : je descendis les allées de Meilhan, la rue de Noailles, et, traversant le Cours, je me trouvai à l'entrée de la Cannebière. L'immense rue était absolument déserte, sauf qu'à son extrémité, vers le coin du port, on apercevait une charrette garnie d'un drap blanc. Les boutiques étaient fermées. Presque à chaque porte il y avait un cadavre. Je me dirigeai vers le port; je suivis le quai à droite, et, montant un escalier, je me trouvai sur la place de la Major.

La vue de la mer me calmait : c'était là que, depuis l'invasion du choléra, je me sentais attiré par un instinct secret.

Là, du sein de la mort qui m'environnait, il me semblait voir au loin la vie, et je buvais l'air pur de la mer comme s'il eût pu me désinfecter des miasmes de l'épidémie.

Qui m'eût dit que, du fond de cet horizon où je venais chercher un peu de repos pour mon cœur, allait m'apparaître un tableau plus tragique encore que celui dont je cherchais à détourner mes yeux!

J'étais là depuis près d'une heure et le soleil allait disparaître, lorsqu'un navire, que je n'avais pas encore aperçu à cause du reflet du soleil, se montra par son travers à l'ouest de la rade, manœuvrant pour entrer dans le port.

Un navire se dirigeant sur Marseille à ce moment, c'était un fait assez étrange pour éveiller mon attention, et je me mis à suivre avec un profond intérêt les mouvements de celui-là. Au bout d'une demi-heure il devint évident qu'il cherchait les passes du port, et à la manière dont il s'y prenait pour arriver, on voyait qu'il devait les connaître parfaitement. La brise était assez forte. Il courait sur le port, mais tout d'un coup il changea de bordée et piqua presque droit dans le vent, sans que je pusse m'expliquer cette manœuvre au moins inutile; au bout d'un quart d'heure, comme s'il avait voulu seulement rectifier une mauvaise position, il reprit le vent au plus près, et je le vis par tribord se dirigeant franchement vers le goulet.

Je pus alors le voir, et l'état où il était me fit comprendre pourquoi il avait dû être obligé de manœuvrer d'une façon aussi insolite.

Il avait pour toute voilure son taille-vent et sa brigantine; le reste des voiles n'était ni largué ni cargué, mais battait en lambeaux après ses vergues. A la pointe de son grand mât flottait un pavillon jaune, à son avant se tordait une flamme noire, et à l'arrière le pavillon tricolore était en berne. Je vis briller un éclair à son bord et j'entendis bientôt après le bruit d'un coup de pierrier; un quart d'heure se passa, et un second coup retentit : le navire était en détresse!

Il approchait toujours, et je distinguais de plus en plus l'état de délabrement de sa voilure. C'était cependant un beau navire, d'une construction hardie, et à mesure que je le considérais, il me semblait, tout défiguré qu'il était, le reconnaître vaguement.

Le sémaphore de Saint-Nicolas faisait signaux sur signaux, et de Notre-Dame de la Garde on signalait aussi. Les pavillons montaient et descendaient avec une activité singulière. Il y avait en effet quelque chose d'inexplicable à voir un navire se présenter pour entrer en libre pratique, alors qu'il arborait le pavillon jaune, signe réglementaire indiquant qu'il arrivait d'un pays infecté de contagion.

Quelques minutes se passèrent; il approchait toujours. Je vis alors le canot de la Santé qui dépassait le fort Saint-Nicolas et s'avançait à force de rames. En même temps le fort répéta trois fois de suite un signal évidemment adressé au navire, et à peine une minute s'était écoulée qu'un coup de canon partit de la batterie, et qu'un boulet alla tomber à une encablure du bâtiment, qui changea aussitôt de direction, et, tournant un peu sur lui-même, me laissa voir en plein son arrière. Je pus y lire alors ces mots :

LA BONNE MÈRE. — MARSEILLE.

Ainsi ce navire désemparé, infecté, c'était le trois-mâts *Bonne Mère*, capitaine Marius Cougourdan!

On peut juger avec quelle anxiété je suivais cette scène. A tous les signes qui marquaient d'une manière si effrayante l'état de détresse du navire, un autre se joignait, plus effrayant et plus mystérieux encore, c'est que, ni sur le pont ni dans la mâture, on ne voyait aucun être vivant que le timonier debout à la roue et gouvernant.

La *Bonne Mère* était en panne; ses deux voiles pendaient, la brise avait faibli, et les lambeaux déchirés des autres voiles, la flamme noire, le pavillon jaune et le pavillon tricolore, se soulevaient à peine pour retomber aussitôt. Le canot de la Santé approchait du navire, il allait le toucher presque, et pas un être humain, sauf le timonier toujours immobile à la barre, ne paraissait à bord. Enfin le canot accosta sans que personne envoyât une amarre. Je vis alors le patron se lever et héler le navire. Le timonier quitta sa barre, vint s'accouder sur le couronnement, et raisonna pendant quelques minutes avec le patron du canot.

Je ne pouvais entendre les voix, mais je vis qu'en parlant le timonier ouvrait les bras comme un homme au désespoir, puis les levait au ciel, puis les tendait du côté de Notre-Dame de la Garde. A ses gestes le patron et les matelots du canot répondaient par d'autres gestes qui semblaient exprimer tantôt la commisération et tantôt l'horreur.

L'entrevue fut courte. Je vis bientôt l'embarcation virer vers la terre. Haletant d'inquiétude, je descendis quatre à quatre les degrés de la Major, et je courus à la Consigne, où je connaissais tout le monde, comptant me faire donner des détails sur les événements que je pressentais. Le garde auquel je m'adressai me dit qu'il ne savait rien, et me renvoya à un commis de bureau, en ce moment très occupé à écouter le rapport du patron, qui lui rendait compte de sa visite à bord de la *Bonne Mère* et qui se tut à mon arrivée. Après avoir fait un signe au patron, le commis, à mes questions, répondit qu'il s'agissait d'un cas tout à fait exceptionnel et que jusqu'à instructions de ses chefs il ne pouvait rien révéler de ce qui venait de lui être rapporté.

« Mais ne pouvez-vous du moins me dire si le capitaine Marius Cougourdan est à son bord !

— Il est à son bord.

— En bonne santé?

— En bonne santé. »

Pour qu'un homme tel que Cougourdan se présentât, sur son propre navire, devant son port d'attache, dans un pareil état, il fallait qu'il se fût passé à son bord quelque chose d'inouï. Ce timonier, qu'on voyait seul sur le pont désert, ne pouvait être que lui-même; mais d'où il venait, comment il était arrivé jusqu'ici, ce qu'était devenu l'équipage, ce que signifiaient ces manœuvres inexplicables devant le port, cette tentative d'y entrer sous un pavillon de patente brute au risque de se faire couler pour violation des règlements sanitaires, voilà ce que je ne pouvais en aucune façon m'expliquer.

Je marchai pendant plus d'une heure le long des quais, et je revins à la Consigne, où je ne pus rien apprendre, sinon que la *Bonne Mère* venait d'être prise par un remorqueur pour être conduite à l'île de Ratonneau, où elle purgerait sa quarantaine. Au reste l'employé ajouta obligeamment qu'il me serait inutile d'essayer d'aller voir le capitaine Cougourdan au Lazaret, parce qu'on ne lui avait pas permis encore de communiquer.

Le lendemain je reçus un billet de Cougourdan. Ce billet, tout lardé des trous de poinçon dont on l'avait percé pour le désinfecter, ne portait que ces mots :

Mon cher ami,

Je suis arrivé. Il me tarde de vous voir. Comment avez-vous fait pour ne pas mourir? Pour ce qui est de moi, j'en suis encore plus étonné. Chaque fois que je vois un homme vivant, il me fait peur : je crois que je rêve ou que je deviens fou. Comment peut-on ne pas être mort? Je ne suis pas en état *de vous écrire ce qui m'est arrivé; quand nous nous retrouverons, je vous raconterai. Ils veulent me garder quinze jours en quarantaine, mais j'espère en être quitte pour dix ou douze.*

Votre bien dévoué ami, de tout cœur,

MARIUS COUGOURDAN,
de Marseille,
Capitaine au long cours.

En post-scriptum il y avait :

En attendant que je puisse y aller, faites-moi donc l'amitié de faire allumer quatorze cierges de six livres chacun devant l'autel de la Vierge à Notre-Dame de la Garde, et de commander quatorze messes noires. Vous direz que c'est pour des matelots.

J'écrivis lettres sur lettres à Cougourdan, qui ne me répondait pas. J'allai à la Consigne demander des explications sur ce silence : on me répondit que l'autorité sanitaire avait interdit les communications, même par lettres, entre le Lazaret et la ville. On ajouta que la quarantaine de Cougourdan finirait dans huit jours : quant au navire, on avait encore une longue série de purifications à lui faire subir, à moins qu'on ne résolût de le saborder et d'aller le couler en pleine mer, ce qui n'était pas encore décidé.

Huit jours passèrent qui me parurent bien longs. Je montai à Notre-Dame de la Garde et commandai, suivant les intentions de Cougourdan, quatorze cierges et quatorze messes noires. Chaque matin j'allais à la Consigne demander des nouvelles du capitaine et lui faire dire que j'étais encore de ce monde, chose dont je m'étonnais tous les jours en me réveillant, tant l'épidémie redoublait de fureur.

Enfin arriva le moment si désiré. A six heures du matin je pris une voiture et me fis conduire au Lazaret.

On m'introduisit dans une salle d'attente blanchie à la chaux, où tout respirait cette propreté glaciale particulière aux établissements hospitaliers et qui, comme le poli d'une armure, semble réfléchir l'image de la mort. J'attendis quelques minutes avec un battement de cœur. Enfin la porte s'ouvrit, et le capitaine Cougourdan parut sur le seuil.

Ses cheveux étaient entièrement blanchis; sa barbe, qu'il n'avait pas rasée depuis bien des jours, se hérissait sur son visage amaigri, jaune comme la brique et contracté en rides aussi saillantes que des

cordes ; ses yeux n'avaient point de regard.
Il tendit le cou en renversant ses bras en
arrière, et, reculant d'un pas, il s'écria :
« Mon pauvre ami !
— Grand Dieu ! » dis-je au même

Je vis alors le patron se lever et héler le navire.

instant, et involontairement je reculai
aussi.

Nous demeurâmes ainsi quelque temps.
Je ne savais pas à quel point le spectacle
continuel de la mort avait bouleversé mes
traits, et tandis que je considérais son
visage avec une sorte d'épouvante, le
capitaine n'était pas moins effrayé, ainsi
qu'il me l'avoua plus tard, de ce qu'il
voyait sur le mien.

Sans dire un mot de plus, nous nous
embrassâmes. On chargea le bagage de
Cougourdan, et la voiture, roulant sur une
couche épaisse de poussière, s'engagea
dans ces chemins, encaissés de hauts
murs, qui à cette époque faisaient ressembler la banlieue de Marseille au chemin de
ronde d'une prison.

Enfin nous entrâmes dans la ville. A
chaque pas, à chaque porte, c'était une
scène funèbre. De temps en temps l'un de
nous ouvrait la bouche pour parler, mais
nos lèvres ne laissaient échapper que des
mots insignifiants et se refermaient d'elles-
mêmes. J'observais Cougourdan : à mon
grand étonnement, son visage exprimait
plutôt l'intérêt que l'effroi, et le peu de
mots qu'il prononça dans le trajet se rap-
portaient surtout aux rues où nous arrivions.

« Nous sommes sur le Cours…. Ah ! la
Cannebière ! Pauvres allées de Meilhan ! »

Enfin la voiture s'arrêta devant
ma porte. Nous montâmes l'escalier, je conduisis Cougourdan à sa
chambre.

Alors il se jeta dans mes bras,
et, m'étreignant avec une sorte de
frénésie, il me dit :

« Ah ! mon cher ami, que c'est
bon d'être sur la terre et de voir
des hommes vivants ! Je sors de
l'enfer, entendez-vous ? Oui, l'enfer !
Quand je vous aurai raconté ce qui
m'est arrivé, vous trouverez
comme moi que dans l'état
où elle est, avec ses rues
désertes, ses boutiques fermées et ses tombereaux chargés de morts, Marseille est
un paradis en comparaison
de ce qu'était le pont de la
Bonne Mère il y a quelques
jours. Mais bah ! commencez
par me donner des nouvelles
d'ici et de vous, et laissez-
moi respirer le bon air
natal…. Et ici le capitaine
respira avec délices cet air
plein de poisons mortels. Ce
soir après dîner je vous raconterai. »

Le dîner fini, nous allumâmes nos
cigares. Cougourdan resta assis, renversé
dans un fauteuil américain. Il se balança
quelque temps en regardant tourbillonner
la fumée de son cigare, puis commença
son récit d'une voix sourde et saccadée
que je ne lui avais jamais entendue :

« Il y a aujourd'hui deux mois et cinq
jours que je partis de Saint-Louis, laissant
sur rade la Bonne Mère avec mon second
et deux hommes à bord, pour remonter le
Sénégal avec tout le reste de mon équipage. Le but de ce voyage était l'escale du
Coq, à plus de deux cent cinquante lieues
dans les terres. Il s'y tient un grand marché
de gomme, que les Maures et les Peuhls y
apportent de la forêt d'Afaté. Je trouvai
là, à bon compte, une forte cargaison de
gomme, dont je remplis le bâtiment yolof

qui nous avait amenés. Je faisais une bonne affaire, mes matelots dansaient chaque soir avec les négresses, les Peuhles et les Mauresques. Tout allait pour le mieux.

On m'avait prévenu à Saint-Louis que ce pays-là était malsain en diable, sans parler des lions, des panthères, des serpents, des crocodiles et des hippopotames : nous n'eûmes point de réclamation à faire; aucun de nous n'eut même un accès de fièvre, et pas une des bêtes féroces qui nous voyaient passer n'essaya de nous mordre seulement le bout du petit doigt.

Nous arrivâmes frais et dispos à Saint-Louis; je transbordai ma cargaison sur la *Bonne Mère*, et je me préparai à appareiller pour Marseille, bien content, je vous assure.

Je connaissais à Saint-Louis un chirurgien de la marine qui habitait depuis plus de dix ans le pays et qui était au courant du climat de l'intérieur pour être allé bien des fois en expédition dans le haut du fleuve. En causant il me demanda si mon équipage avait bien supporté la chaleur, si je n'avais pas eu de malades, si depuis notre retour personne n'éprouvait de malaise? Je lui dis que non.

« Eh bien, me répondit-il, vous avez de la chance! Voilà onze jours que vous êtes ici : il est probable que rien ne vous arrivera, mais je vous réponds que si j'avais su où vous alliez, je vous en aurais détourné, car il y a dans tous ces endroits-là des fièvres terribles. Tant qu'on est dans le pays, on ne s'aperçoit de rien, mais quand on a respiré pendant quelques jours un air plus pur, la fièvre vous prend, et, une fois pris, il n'y a pas de puissance au monde pour vous en tirer.

— Mais qu'est-ce que c'est donc que ces fièvres?

— On ne sait pas.... C'est comme un empoisonnement : en une heure, en quelques minutes parfois, l'homme meurt, et dans un état! Mais enfin puisque, heureusement pour vous, vous l'avez échappé, et que vous avez de mieux à faire est d'appareiller le plus tôt possible.... Et souvenez-vous bien de ne plus recommencer ! »

Quoique les maladies ne me fissent pas grand'peur, n'ayant jamais perdu beaucoup de monde à mon bord, excepté des nègres, les propos du chirurgien me trottaient dans la tête, et lorsque, deux jours après, nous quittâmes Saint-Louis par un bon vent, j'avoue que je ressentis un grand soulagement. Une fois la barre du Sénégal franchie, nous gagnions en quelques jours les mers d'Europe, et là, si rien n'était arrivé, nous étions parés.

La mer était superbe, la brise fraîche, et en quatre jours nous arrivâmes à la hauteur du cap Blanc, sous le vingtième degré de latitude nord. Là nous fûmes pris de quelques bourrasques qui nous jetèrent à l'ouest en dehors du courant et nous nous trouvâmes dans la mer de Sargasses, en plein dans ce grand banc de raisins de mer qui flotte toujours dans ces parages et qui fait ressembler l'océan à une prairie verte et jaune.

Peu à peu le vent tomba, et après quelques accalmies entrecoupées de petites brises de l'est, nous nous trouvâmes en calme plat, de sorte qu'on aurait pu se croire à terre, tant le navire était immobile.

Je n'aime pas le calme, moi. D'abord parce qu'on ne marche pas, et puis parce que ça ne vaut rien pour l'équipage. Les hommes s'ennuient, ne font que changer de place sans savoir que faire, ou bien passent le temps à bavarder inutilement; et s'il y a de mauvais sujets, c'est là qu'ils se plaignent, qu'ils disent du mal des officiers et qu'ils font faire des complots.

Dès le second jour que ce calme durait, la tenue des hommes, leurs manières, leur air, enfin je ne sais quoi, me montraient qu'il y avait à bord quelque chose d'extraordinaire.

J'en parlai au second; il me dit qu'il avait remarqué cela comme moi, mais que cependant il ne croyait pas à des idées de révolte de la part de l'équipage.

« Je les trouve tristes, inquiets, agités, mais ils ne sont ni mécontents ni irrités : de quoi le seraient-ils? Nous rentrons à Marseille avec une cargaison qui va leur donner des parts superbes; nous avons abondance de toutes sortes de provisions; pas un homme n'a été puni.... Ce n'est pas cela. Voyez : ils s'éloignent plutôt les uns des autres et semblent rechercher l'isolement : ils s'accrochent aux haubans, ils se tiennent dans les coins, ils s'accoudent à l'avant et regardent la mer pendant des heures. Je ne sais pas ce qu'ils ont, mais je ne les reconnais plus. »

« Je ne les reconnais plus », ce mot me fit passer un froid, et j'eus là comme un pressentiment funeste. En ce moment je ne pensais à rien en particulier, mais vous savez, quand on sent le vent de malheur qui se lève, on ne s'y trompe pas. J'allai m'asseoir sur le banc de quart et je réfléchis à ce que venait de me dire le second. Il avait raison : en observant les hommes assis ou couchés de tous côtés, je fus frappé de leur air triste.

« Allons, me dis-je, il faut secouer ce monde-là. »

« Second! criai-je, faites rassembler l'équipage au pied du grand mât. »

Je voulais leur parler. Je ne fais pas de discours, moi. Quand ils furent réunis, je passai devant eux en les regardant l'un après l'autre sous le nez :

« Voyons, avez-vous quelque chose? Pourquoi êtes-vous tous là comme des propres à rien, sans parler entre vous et sans vous amuser? »

Ils baissaient la tête en tournant leur bonnet entre les doigts. Jamais ils n'avaient vu pareille chose, car je ne leur parlais que pour leur donner des ordres. Cependant un Parisien, plus hardi que les autres, osa me répondre, mais d'une voix basse, basse :

« C'est ce calme qui nous ennuie.... Et puis ce raisin de mer qui nous empêche de voir l'eau, c'est triste....

— C'est tout ce que vous avez à dire? Allons, allons, pas de ça, mille tonnerres! Quelqu'un de vous a bien par là un fifre ou un galoubet? Je vous permets de danser jusqu'à ce soir, et si nous avons beau temps, nous ferons le Bonhomme Tropique en passant la Ligne. Vous pouvez commencer à vous préparer, car enfin, que diable, ce calme plat ne durera pas toujours! Amusez-vous, mes enfants! »

L'effet que ça leur fit, non, vous ne pouvez pas croire! C'est là que je vis le pouvoir d'une bonne parole sur un équipage qui a confiance dans son capitaine. Ces matelots, au fond. voyez-vous, ce sont de grands enfants : à l'instant, par un coup de baguette, les voilà qui se mettent à sauter, à crier, comme une volée d'écoliers échappés de la classe. Ils jettent leurs bonnets en l'air, ils tirent leurs vestes, et pendant qu'Antonin -- ah! un fameux matelot, un Provençal,... quel brave garçon ça faisait! — allait chercher son galoubet, dont il jouait! fallait l'entendre! battaient des entrechats en claquant des ... et en riant comme des fous, et ils ... faisaient des bêtises si drôles que j'étais obligé de me tenir le ventre pour ne pas leur laisser voir comme je riais.

Antonin revint en secouant en l'air son galoubet. Il monta sur une baille renversée et se mit à jouer un air de Marseille, et alors ils commencèrent une ronde autour du grand mât. Quelle ronde, mon cher ami! Un d'eux lâcha la main, et ils firent la farandole d'un bout à l'autre du pont, à travers les mâts, les cordages, passant par-dessus ou par-dessous tout ce qu'ils rencontraient. Ils revinrent devant Antonin, et là, se mettant sur deux rangs, ils entrèrent en danse pour tout de bon.

J'ai vu danser des matelots... plus d'une fois, n'est-ce pas? mais je n'avais jamais rien vu de pareil. A mesure que ça durait ils s'animaient et allaient plus vite, plus vite, au point que le musicien était de temps à autre forcé de laisser son galoubet pour reprendre haleine.

« S'ils continuent comme ça, dis-je au second, ils vont jeter leurs bras et leurs jambes par-dessus bord. »

Le second était assis à côté de moi, une main allongée sur la lisse et l'air rêveur. Il leva la tête comme quelqu'un qu'on réveille, et me dit d'un air distrait :

« Ah!...

— Hé! que diable, second, où êtes-vous? Voyez donc si ça ne fait pas plaisir de voir cette gaieté?

— Hum! » me répondit-il en regardant la danse d'un air singulier.

A ce moment ils avaient plutôt l'air d'une troupe de diables déchaînés que de chrétiens s'amusant honnêtement. Ils sautaient, se roulaient, se tordaient, faisaient des cabrioles sur le pont ou en l'air, comme je n'en avais vu faire qu'aux nègres dans leurs danses.

Enfin ça vint à un point que je commençai à trouver ça moins risible : sans savoir pourquoi, cette folie m'oppressait, et en moi-même je murmurais :

« C'est trop! c'est trop! Ils vont se faire mal! »

A ce moment, le second, se levant tout à coup et se penchant sur la mer, me dit :

« Capitaine! oh! un requin dans les eaux du navire! Deux! Un autre encore! Quatre requins! Voyez ils sont énormes! »

Ça me porta un coup là.... D'abord, vous comprenez, ces vilaines bêtes, on n'aime pas à sentir ça sur ses talons et à voir ces grandes ombres noires paraître et disparaître entre deux eaux. Ils sont là pour faire tout, hors le bien. Aussi c'est toujours mauvais signe quand les requins s'obstinent à suivre un navire : dès qu'il y a un malade à bord, vous les voyez arriver; la mort a une odeur, et ils la connaissent, les gredins!

Je laissai là les requins, qui m'ennuyaient, et je me remis à regarder la danse.

De tous, le Parisien était le plus enragé. C'était le farceur de l'équipage, mauvaise tête tant qu'il faisait beau, mais excellent matelot dès qu'il y avait du danger.... Au fond, tout le monde l'aimait. Pauvre diable! je le regardais se trémousser, et j'oubliais les requins.

Tout à coup, au moment où il se lançait pour faire un en-avant-deux, je le vois qui trébuche, tourne sur lui-même et tombe

Tout cela n'avait pas duré un quart d'heure. Je fis déposer le corps au pied du mât d'artimon; on le couvrit d'un prélart. Je commandai au maître voilier de faire le sac, et je me retirai sur l'arrière avec mon second.

« Eh bien, second, voilà un malheur. Que croyez-vous que ce soit, dites? »

« Ils commencèrent une ronde autour du grand mât. »

rus le nez en portant ses mains à son estomac.

Un éclat de rire de tout l'équipage, naturellement. »

Ici Cougourdan me saisit le bras.

« Cet éclat de rire, me dit-il en me regardant entre les deux yeux, ce fut le dernier, et je ne l'oublierai de ma vie!

Le Parisien ne se relevait pas. Un des danseurs se penche et recule en poussant un cri. La danse s'arrête, on se précipite autour du Parisien, qui ne remuait plus. Je m'approche, on s'écarte et je le vois.

Sa figure n'était pas pâle, mais grise; les yeux lui sortaient de la tête; sa langue pendait; un sang noir lui coulait par grosses gouttes du nez et des oreilles. Il essaya de se soulever par trois fois, et trois fois il retomba. En quelques minutes sa figure devint jaune foncé, puis verte, puis bleue, puis noire. Il eut deux soubresauts, puis, par un effort désespéré, il se dressa sur la pointe des pieds, s'empoigna la gorge avec ses ongles comme s'il eût voulu l'arracher, et, poussant un hurlement affreux, il tomba tout d'une pièce sur le pont, raide mort.

Le second baissa la tête d'un air sombre.

« C'est la fièvre du Sénégal, me dit-il à voix basse, c'est trop évident.

— Ce n'est pas contagieux... peut-être?

— Ah! » me dit-il en me serrant la main et en détournant les yeux.

Nous restâmes environ une demi-heure dans ma chambre avec le second à délibérer sur ce que nous avions à faire. Nous résolûmes de dire à l'équipage que le Parisien était mort d'un coup de sang. On doublerait la ration d'eau-de-vie, on ferait laver partout à grande eau, on installerait les manches à vent de manière à aérer toutes les parties du navire, et au premier bon vent on mettrait toutes voiles dehors pour tâcher d'arriver le plus tôt possible à Madère.

Nous causions encore lorsque le voilier vint nous prévenir que le sac était prêt. Je chargeai le second de commander quatre hommes pour ensevelir le corps du Parisien, et je fixai au lendemain à six heures le moment où on le jetterait à la mer.

Les quatre hommes commandés arrivèrent. On souleva le prélart.

Non! ce qu'était devenu ce corps n'est

pas possible à dire, et l'infection qui se répandit fut telle que nous faillîmes nous évanouir! Je commandai aux matelots de renfermer le corps dans le sac. Ils essayèrent de m'obéir : ils reculèrent.

Je regardai le second en lui faisant un signe qu'il comprit, et tous deux nous nous baissâmes pour soulever le corps. A ce mouvement, prompts comme l'éclair, les quatre matelots nous repoussent, font avec leurs pieds rouler le cadavre en travers du sac, qu'ils saisissent à ses deux extrémités, et avant que nous eussions eu le temps de nous rendre compte de ce qu'ils allaient faire, l'emportent en courant vers l'avant, montent sur les cages à poules, et le jettent par-dessus bord.

Un trou s'ouvrit dans les varechs qui couvraient l'eau, un remous les souleva en les dispersant, et on vit apparaître, à la place où venait de sombrer le corps du Parisien, une nappe rougeâtre : les requins avaient mangé le cadavre.

« Ces hommes m'ont désobéi dans une circonstance grave, dis-je au second, allez les appeler.

Le second venait à peine de me quitter, qu'un cri part. Je me lève et je vois le maître d'équipage qui tournait sur lui-même, les mains crispées sur sa gorge. Il fait deux pas en trébuchant et tombe en avant.

« Comme le Parisien! dis-je au second, qui venait à moi. Nous sommes tous perdus! »

Je courus vers le moribond. Il n'y avait qu'à le voir, c'était ça! Les quatre hommes le regardaient d'un air égaré. De l'avant, où le reste de l'équipage était rassemblé, on voyait les matelots qui s'étaient tous levés et qui tendaient le cou en ouvrant de grands yeux.

Après quelques convulsions, le maître fit un effort pour se relever, se raidit, et puis resta tranquille : c'était fini.

Alors, de l'avant j'entendis les matelots qui disaient tous à la fois :

« A la mer! à la mer! »

Ce n'étaient plus des voix humaines, c'étaient des hurlements de bêtes féroces.

Le mort était à mes pieds, noir, barbouillé de sang comme l'autre. L'odeur commençait déjà…. »

Ici le capitaine s'arrêta un moment, les yeux fixés sur le plancher, puis il reprit :

« Vous voyez comme ça commençait, n'est-ce pas? Eh bien, tel ça avait commencé, tel ça a fini. La mort, vous savez, c'est simple comme bonjour, c'est toujours la même chose : il ne faut qu'un peu de patience, chacun arrive à son tour…. Je les ai vus mourir tous les uns après les autres, sans autre différence sinon que plus ils étaient forts, plus ils souffraient et se débattaient.

Dans le milieu de la nuit qui suivit le premier jour, deux des matelots furent pris. En les entendant râler, tous les autres quittèrent leurs hamacs, et jusqu'à la fin ils n'ont pas voulu remettre le pied dans la chambre. J'eus toutes les peines du monde à décider quatre hommes à aller retirer les corps; ils décrochèrent les hamacs et on les jeta à la mer avec matelas, couvertures, habits et tout.

Aux premiers, j'obtins qu'avant de jeter le mort ils fissent une prière pour le repos de son âme, mais bientôt ils ne dirent plus qu'un *Pater* et un *Ave*, à la fin rien.

De discipline il n'en était plus question : on ne pouvait plus appeler ça un équipage, on aurait plutôt dit des fous. Les uns se promenaient d'un air furieux en jurant comme des possédés; les autres restaient assis la tête entre les genoux; d'autres pleuraient toute la journée. Il y en avait qui n'osaient plus fumer; d'autres ne voulaient plus manger. Au commencement, ils se serraient tous ensemble comme pour se défendre, et puis, à mesure qu'il en mourut parmi eux, les survivants en vinrent à se faire peur entre eux, à se prendre en haine, à se défendre d'approcher et à se montrer le couteau. Personne ne voulait plus passer à l'endroit où il était tombé un mort, et peu à peu, comme il en était tombé de tous les côtés, ils ne trouvaient plus de place sur le pont qui ne leur fît peur, et ils se tenaient sur les plats-bords ou dans les haubans.

Le troisième jour le vent se leva. Je fis mon point et je vis qu'en trois jours je pouvais espérer d'arriver à Madère. Je réunis les huit hommes qui me restaient et je leur fis si bien voir qu'ils étaient perdus s'ils ne montraient pas un peu d'énergie, qu'ils reprirent courage. Dans la position où nous étions, il n'y avait pas à balancer : je fis mettre au vent tout ce que la *Bonne Mère* pouvait porter de toile, et nous reprîmes notre route, filant huit nœuds. J'avais profité des dispositions de mes matelots pour installer les manches à vent dans la chambre et jusqu'au fond de la cale, et pour faire laver tout avec la pompe à incendie.

Soit que le vent et le renouvellement de l'air eussent diminué l'infection, soit que le travail et l'animation de la manœuvre eussent relevé le moral des hommes, deux jours se passèrent sans nouveau malheur. Je repris courage, et d'accord avec le second je résolus de continuer ma route le plus droit possible sur Marseille en laissant Madère, où j'avais d'abord l'intention de relâcher.

Mais au moment où nous passions en vue de Gibraltar et où je me croyais paré, la maladie éclata de nouveau comme la foudre. Trois hommes furent frappés presque coup sur coup, et, à l'état de terreur où étaient les cinq derniers, il était évident qu'ils suivraient bientôt leurs camarades. Dans une pareille position je ne pouvais pas songer à conserver ma voilure : il me restait assez d'hommes pour les manœuvres, mais qu'il en mourût encore; nous restions couverts de toile sans pouvoir nous en débarrasser. Je donnai donc l'ordre de tout carguer, et je résolus de ne garder que la brigantine et le taille-vent.

Les cinq hommes s'y mirent, le second aussi, et tout le monde travaillait, lorsqu'un des matelots, qui était déjà dans la hune, descendit par les haubans jusqu'au milieu de leur hauteur. Là il s'arrêta, poussa un cri, s'accrocha comme un noyé aux cordes, et resta immobile. Voyant qu'il ne bougeait plus, je criai au second, qui était un peu plus haut, de voir ce que c'était : le second se laissa couler jusqu'à sa hauteur, regarda. Le matelot était mort. Il resta accroché un moment, puis il lâcha tout, le pauvre! et tomba comme un sac sur le pont.

En voyant ça, tous les autres abandonnèrent la manœuvre et descendirent sur le bordage, où ils restèrent collés, les yeux effarés, sans que ni prières ni menaces pussent les décider à sortir de là.

Voyez-vous, il y a dans la mort une chose à laquelle je n'avais pas pensé, c'est... l'embarras. A mesure qu'il mourait un homme, les choses les plus simples devenaient de plus en plus difficiles, et je voyais venir le moment où tout allait être impossible. Lorsqu'on fait un navire, on le fait pour des vivants : c'est grand, mais bah! il faut de la place, et quand quinze ou vingt gaillards sautent et grimpent de tous les côtés dans le gréement, ces grosses vergues, ces voiles si lourdes, ne pèsent pas une once, et on manœuvre ça comme des joujoux. Mais à mesure que l'équipage diminuait, tout ça paraissait devenir plus grand et plus menaçant : le pont s'allongeait et s'élargissait, les mâts montaient, montaient! Les cordages, il y

en avait tant, tant, tant, que mes yeux se brouillaient à les démêler!

Et puis les voiles commençaient à me faire peur : elles se gonflaient et se

Il resta accroché un moment, puis il lâcha tout.

secouaient avec des hurlements que je n'avais jamais entendus; on aurait dit qu'elles se sentaient plus fortes que nous et qu'elles emportaient le navire comme une mouette emporte un poisson!

La mort n'avait fait que se reposer : dans cette même journée, un autre matelot mourut. Restait à trois.

Jusqu'à ce moment, par un miracle, le temps s'était maintenu sans variation, et la brise nous poussait grand largue sur Marseille. Nous nous remplacions à la barre, le second et moi, tour à tour; celui qui était libre en profitait pour manger sur le pouce un peu de jambon cru et de biscuit ou dormir; quant aux matelots, dès qu'on faisait mine de les approcher, ils se sauvaient, ou se réfugiaient dans les hunes en poussant des cris : ma parole, on aurait dit des singes sauvages.

Je voyais bien que c'était le commencement de la fin. Pour les trois matelots survivants, autant valait les compter comme morts : restait donc le second et moi. Moins que jamais, nous pouvions songer à changer quoi que ce fût à notre voilure ; d'un moment à l'autre le temps pouvait se déranger, et nous étions perdus.

La nuit se passa sans que j'eusse pu me résoudre à rien. Le matin au petit jour, en venant relever le second, la première chose que je vis fut le corps d'un des trois matelots qui restaient. Nous n'étions plus que quatre à bord.

« Second, dis-je, je suis à bout, puis.... Que feriez-vous à ma place ? »

Le second regarda la mer, le ciel, le navire désert, et, s'arrachant la cravate, il me dit d'un ton bref :

« Je me flanquerais à l'eau ! »

Il n'avait pas achevé que je vis un des deux matelots se lever tout debout, ouvrir les bras et tomber en avant. Mais au même instant, juste dans la direction où il était, parut à l'horizon un petit point noir, puis un nuage blanc.

« Un grain ! criai-je. A Dieu va-t'! nous sommes perdus. Second ! second ! que faire ? Sainte bonne Vierge, pardonnez-moi mes péchés et protégez-moi ! Si nous coupions toutes les manœuvres à coups de hache ? Second, lâchez le gouvernail et faites comme moi ! »

Le second lâcha la roue, fit quelques pas, et tout d'un coup, portant la main à sa gorge :

« J'étouffe,... capitaine, mon tour est venu.... C'est affreux de vous laisser dans une pareille position,... mais que voulez-vous ! Je le savais bien, que j'allais y passer : depuis hier je sens la mort venir.... Le grain arrive ; dans un moment il sera sur nous. Tenez, vous avez encore un moyen : montez dans les vergues et crevez les voiles, tout partira. Appelez le matelot qui reste, mettez-le à la barre, dites-lui de tenir bon, et faites le plus vite possible. »

Je courus au matelot, qui essaya de se sauver ; je lui montrai mon pistolet et je le poussai jusqu'à la roue, où je le fis mettre, je donnai au second mon arme en lui disant de faire feu si le matelot tentait de quitter son poste, et je grimpai dans le gréement. Comment, où, ce que j'ai fait, impossible à moi de le dire. Je me

retrouvai sur l'arrière. Toutes les voiles étaient trouées, sauf la brigantine et le taille-vent ; car encore faillait-il garder quelque chose.

La figure du second se décomposait de minute en minute. Il se passa environ une heure avant que la mort eût raison de lui. Pendant tout ce temps, il ne cessa de me parler de sa femme et de ses enfants, du chagrin qu'ils auraient, puis de Marseille, puis de notre pauvre navire, et enfin du bon Dieu, de la bonne Mère, au point que j'en pleurais comme un enfant. Cet homme, que j'avais vu jusque-là simple et ordinaire, se montra d'une grandeur et d'un esprit ! Il mourait doucement. Sa voix s'abaissa par degrés, et quand il ne put plus parler, je vis qu'il essayait de remuer le bras droit :

« Vous voulez que je vous fasse faire le signe de la croix, dites ? »

Il me fit signe que oui des yeux, je conduisis sa main à son front, sur sa poitrine et sur ses épaules.

« Au nom du Père, et du Fils, et du Saint-Esprit. Amen », et ses lèvres remuèrent comme pour dire une prière.

Ensuite je vis qu'il essayait encore de soulever sa main et qu'il baissait la tête sur sa poitrine comme pour chercher quelque chose. Je compris qu'il avait là un scapulaire ou une médaille : je fourrai ma main et je fis sortir un petit médaillon. C'était le portrait d'une jeune femme d'une vingtaine d'années, jolie comme un cœur, brune, avec de grands yeux noirs, coiffée à la mode des grisettes de Marseille, et qui riait en montrant de belles dents blanches.

Il tendit les lèvres, je lui approchai le portrait, il le baisa et..., vous me comprenez.

Je tombai à genoux, la tête dans les mains, demandant grâce à Dieu. Je n'ai jamais prié comme ça. Toutes mes iniquités passées se représentèrent devant moi, et quand je comparais ma vie à celle de ce pauvre second, qui venait de mourir si tranquille, je reconnus que Dieu était juste en me faisant souffrir plus que lui, et je demandai pardon de mes péchés du fond du cœur.

Rrrrran ! un coup de vent épouvantable saute sur le navire, qui se couche à chavirer. Je crois que c'est fini, je dis mon *In manus.*

Mais j'entends éclater la voilure ; le vent déchire tout en mille morceaux, le navire se relève, le grain passe. J'étais sauvé,

Je n'étais pas au bout. A peine commençais-je à revenir à moi, que le matelot lâcha la roue.

« Capitaine, me dit-il, prenez la barre ; je ne peux plus aller, je suis fatigué.... »

Une heure, après, mon cher ami, j'étais le seul être vivant à bord du navire ! »

Ici le capitaine s'arrêta de nouveau, laissa tomber sa tête sur sa poitrine et demeura quelques instants les yeux fixes et grands ouverts ; dans ce regard il y avait tant de douleur et tant de désespoir, que je ne pus retenir un cri.

« Ah ! me dit le capitaine, vous avez le cœur savant, vous. Oui, ce fut là un rude moment, et sans la protection de la bonne Mère, je serais, à l'heure qu'il est, là-dessous, où vous savez.... »

Quand je me vis seul entre le ciel et la mer, avec ces deux morts pour toute compagnie, je commençai d'abord par ne plus comprendre, par ne plus savoir où j'étais. J'avais oublié absolument tout, et lorsque je repris mes idées, il me sembla que je faisais quelque rêve affreux.

Les deux corps étendus à côté de moi m'eurent bien vite remis au pas, vous comprenez : mais le temps de me dire « c'est vrai ! » je peux vous assurer que je revis d'un seul regard tout ce qui m'était arrivé, et que je souffris de nouveau, d'un seul coup, tout ce que j'avais souffert.

Quelle drôle de chose, mon cher ami ! Croiriez-vous que, dans l'état où je les voyais, je ne pouvais me décider à les jeter à la mer ? Tout décomposé que ce fût, c'étaient encore des figures humaines. Enfin il fallut bien y venir....

Ah ! cette première nuit, elle fut dure à passer ! Le jour était tombé, il y avait de l'orage dans l'air, le ciel était bas et sombre à l'horizon ; la lune paraissait et disparaissait dans de gros nuages noirs. La mer était en feu. Les requins, qui suivaient toujours, passaient dans le sillage du navire, et de temps en temps, quand ils montaient à la surface, on voyait de leur dos tout en feu jaillir des gerbes illuminées par le phosphore. Je me cramponnais à la roue, car je sentais que si je la lâchais, j'étais perdu : la mort m'attirait, il me semblait entendre mes matelots murmurer :

« Capitaine ! capitaine ! »

Ça venait de loin, de loin, du fond de la lame.

Mon pistolet était sur mon banc de quart, tout chargé ; je le sentais là, mais je n'osais pas le regarder : si je l'avais vu, je n'aurais pas résisté.

Enfin le jour commença de poindre, et la lumière du soleil me rendit un peu de sang-froid. Je songeai à mon pauvre navire.

« Si tu meurs, je me dis, la *Bonne Mère* ira donc, flottant comme un corps-mort, jusqu'à ce que le vent la pousse sur quelque roche ou bien qu'elle soit ramassée par une méchante felouque de Grecs ou de Maltais, et emmenée comme épave pour être dépecée en morceaux ou vendue à quelque marin d'eau douce ! Jamais ! Ou je mourrai à la peine, mon pauvre navire, ou je le ramènerai dans le port de Marseille ! C'est vrai que nous sommes bien bas, mais nous allons voir ! »

Je fis une bonne prière, et celle-là au Père Éternel, directement ; je lui dis à peu près ceci :

« Mon Père, si je m'adresse rarement à vous, ne croyez pas que j'oublie le respect que je vous dois : mais j'ai tellement peur de vous et je vous ai, misérable pécheur que je suis, si souvent et si gravement offensé, que j'ai plus de hardiesse à vous faire parler par ma vénérable patronne, que vous aimez et qui ne connaît que moi, car elle m'a vu tout petit. Et si elle m'a tiré, par sa sainte protection, de tant de mauvais pas, c'est qu'elle sait bien que le fond de l'âme de son serviteur aurait pu être blanc comme neige, et que si j'avais été élevé autrement, si je n'avais pas vu tant de mauvais exemples, et si la nécessité ne m'y avait poussé quelquefois, je n'aurais jamais fait le mal : croyez-le bien, au moins, que je ne l'aurais pas fait ! je n'en aurais pas eu besoin, pécaïré ! Vous voyez dans quel état nous sommes, moi et mon navire,... est-ce que vous ne trouvez pas que j'ai assez souffert ? Si ça dure encore un peu, j'y reste. Sauvez-moi donc ou tuez-moi tout de suite. Maintenant, mon Père, je remets mon sort entre vos mains ; je vais faire de mon côté tout ce qui sera humainement possible, et vous savez que quand je me débats, je me débats bien ! J'espère donc en votre miséricorde : si vous ne me tirez pas de celle-ci, c'est qu'en âme et conscience vous m'aurez jugé tellement coupable qu'il n'y a pas moyen de me pardonner.... En tout cas, recevez favorablement mon âme : je suis de Marseille ; vous, mon Dieu, vous en êtes aussi, puisque vous êtes de partout.... »

Vous avez entendu comme moi de beaux parleurs dire que les prières ne servent à rien, hé ? Ah ! si j'en avais tenu un à ce moment-là, que je lui aurais donc tordu le cou avec plaisir et satisfaction ! Je ne sais pas au juste ce que le bon Dieu pensa de ma prière, mais ce qui est bien sûr, c'est qu'elle me rendit tout mon courage et même un peu d'espérance. Je me mis donc à réfléchir et je fis mon plan de sauvetage.

Je commençai par bien manger et bien boire : ça me remit et j'y vis plus clair. Je lâchai le gouvernail, je larguai autant que possible les écoutes de mes deux voiles, et je descendis dans ma chambre me laver, me peigner et changer de linge. Puis je fis mon point.

Je vis que j'étais à trente lieues marines du port de Marseille. Dans l'état où était ma voiture, je ne devais guère compter y arriver avant deux jours, mais dans le voisinage d'un port aussi fréquenté je ne pouvais manquer de rencontrer des navires qui me porteraient secours. Je me remis donc à la barre, et, jusqu'au soir, je me maintins en bonne direction.

Le navire, comme bien vous pensez, n'avançait guère. Je voulus jeter le loch pour voir combien nous avions de nœuds : à peine touchait-il la mer qu'un requin, sans doute, se jeta dessus et l'avala; je n'eus que le temps de couper la corde.

Vers dix heures je commençai à m'apercevoir d'une chose, c'est que je n'en pouvais plus de fatigue et de sommeil. Ce n'est pas une petite affaire que de manœuvrer le gouvernail d'un trois-mâts comme la *Bonne Mère*, et puis il y avait trois jours que je n'avais pas dormi deux heures sur vingt-quatre. Les émotions m'avaient soutenu jusque-là, mais actuellement la nature était épuisée et voulait du sommeil à toute force.

Ah! le sommeil, vous ne savez pas ce que c'est! Ce que j'ai souffert, ce qu'il m'a fallu lutter pour me tenir éveillé pendant cette nuit, vous ne pouvez l'imaginer! A force de rhum et de café, cependant, à force de fumer, de me plonger la tête dans l'eau froide, je parvins à tenir bon jusqu'au jour. Là je tombai comme un plomb, mais d'un sommeil tellement inquiet qu'à huit heures je me réveillai en sursaut. La journée se passa sans que je visse aucun navire. Je pris hauteur et je reconnus qu'il me restait encore une dizaine de lieues au plus pour arriver. D'un moment à l'autre je pouvais voir la terre. Cet espoir redoublait mes forces, et à tout moment je prenais une longue-vue pour regarder.

Vers trois heures le vent changea un peu, tourna vers le nord-ouest, et ralentit la marche du navire; avec mes deux pauvres voiles je ne pouvais pas résister beaucoup. Je fus donc rejeté jusqu'au soir hors de ma route, et quand, à la nuit, je pus remonter dans le vent, je vis que j'avais perdu beaucoup d'avance.

Le sommeil et la fatigue commençaient à devenir intolérables. Avec les forces mon courage m'abandonnait par degrés. A la fin de la nuit, n'en pouvant plus, j'attachai la roue avec une corde passée dans une poulie, je mis la corde sous mon pied, et je maintins tant bien que mal le gouvernail. Enfin le jour parut de nouveau.

Je me levai et fouillai l'horizon. Rien. Une demi-heure après, rien encore.

Le soleil se lève; à ce moment-là quelque chose me dit :

« Capitaine Marius Cougourdan, prends ta longue-vue et regarde! »

Dieu du ciel! Comprenez-vous, mon cher ami, c'était la terre!

Oh! là je perdis tout mon sang-froid. Je me mis à pleurer, puis je riais, puis je me mettais à genoux, et je criais :

« Marseille! Marseille! Bonne Mère! Marseille! Père Éternel! Marseille! »

Enfin je n'y tenais plus. Ça dura une heure au moins, cette folie : mais je me dis que ce n'était pas le moment de faire la bête, et que si je ne profitais pas de la bonne brise que j'avais, je pouvais encore être emporté au diable. Or je sentais, au milieu de ma joie que ça ne pouvait plus aller longtemps : je ne tenais plus sur mes jambes, et mes yeux se fermaient d'eux-mêmes.

Mais Dieu avait décidément pitié de moi. Vers deux heures de l'après-midi, je vis paraître nettement toute la côte. Sur les quatre heures, je pouvais compter les montagnes; à six heures, je distinguais Notre-Dame de la Garde et, bientôt après, le fort Saint-Jean et le fort Saint-Nicolas!

A partir de ce moment je ne restai pas plus maître de ma volonté qu'un noyé qui a attrapé une corde. De minute en minute je me sentais m'évanouir de faiblesse et de sommeil. Ne pouvant plus me tenir debout, je gouvernais à genoux. Je ne faisais plus attention aux signaux des forts, je ne voyais plus qu'une chose, Marseille! Vous croyez que je songeais à mon équipage mort, à mes amis, à mon navire! Non : dormir! pouvoir dormir! quand je ne devrais plus me réveiller! Mais dormir! Je ne pensais pas seulement à mon pavillon jaune, et je m'imaginais qu'on allait m'envoyer tout bonnement un équipage à bord, là, sans s'inquiéter de ma provenance. Je lâchai un instant le gouvernail, je me traînai vers un pierrier et je tirai pour mon-

« JE ME CRAMPONNAIS A LA ROUE. »

trer que j'étais en détresse. Ce moment si court suffit pour changer la direction du navire; je vis que j'allais manquer l'entrée et donner sur les roches. Je fus obligé de prendre une bordée pour rectifier ma route, et je remis le cap sur le goulet. A peine avais-je tiré un second coup de pierrier que j'entendis le canon du fort et vis tomber le boulet qu'il m'envoya.

Ils me rendirent service : ça me fit une secousse et je repris mon bon sens. Je donnai un coup de barre et je mis en panne.

Lorsque les agents de la Santé se furent approchés à portée de voix, j'eus encore la force de leur raconter en deux mots ce qui m'était arrivé. Ils me dirent de rester tranquille, qu'ils allaient m'amarrer sur une bouée, et qu'on viendrait me prendre à la remorque pour me conduire à Ratonneau. Je leur filai une amarre, et quand je vis qu'ils la tenaient bien, je me mis à genoux : je commençai une prière à la bonne Mère....

L'intention y était, je vous assure ! Mais

« Ne pouvant plus me tenir debout, je gouvernais à genoux. »

aux premiers mots je tombai comme une masse....

J'ai dormi comme ça vingt-quatre heures de suite, mon cher ami. On a remorqué le navire au Lazaret, on m'a débarqué, mis au lit à l'infirmerie, sans que je m'en sois aperçu. Le médecin a dit qu'il n'y avait qu'à me laisser dormir tant que je voudrais et voilà.

J'ai eu quelque peine à me remettre, comme bien vous pensez. C'est une drôle de chose comme la vue des personnes vivantes me faisait peur : chaque fois qu'il en paraissait une, au commencement, je croyais qu'elle allait tomber la tête la première, comme mes matelots. Ça m'a duré plus de trois jours. La nuit j'ai fait des rêves qui n'étaient pas gais, mais les rayons du soleil, le matin, faisaient partir tout ça. Petit à petit j'ai senti mon cœur se desserrer, ma tête se rafraîchir, et j'ai fini par éprouver que, rien que de se sentir vivant, c'est une grande joie.

Quand nous sommes entrés dans les rues de Marseille, j'étais si heureux de revoir mon pays que j'avais toutes les peines du monde à m'empêcher de vous sauter au cou ! C'est pourtant comme ça ! Vous me trouverez peut-être mauvais cœur, je parie, de ne pas avoir été plus sensible à la vue de tant de morts : mais, que voulez-vous, ça ne prenait plus sur moi, la cloche était cassée à force d'avoir sonné.

Ici le capitaine, fouillant dans sa poche, en tira un paquet enveloppé de papier et attaché d'un ruban noir.

« Voilà, me dit-il, le portrait de la femme du second. Elle habite au bout du boulevard de la Madeleine. Je veux aller la voir tout de suite. Ça, c'est le plus dur. »

Nous partîmes. A travers des rues et des places désertes, nous arrivâmes devant une jolie petite maison à contrevents verts précédée d'un jardinet ombragé d'un gros figuier. Des vignes couraient le long des fenêtres, et des rosiers de Bengale y mêlaient leurs fleurs.

« Pauvre second ! me dit le capitaine, croyez-vous que ce n'est pas dur de mourir quand on sait qu'un beau petit nid comme ça vous attend, avec une jolie femme et quatre petits enfants pour vous sauter au cou ! Ah ! je n'ai pas le courage de parler le premier ! Entrez d'abord... »

Il était neuf heures du soir. Par la porte entr'ouverte on voyait s'agiter une lumière à l'intérieur. Je sonnai.

Une vieille femme, tenant une lampe, vint m'ouvrir et me demanda, en abritant de sa main la lumière, ce que je voulais.

« Madame Espitalié, est-ce ici ?

— Hé! boûn Diou! mes pauvres amis, elle est morte du choléra, il y a huit jours, pécaïré! Elle l'a pris en soignant ses enfants!

— Ah! mon Dieu! Et les enfants, que sont-ils devenus?

— Dans la terre, monsieur, à côté de leur pauvre maman. »

Je me retournai vers Cougourdan.

« Nous n'avons plus rien à faire ici », dit-il.

Nous marchâmes longtemps en silence. Cougourdan, perdu dans ses réflexions, baissait la tête. Tout à coup il s'arrêta, me prit par le bras :

« Ce que c'est que de nous, mon cher ami! Hein? quand je voyais le pauvre second agoniser sous mes yeux, si on m'avait dit qu'à ce moment le bon Dieu lui faisait une belle grâce, je n'aurais pas voulu le croire! Allez, la mort est bien dure sur le moment, mais la vie est bien longue quand on souffre, et je vous certifie que pour vingt ans d'existence je ne voudrais pas revivre les quatorze jours que je viens de passer sur la *Bonne Mère*! Et ce pauvre second, quand il a débarqué en paradis, et que les premières personnes qu'il a vues sur le port, c'étaient sa femme et ses quatre enfants, croyez-vous donc

• Et puis... on entend des cloches. »

qu'il n'a pas été joliment content d'être mort! Bah! le bon Dieu fait tout pour le mieux : ceux qu'il fait mourir, il leur épargne bien des chagrins; ceux qu'il laisse vivre,... il leur donne le courage d'oublier les morts. »

Il jeta un regard autour de nous :

« Dans un mois, dans deux mois, ces rues que vous voyez désertes se repeupleront; on rouvrira fenêtres et boutiques,

on reprendra le goût de la vie, chacun retournera à ses affaires. On portera le deuil plus ou moins de temps,... puis... peu à peu... on se consolera.

Je peux bien vous dire ça, moi!

Quand je pense à ce que j'ai vu, ce qui se passe actuellement sous mes yeux,... que vous dirai-je? Se voir enfermé entre les planches d'un navire avec des morts et des mourants, et les requins qui flairent votre cadavre avant que vous soyez mort, et ne pas même pouvoir dormir, ah! mon ami!...

Ici, au moins, on meurt sur la terre, dans son pays, entre les bras de ses parents et de ses amis... Et puis.... »

Un tintement nous arriva de loin, porté par le vent du midi, qui commençait à souffler; Cougourdan me prit la main, et tournant vers le ciel ses yeux où brillèrent deux grosses larmes :

«.... Et puis,... dit-il, on entend les cloches! »

X

Le dernier voyage.

Hélas! tout finit en ce monde, et, si énergiquement que nous nous cramponnions à la vie, un jour vient où, à force de nous taper sur les doigts, la mort nous contraint à lâcher prise.

C'est ce qui ne pouvait pas manquer d'arriver tôt ou tard à notre vieil ami; et quelque peine que j'éprouve à vous séparer de lui, il faut bien en prendre votre parti, la chose n'étant pas moins inévitable que tous les autres accidents de ce genre auxquels l'humanité est fort sujette, comme chacun sait.

L'aventure de la fièvre du Sénégal avait fait sur Cougourdan un terrible ravage. A le voir blanchi, l'œil éteint, la démarche découragée, la tête penchée en avant, on l'aurait à peine reconnu. De temps en temps, comme s'il eût eu le sentiment secret de sa décadence, on le voyait s'arrêter, se redresser, levant le nez en l'air et se demandant ce qui se passait en lui. Son caractère prenait peu à peu une teinte de tristesse. Il passait des heures accoudé sur la lisse de son navire, regardant vaguement les embarcations et les portefaix aller et venir dans le port, et comme étranger à tout cela.

Cependant, vers les premiers jours du mois de février 1835, il prit chargement pour Smyrne avec un fret de retour qu'il alla chercher à la Goulette : mais cette campagne, qui dura deux mois seulement, fut la dernière. Il mouilla son navire au Vieux-Port, un peu en arrière du bassin de carénage, et il m'annonça que sa résolution était de ne plus naviguer, et de mourir à son bord quand il plairait à Dieu.

Deux mois se passèrent ainsi. Mais, quoique le capitaine n'eût pas cessé de sortir et de se promener avec moi, je

Le lendemain, lorsque je revins à insister sur les prescriptions du médecin, à mon grand étonnement je le trouvai plus calme.

« Bah ! me dit-il d'abord, tout ça, c'est des bêtises. Vous avez trop de bon sens, mon cher ami, pour ne pas comprendre que quand un homme doit mourir, il faut qu'il meure. Le médecin aura beau faire toutes ses malices, la mort sera plus fine que lui. Que voulez-vous ! j'ai fait mon temps. Voyez-vous, la vie, je ne dis pas

Je le vis penché sur le bordage.

m'apercevais que de jour en jour son visage s'altérait. Je lui conseillai de consulter un médecin, qui, après l'avoir examiné, déclara que l'habitation à bord de son navire, au milieu de l'infection constante du port, était mortelle pour le capitaine, et qu'il lui fallait absolument aller s'établir à la campagne aux environs de Marseille, de préférence sur un lieu élevé.

Cette prescription bouleversa l'âme encore fort irascible de mon pauvre ami. Il entra dans une violente colère (qui fut, hélas ! la dernière de sa vie), et jura que jamais il ne se séparerait de son navire.

« Nous avons navigué ensemble, s'écriat-il, ensemble nous appareillerons : je n'en sortirai que mort, je vous dis : ça, y a pas de médecin au monde qui m'en empêchera ! »

J'essayai vainement de le raisonner, il ne voulut rien entendre, et je le laissai plus ancré que jamais dans sa résolution.

que ce n'est pas amusant, mais c'est toujours la même chose, et puis il arrive un moment où on finit par s'apercevoir qu'il est temps de se reposer un peu. On ne peut pas naviguer jusqu'à sa mort. J'ai vu trop de pays, j'ai trop roulé sur la mer, j'ai vendu trop de nègres j'ai pris trop de navires, j'ai tué trop de monde, j'en ai assez.. »

Et il cracha à terre avec un air de dégoût.

« Et puis, continua-t-il d'une voix sourde et en baissant les yeux, il y a des nuits où je pense à ceux... qui ne sont plus de ce monde, et tout ça paraît devant mes yeux pêle-mêle : le gorille, l'Américain, le kraken, le tribunal révolutionnaire, et la princesse, jusqu'au pauvre tigre, oui ! et puis des nègres, des nègres et des Anglais qui se noient ou qui tombent percés de coups. Mais, au-dessus de tout cela, toujours, toujours, ce matelot écossais qui me regarde avec ses yeux blancs sans vouloir me dire s'il était vivant ou s'il était mort..,.

D'ailleurs je suis fatigué, je vous dis : là, vrai, je n'en peux plus. Quand je pense que depuis cinquante ans mon âme et mon corps sont ballottés sur une planche, ça me donne une envie de me coucher sur la terre, d'y faire enfin mon trou, pour rester tranquille, pour tout oublier, pour ne plus penser à rien, que c'est une folie! Tenez, je crois que mourir, c'est dormir,

son, et Cougourdan, tout en se conformant aux prescriptions du médecin, ne se séparerait pas de son vieux compagnon.

Ce qui fut dit fut fait : pendant deux mois, de nombreux ouvriers charpentiers furent occupés à dépecer le navire, à charger les pièces sur des chariots et à les rassembler à mesure qu'elles arrivaient à la bastide. Quand la coque fut reconstruite, il fallut installer une machine à

Le prêtre parcourut le navire.

et j'ai sommeil, moi. Au reste, pour ce qui est d'aller à la campagne, ça m'est égal, et si ça peut s'arranger, je ne demande pas mieux. Mais j'ai besoin, avant, de causer avec mon constructeur.

Au bout de trois jours que Cougourdan avait employés en longs entretiens avec ce constructeur, il vint ensuite me rejoindre sur les Allées et me fit connaître sa résolution.

Il avait acheté, à l'anse de Malemousque, derrière la montagne de Notre-Dame de la Garde, une grande propriété située sur une colline à laquelle on arrivait par le chemin de Gratte-Semelle. De ce lieu élevé on dominait la mer et l'on voyait à une petite distance le fort de Notre-Dame de la Garde.

On démonterait la *Bonne Mère* pièce à pièce, on transporterait le tout dans la propriété; là, sur le point le plus élevé, on reconstruirait le navire dans un creux où il enfoncerait jusqu'à la ligne de flottai-

mâter, puis gréer les mâts de leurs manœuvres et de leurs voiles. Et enfin, le 22 septembre 1835, Cougourdan put se rembarquer à bord de son navire qui, repeint, galipoté et redoré du haut en bas, n'avait jamais été plus beau.

Dans l'espoir de le rasséréner un peu, je lui suggérai l'idée de faire bénir son navire en grande pompe et d'inviter pour cette cérémonie quelques capitaines de ses amis et ceux de ses anciens matelots qui se trouvaient à Marseille.

« Je ferai donner la bénédiction, vous avez raison, me dit-il, mais nous ferons ça entre nous. Venez demain à dix heures, nous déjeunerons. »

Le lendemain j'arrivai à l'heure dite. Rien ne saurait rendre l'impression que produisait ce navire au milieu des pins et des rochers. Pour achever le tableau, un canot était au bas de l'échelle, et l'on y descendait par des marches comme au bord d'un quai.

Cougourdan était à la coupée, me souriant.

Je montai l'échelle et je trouvai près de lui un prêtre à cheveux blancs, revêtu d'une aube et d'un surplis. A quelques pas se tenaient un vieux matelot et un petit mousse, qui servaient de domestiques au capitaine et demeuraient avec lui.

« Puisque vous voilà, mon cher ami, dit le capitaine, monsieur l'abbé va donner sa bénédiction, et nous déjeunerons après. »

Le petit mousse prit le bassin et le goupillon. Nous nous découvrîmes, nous nous mîmes à genoux, et le prêtre, ouvrant son rituel, commença d'une voix grave et douce ses oraisons, auxquelles nous répondions de temps à autre. Il se mit en marche, nous le suivant, et il parcourut le navire d'un bout à l'autre et du haut en bas, aspergeant d'eau bénite toutes les parties de la coque et du gréement.

J'ai assisté plus d'une fois à la bénédiction d'un navire, mais dans des conditions bien différentes : ici le silence qui nous entourait, ce pont désert, ce navire pétrifié pour jamais, donnaient à la scène un aspect aussi imposant que fantastique. Il me semblait entendre, des profondeurs de la cale et de l'entrepont, s'élever des cliquetis d'armes et des grincements de chaînes; sur l'avant, dans la mâture, à demi voilés dans l'ombre des écoutilles, je voyais surgir et disparaître tour à tour des matelots à figures démoniaques se montrant de loin d'autres fantômes vêtus d'uniformes rouges, qui semblaient fuir devant eux; puis tout disparaissait, comme si, de son aile invisible, la mort avait balayé tous les vivants et tous les mourants qui tant de fois avaient ensanglanté le pont de la *Bonne Mère*.

Le déjeuner fut triste; nous parlions peu et à voix basse : chacun de nous sentait bien que ce que nous venions de faire était moins une inauguration que l'apprêt d'un départ.

Quoi qu'il en soit, Cougourdan s'installa à son bord comme s'il eût été en pleine mer. Chaque matin le matelot allait aux provisions, tandis que le mousse lavait le pont et nettoyait les cuivres. Le vieux prêtre faisait souvent visite au capitaine et avait avec lui de longs entretiens.

Deux fois par semaine, Cougourdan venait déjeuner avec moi à Marseille, et deux autres fois j'allais dîner à son bord, où je passais la soirée. Tous les dimanches il allait entendre la messe à Notre-Dame de la Garde, et il y remplissait ses devoirs religieux avec un grand recueillement.

Cependant il s'affaiblissait de jour en jour. Vers la fin de novembre il cessa de venir à Marseille. Le médecin, à qui je fis part de mes inquiétudes, n'essaya pas de dissimuler la situation.

« C'est un homme qui s'en va, me dit-il, un peu de partout. Le corps et l'âme sont usés par la vie effroyable qu'il a menée. La machine humaine n'est pas faite pour supporter pendant cinquante ans de telles secousses, et il faut que le capitaine soit de fer pour y avoir tenu si longtemps. En réalité, quoiqu'il n'ait que soixante-sept ans, il meurt de vieillesse. Il s'éteindra au moment où on y pensera le moins. »

A partir de cette triste révélation je ne laissai guère passer de jour sans aller voir mon pauvre ami. Il me recevait toujours avec sa bonne grâce habituelle, mais il ne riait plus, et surtout il évitait avec soin toute allusion à son passé.

Il me consulta à plusieurs reprises au sujet de ses dispositions testamentaires, qu'il finit par arrêter en léguant toute sa fortune, s'élevant à plus de trois millions, à la ville de Marseille, pour établir une école de mousses et un hospice de vieux matelots. Il me fit voir en outre un pli cacheté qui contenait ses volontés quant à la façon dont il entendait être enseveli.

Comme si ce grand acte lui eût apporté quelque soulagement, Cougourdan, pendant les quelques jours qui suivirent, sembla presque se ranimer; un jour même, arrivant à son bord au moment où il venait de déjeuner, je le vis qui achevait un cigare.

« A la bonne heure, lui dis-je, voilà la santé qui revient : nous reprenons les vieilles habitudes !

— Par exemple ! me dit-il avec une espèce de sourire, vous ne voyez donc pas que c'est le dernier !

— Comment pouvez-vous dire des choses pareilles, cher capitaine ?

— Je le dis parce que c'est comme ça, pardi ! Ce matin, en me levant quand j'ai vu ce beau soleil, je me suis dit : Allons, encore un jour pour toi, pauvre Marius, mais après celui-là, c'est par heures qu'il te faudra compter. Et alors, pour faire une dernière fois semblant comme si j'étais encore en mer, je me suis assis sur le pont, de manière à ne voir que le ciel, et j'ai fumé un cigare. Et savez-vous à quoi j'ai pensé? A toutes les femmes que j'aurais voulu aimer! C'est pas drôle, ça? Et que justement vous arriviez par là-dessus, vous mon meilleur ami ! »

GOUGOURDAN ETAIT IMMOBILE, LES YEUX GRANDS OUVERTS ET FIXES.

J'essayai. en vain de le ramener à des pensées moins lugubres.

« Je n'en ai plus pour longtemps, mon cher ami. N'en parlons plus puisque ça vous fait de la peine. Maintenant, j'ai un petit service à vous demander. Quoique je sois dans une triste passe, ce n'est pas une raison pour que je laisse pourrir mes voiles, qui n'ont pas été déferlées depuis longtemps et qui ont besoin de prendre l'air; faites-moi l'amitié de mettre ce petit mot à son adresse : c'est afin qu'on m'envoie quelques matelots pour ce que j'ai besoin de faire. »

Lorsque, le lendemain matin, je revins le voir, je le trouvai fort occupé. Une douzaine de matelots étaient grimpés dans les manœuvres et travaillaient à déferler les voiles. J'assistai à cette opération, qui dura environ une heure, après quoi Cougourdan congédia les matelots en leur disant qu'il les ferait avertir lorsqu'il aurait besoin d'eux.

Nous causâmes pendant quelques instants de choses indifférentes, et je lui dis au revoir.

« Au revoir? me dit-il en hochant la tête, qui sait? »

Et il me serra la main avec une singulière énergie. Je partis tout ému, et, m'étant retourné avant de sortir du jardin, je le vis qui, penché sur le bordage, m'envoyait de la main un adieu.

Je ne l'ai plus revu.

A peine fus-je descendu du navire, que Cougourdan, appelant le matelot et le mousse, leur ordonna d'arrêter les écoutes des voiles, qui jusqu'alors flottaient librement. Cela fait, il remit à chacun un pli cacheté qu'ils devaient aller immédiatement porter, l'un à Marseille et l'autre à Endoume.

Lorsque les deux marins furent partis, Cougourdan se leva, regarda au large

Un point blanc, visible seulement aux yeux d'un vieux matelot comme lui, se marquait au-dessus de l'horizon. Bientôt un petit nuage cotonneux parut à sa place, et ne tarda pas à se dissiper.

Un léger changement de nuance altéra au loin la couleur de la mer, et s'approcha, formant à sa surface une traînée brune.

Une demi heure se passa. Le capitaine, assis sur son banc de quart, la tête haute, regardait le ciel.

Tout à coup un sifflement aigu passa dans les cordages; les voiles, secouées d'abord, se gonflèrent en hurlant; les mâts, tremblant sous la rafale, fléchirent, se relevèrent trois fois, et tombèrent enfin, fracassés, couvrant de leurs débris le pont et la dunette de la *Bonne Mère*.

Le vieux navire avait vécu. Cougourdan, toujours assis sur son banc de quart, était immobile, les yeux grands ouverts et fixes. La *Bonne Mère* et son capitaine ne s'étaient pas quittés : ensemble, cinquante ans auparavant, ils avaient appareillé pour leur première campagne; ensemble ils appareillaient pour leur dernier voyage.

Le vieux matelot vint me chercher et m'apprit ce qu'il avait trouvé en rentrant à bord.

Je courus à Malemousque. Mon premier soin fut, après m'être assuré que le capitaine avait cessé de vivre, de décacheter le pli relatif à ses funérailles.

Il demandait que, pour expiation de ses péchés et en souvenir de son métier, son corps fût mis dans la chaloupe de la *Bonne Mère* et emporté au large, en vue de Notre-Dame de la Garde, pour être jeté à la mer. Le pli contenait une autorisation à cet effet, signée du ministre de l'intérieur.

Il donnait les débris de son navire aux maîtres pêcheurs de Marseille, d'Endoume et des Catalans, les autorisant à venir en prendre pour la réparation de leurs barques, tant qu'il en resterait. Il me léguait son sextant, sa montre marine, sa longue-vue, son porte-voix, la peau du tigre qu'il avait tué dans l'Inde, et me nommait son exécuteur testamentaire.

Ses dernières volontés furent fidèlement accomplies. La population tout entière de Marseille assista à l'embarquement de son corps. Tous les navires mirent leurs vergues en pantenne et le pavillon à mi-mât, et, sur ordre exprès venu de Paris par le télégraphe, les forts Saint-Jean et Saint-Nicolas tirèrent une salve de douze coups de canon en signe de deuil.

Le hasard, selon les uns, sa douce et miséricordieuse patronne, selon les autres, le releva de l'acte d'humilité qu'il avait voulu faire en se refusant le repos en terre chrétienne ; la mer, obéissant à quelque ordre mystérieux, le rapporta vers les rivages de sa ville natale, et on le trouva échoué non loin de Malemousque.

On lui a creusé dans le roc, sous les remparts de Notre-Dame de la Garde, un caveau où son corps repose.

Lorsque, par un gros temps, vous verrez rouler entre le ciel et la mer un nuage sombre rougi de lueurs sanglantes, dites un *De profundis* : c'est l'âme en peine de Marius Cougourdan qui passe...

733-21. — Coulommiers. Imp. PAUL BRODARD. — 8 21.

OEuvres illustrées de Jules Verne

SERIE A

**Chaque volume
in-8º illustré,
broché... 15 fr.
cartonné.. 20 fr.**

L'Archipel en feu.
Autour de la Lune.
Aventures de trois
Russes et de trois
Anglais.
Un Billet de loterie.
Le Chancellor.
La Chasse au Mé-
téore.
Le Château des Car-
pathes.
Le Chemin de France
Les cinq cent mil-
lions de la Bégum.
Cinq semaines en
ballon.
Claudius Bombarnac.
Clovis Dardentor.
De la Terre à la Lune.
Un drame en Livonie.
Le Docteur Ox.
L'Ecole des Robin-
sons.
L'Etoile du Sud.
Face au Drapeau.
Hier et Demain, Con-
tes et Nouvelles.
Histoire de J.-M.
Cabidoulin.
Les Indes noires.
L'invasion de la Mer.
Le Maître du Monde.
Le Phare du bout du
Monde.
Le Pilote du Danube.
Le Rayon vert.
Robur - le - Conqué -
rant.
Sens dessus dessous.
Le Secret de. Wil-
helm Storitz.
Le Tour du Monde
en 8o jours.
Le Village aérien.
Une Ville flottante.

Les Tribulations
d'un Chinois.
Voyage au centre de
la Terre.

SÉRIE B

**Chaque volume
in-8º illustré,
broché ... 30 fr.
cartonné.. 38 fr.**

L'Agence Thompson
and Cº.
Aventures du capi-
taine Hatteras.
Aventures de trois
Russes. — Une
Ville flottante.
Bourses de voyage. Un
Capitaine de
quinze ans.
Les 5oo millions de la
Bégum. — Tribula-
tions d'un Chinois.
Cinq semaines en
ballon. — Voyage
au centre de la
Terre.
Deux ans de Vacan-
ces.

La Chasse au Mété-
ore. — Le Pilote
du Danube.
César Cascabel.
Le Château des Car-
pathes. — Claudius
Bombarnac.
De la Terre à la
Lune. — Autour
de la Lune.
L'Etoile du Sud. —
L'Archipel en feu.
L'Etrange Aventure
de la Mission Bar-
sac.
Face au Drapeau. —
Clovis Dardentor.
Famille sans nom.
Les Frères Kip.
Hector Servadac.
L'Ile à hélice.
Indes noires. - Chan-
cellor.
L'invasion de la Mer.
— Le Phare du
bout du Monde.
La Jangada.
Kéraban-le-Têtu.
La Maison à vapeur.

Le Maître du Monde.
— Un drame en
Livonie.
Michel Strogoff.
Mirifiques aventures
de Maître Antifer.
Mistress Branican.
Les Naufragés du
« Jonathan ».
Nord contre Sud.
Le Pays des Four-
rures.
P'tit Bonhomme.
Le Rayon vert. —
L'Ecole des Robin-
sons.
Robur - le - Conqué -
rant. -- Un billet
de loterie.
Sens dessus dessous.
— Chemin de
France.
Seconde Patrie.
Secret de W. Storitz.
— Hier et Demain.
— Contes et Nou-
velles.
Le Spinx des Glaces.
Le superbe Oréno-
que.
Le Testament d'un
Excentrique.
Le Tour du Monde en
8o jours. — Le
Docteur Ox.
Village aérien. —
Histoire de J.-M.
Cabidoulin.
Vingt mille lieues
sous les mers.

SÉRIE C

**Chaque volume
in-8º illustré,
broché ... 35 fr.
cartonné.. 43 fr.**

Les Enfants du Ca-
pitaine Grant.
L'Ile mystérieuse.
Mathias Sandorf.

Les mêmes volumes, dans la Collection in-16 illustrée, brochés 9 fr., reliés 12 fr.

LIBRAIRIE HACHETTE

BIBLIOTHÈQUE

DE LA

JEUNESSE

DANS LA COLLECTION :

Chaque volume illustré broché, couverture en couleurs

2 fr. 50

DEUX VOLUMES PAR MOIS A PARTIR DU 1er MAI 1921

IMP. CUSSAC, PARIS.